爱的箴言
你的弦

王文汇 著

中国出版集团　现代出版社

图书在版编目（CIP）数据

爱的箴言，你的弦/王文汇著.--北京:现代出版社,2019.7

ISBN 978-7-5143-8005-7

Ⅰ.①爱… Ⅱ.①王… Ⅲ.①长篇小说—中国—当代 Ⅳ.① I247.5

中国版本图书馆 CIP 数据核字（2019）第 141828 号

爱的箴言，你的弦

著　　者	王文汇	
责任编辑	窦艳秋	
出版发行	现代出版社	
地　　址	北京市安定门外安华里 504 号	
邮政编码	100011	
电　　话	010-64267325　64245264(传真)	
网　　址	www.1980xd.com	
电子邮箱	xiandai@cnpitc.com.cn	
印　　刷	北京凯达印务有限公司	
开　　本	710mm×1000mm　1/32	
印　　张	8.25	
版　　次	2019 年 9 月第 1 版　2019 年 9 月第 1 次印刷	
书　　号	ISBN 978-7-5143-8005-7	
定　　价	36.80 元	

这部小说，是作者对青春岁月的一次深情回眸，也是作者为我们带来的一次惬意阅读。作者用情至深，流水行云，让我们看到了生命中最珍贵的青春阅历，体味了动人心弦的情感体验。

平凡
5·24

爱的箴言，你的弦

MEMORIES OF YOUTH

目录

爱的箴言
你的弦
的言
的

第一章　爱人同志

　　唐尧睡眼惺忪，隐隐感觉眼前有亮光闪过。他微睁双眼，见有白茫茫的耀眼光芒从窗外射入，在亮光的环绕下，狭小的房间融化在晶莹而又圣洁的氛围之中。

　　下雪了！

　　枯涩了一冬的世界蓦然闪亮得让人目眩。

　　隔着暖融融的被窝，隔着厚厚的玻璃窗，清新的空气扑面而至。唐尧懒洋洋地看着窗外，一种清凉惬意的快感倏然传遍全身，一如昨夜的云雨逍遥。

　　想起昨夜，唐尧禁不住侧目看了看熟睡的尹菲。尹菲侧倚着唐尧而睡，半边脸蒙在被子里，一头秀发散而不乱，蜷曲在唐尧的臂弯。唐尧伸手轻抚尹菲的脸庞，尹菲微微一动，又沉入梦乡，全然不知窗外已是白雪世界，时间已是上午 11 点。稍过片刻，尹菲的脸上竟有笑容绽出，唐尧想，她一定是在梦中重温昨夜的甜美。

　　昨夜，是疯狂酣畅的一夜。

　　送走最后一拨大学生，已是凌晨两点。唐尧让服务生简单收

拾一下大厅，关掉门外的霓虹灯，各自回去休息。他走过去轻轻
地关上大门——爱人同志酒吧又结束了一天的经营。

他一转身，见昏暗灯光下，刚刚还躁动的大厅陷入幽幽的静
谧之中。在吧台前的柱子旁，斜倚的尹菲显得有些疲惫。

唐尧走到尹菲跟前，伸手轻抚了一下尹菲的脸："累了？"

"有点……"尹菲轻轻打了个哈欠，眼睛里却荡起涟漪。

"谢谢你，今天又帮我渡过了一个难关。"唐尧的手穿过尹
菲的秀发，轻搂尹菲的脖子，将她揽入怀中。

"没什么，都是一帮媒体的朋友，以后再有什么工商街道办
的，照样帮你搞定。"尹菲仰脸看着唐尧，专注的眼神中有火焰
在跃动。

"酒吧开了近一年，最初只是出于对罗大佑的热爱，没想到
做生意这么麻烦。"

"你是儒商嘛，自然是儒多而商少！"尹菲狡黠地嘿嘿一笑。

"你是说我智商低哦？"

唐尧说着话便一手点向尹菲的腋下，尹菲轻轻一扭，还没笑
出声，唐尧的嘴已快速地贴到尹菲的唇上。

尹菲的火捻终被点燃，她的双唇积极地迎合，两只胳膊便如
嫩绿的青藤，将唐尧的脖子紧紧缠绕。唐尧就势出击，舌尖掠过
尹菲的双唇，将她的软舌粘住，双手顺着尹菲腰身向下，搂住了
尹菲的双腿。尹菲趁力轻轻一跃，双腿便箍在了唐尧的腰上。

唐尧抱着尹菲，两人浑如一人。

"爱人同志"被浓烈的爱意浸润。

唐尧和尹菲缠绕着走向机房旁边的卧室，经过机房时，唐尧

停顿了一下，走进去伸手打开了音响，《家 II》的旋律如水流出：

　　每一首想你的诗　写在雨后的玻璃窗前
　　每一首想你的歌　为你唱着无限的诺言
　　每一次牵你的手　总是不敢看你的双眼
　　转开我晕眩的头　是张不能不潇洒的脸
　　…………

　　轻柔的歌声中，唐尧和尹菲轻轻地倒在床上。他们刚才的激情被稍带忧伤的旋律消解，唐尧伏在尹菲的身上，轻轻地亲吻她的面颊，尹菲安静地躺在唐尧身下，轻闭双眼，娇喘微微，享受着唐尧的爱抚。

　　"你明天去不去上班？"唐尧亲吻到尹菲耳边时轻声问道。

　　尹菲依然闭着双眼，朱唇微启，在唐尧的脸上亲了一下："不去了，图像我已出过，节目有编辑做，明天可以睡上一天。"

　　"难怪你这样放纵！"唐尧双手搂着尹菲的臀部，稍一使劲，尹菲轻轻地哼了一声。

　　"讨厌，才不是呢！"尹菲的手在唐尧脸上轻轻拍打着撒娇。

　　罗大佑的歌声低旋幽回：
　　给我个温暖的陷阱　和一个燃烧的爱情
　　让我这冰冷的心灵　有个想到了家的憧憬
　　…………

　　"罗大佑唱得真好，"尹菲眼中满含憧憬与期望地看着唐尧，"你有没有觉得已掉进了陷阱？"

"是你挖坑做的陷阱！"唐尧笑着打岔，手却伸上去脱尹菲的毛衣。尹菲双手举过头顶，毛衣顺着她的胳膊褪下，一条粉色的弧线在空中划过。

"谁给谁挖坑啊？"尹菲浅浅一笑，"跟你认识快两年，你也已经奔三，是不是该有个家的憧憬了？"

"又来了，现在这样不是挺好吗？"唐尧边说边伸手去解尹菲的皮带，"你又不是不了解我，罗大佑四十岁时对自己有个六字方针'不婚，不惑，不变'，我还不到三十岁，急着干吗？非得结婚才能维系感情？"

"那结婚也未必就会破坏感情啊！"尹菲拉开唐尧的手，把唐尧从身上推下来，自己拧身面向墙壁，"一提家就是'不婚'啊'不惑'啊，你有没有替人家想想？你是罗大佑，我可不是李烈！"

唐尧拉开被子给尹菲盖上："别生气，现在咱俩谁都离不开谁，对不？"

"谁知道呢？"尹菲声音已有些哽咽。

"开办这个酒吧，虽说刘宏给我资金上的帮助，但我能够做成这事，你的支持是非常重要的。"唐尧俯身靠近尹菲。

"重要顶什么用？"尹菲瞥了一眼伏在她身上的唐尧，生气地说道。

"重要就是我们得待在一起。"

"怎么待在一起？"尹菲转身平躺，两眼直看着唐尧的眼睛，"我虽然也算比较前卫，我也能理解你，但我毕竟是个女孩，我在电视台上班，我也有我的公众形象，我不愿别人对我说三道四。

再说我们部门的李飞又老是对我百般殷勤，咱们的事定了，也就不耽搁别人了。又到了年底，一年又要结束了，我们又都要长一岁，我想了很长时间，今晚我心里得有个底。"

"尹菲，我知道你的感受。我有时也常想，唐尧何德何能，会让你这样迷人漂亮的女孩喜欢？我多次在心中对自己说，决不能辜负你。"唐尧说话时专注而又真诚，没有丝毫调侃的语气。

尹菲的脸色稍有缓和："净说些骗人的话，我漂亮吗？"

"当然很漂亮，要不能当主持人？第一次在电视上看到你时我非常惊奇，西安还有你这样性感的女孩！"

"胡说什么呀，电视上能看出我性感？我又不是莎朗·斯通！"

"这就不对了，性感并非专指富有挑逗性的妩媚。准确地说，应该是指女性特有的魅力！"唐尧脱掉外衣钻进被窝，侧身贴着尹菲，一只手撩起尹菲的内衣，抚到她的胸前。

尹菲伸手把唐尧的手拿开，淡然地说："就知道耍贫，既然你觉得我这样那样，为什么一提家就闪烁其词？"

唐尧仰面躺下，若有所思道："对于家的感觉，我并非完全没有。特别是和你相识之后，我内心总有一种欲望漫起，我常告诉自己，这个女孩是在我最艰难的时候，上天赐给我的尤物，我决不能放弃！"

唐尧这几句话让尹菲心中一热，她转过身，一只胳膊垫着半边脸，眼睛稍有湿润，看着唐尧。

"毋庸置疑，我非常喜欢罗大佑，喜欢他的歌，喜欢他过人的才情，喜欢他深邃的思想，甚至羡慕他的生活方式、处世态度。但我知道自己只是个很普通的人，我的才情还远不足以使我遨游红尘，因性而至，随心所欲。你的出现，使我飘忽不定的心情有了落脚的缘由，虽然我从未对你说过，但我心中常常浮现着我俩长相厮守、甜美如梦的情景。我想会有那么一天的，当各方面条件具备的时候……"

《家Ⅱ》已到结尾：

给我个温暖的真情　和一个燃烧的爱情

让我这漂泊的心灵　有个找到了家的心情

多年之前我满怀重重的心事走出一个家

而今何处能安抚这疲惫的心灵浪迹在天涯

…………

唐尧的话语伴着悠悠的音乐，使得尹菲有些陶醉，唐尧的神情使尹菲长期以来忐忑不定的心似乎有了着落，说不出的兴奋与放松从内心深处如泉涌出，迅速传遍全身每一个细胞。尹菲抬头俯身，一口咬定唐尧的嘴唇，使得唐尧还未说完的话来不及吐出，便被尹菲的舌头搅拌着咽回肚里。唐尧伸手搂住尹菲的脖子，尹菲便趴在了唐尧的身上，尹菲的舌尖与唐尧的舌尖相碰相绕，那从心底泉涌而出的激情便滋生成琼液，在两人的嘴中交融。唐尧一俯身，将尹菲压在了身底，同时一手将尹菲的内衣脱掉……

每一次闭上了眼就想到了你

你是一句美丽的口号挥不去

在这批判斗争的世界里

每个人都要学会保护自己

让我相信你的忠贞 爱人同志

也许我不是爱情的好样板
怎么分也分不清左右还向前看
是个未知力量的牵引
使你我迷失或是找到自己
让我拥抱你的身躯——爱人同志
…………

《爱人同志》激越的旋律取代了《家Ⅱ》的抑郁低沉。在罗大佑沙哑而强劲的呐喊中,唐尧与尹菲赤身如鱼一样,在床上跃动着。尹菲的喘息声中,不断迸发出断续的词语:"爱人……同志……尧,我是……你的……爱人同志……"

唐尧在恍惚中答应着:"是……请你……相信……我……菲……"

尹菲紧紧地把唐尧抓住,心里默念着:唐尧是我的,是我的……尹菲感觉着眼前有霞光万丈,她和唐尧跃动在光绕的空间里。而在远处光圈的景深里,又一个唐尧正向自己飞奔,她以全身的力量和激情迎接着唐尧的到来。当两个唐尧融而为一的时候,尹菲感觉到一股强悍无比的力量涌进她的身心。那是唐尧,是唐尧!

尹菲哭了!在她的喘息和呐喊中,泪水喷涌而出。

哦啊 永不后悔 付出的青春血汗眼泪 永不后悔
哦啊 永远爱你 天涯海角 海枯石烂 永远爱你
…………

　　《爱人同志》在旋律的反复中走向尾声，唐尧与尹菲的喘息由骤及缓，渐趋平息。狂风暴雨之后，一道彩虹在天际出现，雨露滋润过的万物渗透着泥土的气息，沁人心脾。

第二章　穿过你的黑发的我的手

雪如鹅毛，纷纷扬扬。

这是西安两年来的第一场雪。

1998 年的冬天曾让西安人感到惊慌，燥热的冬季不但让感冒肆虐，似乎也印证着"九七无夏，九八无冬，九九无人烟"的传言，世纪末情绪毫无例外地也感染着生活在皇天后土上的西安人。

1999 年已快过完，世界喧哗依然，传言不攻自破。

而这场瑞雪的突如其来，更让人感受到了新千年的希望和新世纪的曙光。

人们根本不顾是凛冽寒冬，都走出家门来到街上，感受飘雪带来的美妙和憧憬。繁华的东大街和南大街，像天晴时一样热闹非凡。人们的衣服上落满了雪花，像一群雪人在街上游动。少男少女们你追我逃，雪球掷得满天飞。飘雪的古城洋溢着欢声笑语，洋溢着春天的气息。

刘宏边打着手机边从银行往外走，刚在南大街上站定，一个雪球从天而降打在他的后脑勺上。粗鲁惯了的刘宏今儿也被雪景感染，竟温和异常，对着从身旁跑过的一群孩子嘿嘿一笑，顺手在身旁铜狮子身上抓了一把雪向孩子们扔了过去。

"行了行了，做什么饭呢？你俩现在好歹也是老板老板娘了吧？难得西安下了场雪，也该出来看看雪景，呼吸呼吸新鲜空气吧？到高老庄！今儿我请客。你们现在快点起床，就知道晚上在一块行云布雨——"刘宏边打着电话，边不停地招手挡车，"——哎哎哎，我靠，车又没挡上。下了个雪，这出租车就成了爷咧！好啦，又来了辆空车，待会儿高老庄见。"

一辆红色奥拓在刘宏身旁停下，刘宏打开的士车门，侧身一上，奥拓车明显地向他这边倾斜："这什么车啊，又破又脏的！"

司机一回头，一口陕西话："伙儿，行咧，少嫌弃车，先看看你喔身体，像你这样一个顶别人三个，别说今儿下着雪，平常你看谁愿意拉你，也就是我今儿心情好我给你说。"

刘宏眼睛一瞪："行了，安生吧！你也别说你今儿心情好，要不是我今儿心里高兴，早都把你从车上抡下去，少皮干（陕西方言，意思是少说话），赶紧出南门，到西大旁边的高老庄。"

出租司机一看遇着个不省事的主儿，不敢再吭声，驾着车小心翼翼在雪地里前行。

贾平凹先生于1998年写了他的又一部长篇小说《高老庄》，同样地反响非常。于是就有了以高老庄命名并由先生题写的"高老庄食府"。高老庄在西北大学的旁边，和"爱人同志"相距不远。刘宏打电话的时候，"爱人同志"里唐尧正躺在被窝望着窗外的飞雪遐想，尹菲则还在梦中。

尹菲梦见碧波荡漾的湖水一望无际，自己像武侠电影中的侠女，在水面上凌波微步，身体轻盈如吴带当风，飘飘欲仙。她的脚在湖面上轻轻一点，身体便被弹起老高，从高处落下时，一种清爽的气流从她体内浮出向高空飘去，她整个身心都醉了。她就这样飘舞着前进。飘来飘去，终于看见了彼岸。岸边有一个像烽火台样的建筑时隐时现，有人身着古装站在烽火台上，那人正是唐尧。

唐尧双手拿着一根长箫迎风而立，这不正是萧史和弄玉的故事吗？尹菲加快步伐，好和唐尧一起吹箫引凤。还未等尹菲赶到，唐尧已拿箫到嘴边，轻轻一用气，声音乍起："丁零零……"

尹菲从梦中惊醒，睁眼一看，见唐尧拿起了电话。

尹菲伸了个懒腰，轻轻亲吻了唐尧一下。看到窗外飞雪，尹菲欣喜不已，她穿上衣服打开窗户，将头探出去，让飞舞的雪花和清爽的凉气与自己的肌肤充分地接触。

"谁的电话？这么早，扰了人家的好梦。"尹菲关上窗户，转身问唐尧。

唐尧放下电话边穿衣边对尹菲说："还早？都快 12 点了。快点刷牙洗脸，到高老庄，刘宏请咱吃饭。"

"刘宏？很长时间没见了。"

"可不是，听他的口气，好像有什么高兴事似的。"

"该不是到了年底，黄世仁来收账了？"

"说什么呀，刘宏和我谁跟谁啊？给汤米李留个条，让他来后招呼着大家工作，咱俩快到高老庄去。"

尹菲上前抱住唐尧，脸贴在唐尧脸上，幸福的感觉流遍全身，她趴在唐尧耳边轻轻说道："昨晚我好高兴啊，我们会永远在一起……"

唐尧的手穿过尹菲的一头秀发，说道："当然了，我的爱人同志，不过，现在该奔高老庄见猪八戒了——"

"喂！别老是放什么妹妹坐船头啊，就没有含蓄点的歌？"

刘宏坐在高老庄二楼靠马路的饭桌旁，把一个服务生叫到身边："罗大佑的歌有没有？"

服务生是个新来的女孩，拘束地站在刘宏身边，看着刘宏的样子，紧张得有些不知所措："罗大佑？没有个罗大佑啊！"

刘宏一挥手："行行，你走吧！"服务生转身走后，刘宏摇摇他的胖头自言自语道，"罗大佑都不知道！现在的年轻人真是，人心不古啊！"

刘宏一抬头，见唐尧和尹菲从楼梯口走来："嘿！唐尧，尹菲——"

唐尧拍拍身上的雪，脱下手套，走过来与刘宏握手。

刘宏拍了拍唐尧的肩膀示意他坐下："坐下坐下，跟你握什么手啊？握漂亮主持人的手才是我辈的心愿。"

唐尧白了刘宏一眼说了一句"狗改不了吃屎，重色轻友"，便脱下大衣往椅背上一放。

刘宏顾不上唐尧的揶揄，走上前去抓住尹菲的手："你好，尹菲，几天不见，又漂亮了！"

尹菲笑着说道："刘宏你好，就知道见了女孩献殷勤，自己的正事也该考虑考虑了。"

"考虑，考虑，今儿正是为了这个正事来的，先坐。"刘宏一转身，"服务生，把菜单拿来。"

唐尧掏出一包中华烟放在桌子上，盯着刘宏的眼睛："又把哪个女孩给糟蹋了？"

刘宏趴在唐尧耳边说："是谁在糟蹋女孩？"然后瞥了一眼尹菲，"这样漂亮的女孩都拴不住你，你还敢说我！"

尹菲坐在一旁："刘宏，你俩嘀咕什么呢？不想我听见我走了！"

刘宏："怎么能不让你听呢？服务生，把菜单给这位女士。尹菲，你看你想吃什么，就点什么。"

还是刚才那位女服务生走到尹菲跟前："小姐，请您点菜。"

刘宏："叫什么小姐，这点规矩也不懂？现在谁还管女同志叫小姐啊，坐台的才叫小姐！"

服务生怯怯生生地看着刘宏："那叫什么呀？"

刘宏："叫女士叫大姐大妈什么都行，就是不能叫小姐！"

尹菲笑道："刘宏你嘴上积点德，干吗难为人家。好了，先来一个三鲜豆腐煲，怎么样？天冷，吃点热乎的。"

刘宏夹着烟的手往桌子上一搭，仰着头眯上眼："可以可以，再点个葱爆腰花熬个鳖汤什么的，给唐尧补补。我请客，就别手软。"

唐尧深吸了口烟，然后疾吐向刘宏："别扎势了，一天就记个补补补，看你都补成什么样了！重要的是阴阳要协调好。"

刘宏："这我得跟你学。"

唐尧："跟我学，就烟少抽点，酒少喝点，女孩固定点。你刚不是说有'正事'吗？说啊！"

一提到正事刘宏倒羞涩起来，大嘴一咧："嘿嘿……"

对面的女孩看过来，看过来，看过来……

旁边的一个包间里传来了一群少男少女的歌唱，一把吉他伴奏，有情有调。

尹菲："刘宏还会脸红呀，有什么不好说的？"

"好说，好说，边吃边说。"刘宏把刚上来的一盘菜转向唐尧和尹菲，"喝两盅？"

唐尧："喝点酒给刘宏热热身，来瓶西凤，给尹菲要杯稠酒。"

服务生把酒拿来，给他们分别倒上。

刘宏把烟放在烟灰缸上，尹菲拿起自己的稠酒，三人一起碰杯。

"不是我不好意思，我怕说出来吓着你俩。"刘宏又拿起烟抽了一口，"年前我要办事了。"

"啊，你要结婚了？"尹菲稍显激动。

唐尧微微一笑："几天不见，刮目相看。这么大的事你现在才告诉我们？"

刘宏："纯属巧合，我也没想着这么快，女孩你也认识。"

唐尧："我也认识？"

刘宏："陈清。"

唐尧："陈清？从日本回来啦！"

尹菲："是你们的大学同学？"

唐尧："我们同班，是刘宏的初恋情人！"

　　刘宏："老实说，陈清出去这几年，我还真没放得下她。虽然本人花丛行乐，但一直和陈清有着联络。从没想过她会回来，结果那边，唉——就是东京地铁毒气那事，全世界都知道，十三人无辜死亡，陈清的男朋友也在其中。出事之后，陈清痛不欲生。很长时间她也无法走出阴影，那个地方有太多痛苦，她再也无法待下去，于是便重回祖国母亲的怀抱。"

　　唐尧："结果让你逮了个正着？"

这一切都是月亮惹的祸
那样的月色太美太温柔
…………

旁边的包间里歌声不断传来，欢呼声、鼓掌声杂和其中。

　　刘宏："年龄都不小了，也都经历了不少的事情，应该有个稳定的生活了。再说房子什么的都是现成的，说办就办。陈清这几天就会回来。"

　　唐尧："日子定好，到时好好给你操办操办。"

　　尹菲："到时候我俩给你们当伴郎伴娘。"

　　刘宏："饶了我吧，伴郎伴娘是个陪衬，要是你俩上准喧宾夺主，一个窈窕淑女，一个翩翩君子，是你们结婚还是我们结婚？"

　　唐尧："别把自己说得一无是处，你是猪八戒，人家陈清可还是嫦娥。不过伴郎就免了，司仪非我莫属，你俩的事我最了解，给你把气氛弄得热烈些，不搞个天翻地覆不算搞。但是这事你给我俩瞒了这么长时间，是不是该罚？这半瓶酒全归你了。"

刘宏接过唐尧递过来的酒瓶："喝，这点酒算什么，很长时间没有痛痛快快地喝了。服务生，菜上快点。"

唐尧和尹菲深为刘宏感到高兴，三人觥筹相交，食如饕餮。窗外的雪已停止，有阳光点点散落在对面雪裹的楼房上。白色的世界亮丽得有些妩媚。刘宏白酒入口，头脑发热，便有了几分醉意。

如果说你要离开我
请诚实点来告诉我
不要偷偷摸摸地走
像上次一样等半年
…………

旁边包间的歌声越来越起劲，张震岳的《爱之初体验》被吼得山响，吉他手似乎也已忘我，琴弦扫得噼里啪啦没有了章法。

刘宏拿酒瓶在桌子上重重一蹾："唐尧，现在这些孩子唱的都是些什么歌？要么矫揉造作，月亮惹祸啊什么的，要么胡喊乱叫，"刘宏头仰嘴张，做出声嘶力竭的样子，"'把我的照片还给我，我可以还给我妈妈。'这都什么呀？要旋律没旋律，要韵味没韵味。"

唐尧把手中的烟掐灭："一个时代一种声音，我们不能要求他们都听罗大佑，就好像我们的父辈不能强迫我们听《九九艳阳天》一样。"

刘宏："时代在进步，整个社会的知识水平越来越高，歌怎么能越来越没文化，听他们唱的都什么呀，'想要买包长寿烟……'"

唐尧："或许现在人们需要的是快餐文化，更喜欢这些没有韵味的歌词，没有旋律的音乐。"

刘宏："你什么时候变得这样善解人意？你听他妈的这简直是噪音。"刘宏手往包间一指，身子跟着便站了起来。

唐尧喊了一声："刘宏，坐下！"

尹菲瞪了唐尧一眼："你喊什么啊？"

唐尧："喊什么，上大学时为唱歌还和人打过架呢。今儿又喝高了，没准他会干出什么事。"唐尧说着话便站起来走向刘宏。

刘宏一个趔趄，差点跌倒。唐尧赶忙上前把刘宏扶住："干吗？坐回去！"唐尧虽然声音不高，但极具威慑力。

刘宏怯怯地看了一眼唐尧："我又不跟人吵架，就进去聊聊。"一侧身已撞进了包间。

包间并不大，里面灯光明灭，桌子中间有一个大蛋糕，已被切去了大半块，旁边点了根蜡烛，周围杯盘狼藉。围桌子坐着的是两男三女，学生模样。抱着吉他的男孩长发遮了半边脸，旁边的男孩胖乎乎的，虽比不上刘宏结实，看着也不是善茬，三个女孩背对着门口。

一见刘宏和唐尧贸然闯入，胖男孩"霍"地站起来："干吗你们？"

刘宏酒气往上一涌，反问道："你们干吗？跟驴叫一样，那也是唱歌？"

弹吉他的小伙将吉他往旁边一放："说什么呢你？"

胖男孩则已拉开身边的椅子奔向刘宏。

　　眼看剑拔弩张一触即发，唐尧伸手一按靠门边墙上的开关，"唰"，包间瞬间灯火通明，大家的目光都聚集到刘宏和胖男孩身上。

　　唐尧快速走到胖男孩跟前："同学，对不起，我朋友喝高了点。"

　　胖男孩看了眼唐尧，脸色稍有缓和。

　　刘宏却不依不饶："喝什么高，唱得不好就是不好。"

　　胖男孩："你唱得好你来唱，喝得跟狗熊一样，还能唱歌？"

　　刘宏骤然发急，一声"去你妈的"，便冲向胖男孩。

　　胖男孩见刘宏来势凶猛，疾手操起桌上的一个啤酒瓶。

　　刘宏身子往前一冲，力刚发到一半，身后的唐尧突然出手，两手往刘宏双肩上一搭，稍一用力，一百八十斤的刘宏"呼"的一声靠在了后边的墙上。

　　胖男孩见刘宏没有扑过来，手拎着酒瓶喊道："过来呀——"

　　这时三个女孩中间那位突然站起来："任眛峰，有完没完？"

　　胖男孩看了一眼女孩，像做错事的学生见到老师一样，低下头把酒瓶往桌子上一放，坐回了原位。女孩一转身对唐尧说道："对不起，我今天过生日，几个朋友玩得高兴忘乎所以，影响了你们吃饭。"

　　唐尧一看，见女孩短发齐耳，大眼睛，圆脸蛋，一身的学生气，赶忙说道："没什么，我朋友也是个歌迷，他只是太喜欢罗大佑，所以——"

　　"罗大佑也不错。"弹吉他的长发小伙下意识地接了一句。

　　"喜欢罗大佑顶什么用，有本事唱一个！"叫任眛峰的胖男孩看着刘宏说道。

刘宏刚才被唐尧一抓靠在了墙上，多亏尹菲上前扶持才站稳。看唐尧真的发火，刘宏酒也醒了许多，站在那儿不再言语。这时见胖男孩向自己挑衅，便接口说道："有什么不能唱的？"刘宏一指唐尧，"你们知道他是谁？唐尧！给他们露一手。"

短发女孩看着唐尧说道："既然都爱唱歌，你们坐下来，"女孩一指空着的几个位子，"不打不相识，咱们一起热闹热闹。"

见女孩漂亮又热情，瞬间化干戈为玉帛，唐尧微微一笑："好吧，刘宏、尹菲，还不过来？"

短发女孩让她的同学往一起集中，腾出位子让刘宏和尹菲坐在唐尧旁边，然后对唐尧说道："我们是西大的学生，我叫萧雨晨，中文系的，那位是经济系的吉他歌手杨阳，我们班的任眜峰，"她又一指那两个女孩，"我们宿舍的林雯、刘亚轩。"

唐尧："很巧，我们也是西大的，不过已毕业七年。我叫唐尧，这是刘宏，原来和我同班，现在在银行工作。尹菲，我女朋友，陕西电视台《影视驿站》栏目主持人。"

萧雨晨看着尹菲："怪不得眼熟，原来在电视上见过。"

刘亚轩："尹菲！对，我经常在电视上看见你，不过，你比电视上看起来瘦些。"

"能有幸见到主持人姐姐太好了！"萧雨晨环视一下大家，"今天我生日，咱们是以歌相识，刚才我们几个瞎唱你都听见了，现在请唐尧大哥给我们唱一首罗大佑的歌。"

萧雨晨的提议并没有得到热烈的回应，大家虽然坐在了一起，没有了两军对垒的兵刃相交，但不是人人都像萧雨晨和唐尧那样融洽。胖男孩任眜峰和吉他歌手杨阳斜眼看着唐尧，满是不屑的表情。

唐尧："其实你们刚才唱的几首歌挺不错的，杨阳的吉他弹得也不错——"

任眯峰身子往后一仰，大拇指往杨阳那边一竖嘴角一撇："那当然了，名震经管院，还用得着说。"

刘宏大嘴一张："名震经管院也算震？想当年西北大学，谁不知道唐尧的名字？"

任眯峰胖嘴一噘："吹牛谁不会啊？要唱就唱呗！"

唐尧微微一笑："杨阳，借你的琴用一下。"

任眯峰："还像模像样，杨阳，把吉他给他。"

任眯峰从杨阳怀里拿过吉他递给了唐尧。唐尧接过，二郎腿一跷，吉他自然地放在了怀里。

尹菲的腿轻轻碰了一下唐尧，低声问道："唱哪首歌？"

唐尧看了看尹菲旁边的萧雨晨，又环视了众人："那我就唱一首大家熟悉的《穿过你的黑发的我的手》，咱们都是西大的，可以说是师兄师弟，虽然我年龄长，未必就有你们唱得好，算一起切磋切磋。"

唐尧右手轻扫了一下琴弦，然后左手伸向琴头去调弦，同时看着杨阳说道："可能刚才你们弹的时候太投入，用力过猛，弦音不太准。"说话同时，唐尧的左手转动琴头上的弦轴，右手"嘣嘣嘣"地拨弦，他眼睛看着杨阳，两只手却鬼使神差地默契配合，跟杨阳的话说完，六根弦也已调完，唐尧左手往琴柄指板上一放，按了个C和弦，右手轻轻扫弦："3、1、3、5、1、3——"琴声悦耳，空谷幽兰。只此一举，娴熟潇洒，杨阳和任眯峰已不敢轻看。弹琴的见多了，但校弦如此快捷，对音阶感觉得那样准确，杨阳和任睐峰还是第一次看到。

"穿过你的黑发的我的手——"

唐尧没有弹前奏，弦刚一调好，却已先唱出了一句，是这首歌最经典的版本的起唱方式。

《穿过你的黑发的我的手》源自罗大佑《青春舞曲》专辑。《青春舞曲》是罗大佑从 1983 年和 1984 年两年岁末演唱会的实况录音中，选出《之乎者也》《将进酒》《未来的主人翁》等十一首歌做成的，是台湾流行音乐史乃至中国流行音乐史上第一张演唱会实况专辑。罗大佑现场的激情演绎，成千上万歌迷的纵情呼应是这盘专辑最打动和感染人的地方。当每一首歌的前奏刚一响起，歌迷们就知道罗大佑即将演唱的是哪首歌曲，欢呼声随之而起。而演唱《穿过你的黑发的我的手》时，乐队没有前奏，罗大佑先声夺人，一句"穿过你的黑发的我的手"刚一唱出，歌迷的喊叫声、口哨声如潮涌起，乐队紧跟而上，那种感觉，是穿越千年时空，把人类对爱的体验和共鸣诉之一瞬，无不让人如痴如醉。

唐尧唱歌时，现场只有八个人，自然不可能有呼声如潮的场面，但是唐尧一旦唱罗大佑的歌，用情至真，用心至纯，他的嗓音又和罗大佑的嗓音很像，稍带沙哑而又极富磁性，一句"穿过你的黑发的我的手"唱出，熟悉罗大佑的刘宏和尹菲心中即刻涌起的，自然是罗大佑演唱会现场那种热烈而令人陶醉的氛围，而任睐峰和杨阳则更是心头一震：此人绝不输于自己。

第二句唱起时唐尧的吉他伴奏也已开始，琴声与歌声相伴相和，于是在小小的包间内，缓缓的旋律深情的吟唱，如汤汤江水从每个人的心中流过：

（穿过你的黑发的我的手）

穿过你的心情的我的眼

如此这般的深情若飘逝转眼成云烟

搞不懂为什么沧海会变成桑田

牵着我无助的双手的你的手

照亮我昏暗的双眼的你的眼

如果我们生存的冰冷的世界依然难改变

至少我还拥有你化解冰雪的容颜

…………

在唐尧的心中，罗大佑从来不只是一个歌手，一个词曲作者，一个音乐人，他的歌曲已远远超出音乐的范畴。

单就这首歌，其歌词如诗，不只是有诗的韵律，更有诗的意境。它一开始并没有完整的话语，罗大佑给我们的似乎只是只言片语："穿过你的黑发的我的手"。仅仅是一只"手"，但那手所连带出的意象却丰富无比，胜过千万句花前月下的卿卿我我。整段歌词连缀起来，那些初感模糊的意象渐趋明晰，但却始终如雾中看花，难穷其真，却尽得其美。

而唐尧对罗大佑的每首歌曲都有深刻的理解和体会，他一直以为没有谁能像罗大佑那样对人类的感情有那样细腻入微的表现，他也希望能和周围所有的朋友一起分享罗大佑。分享的方式除了和朋友一起聆听罗大佑专辑之外，就是通过自己的歌声来感染大家。

在唐尧演唱的过程中，萧雨晨、刘亚轩和林雯三个女孩侧脸看着唐尧，痴痴地已完全被他打动。当唐尧唱到"我再不需要他们说的诺言，我再不相信他们编的谎言……"时，他的右手由拨弦改为扫弦，节奏由伤感的倾诉转为强劲的宣泄。唐尧的扫弦干脆利落，丝丝入扣，他的身体随着节奏有致地轻轻摇动，与他动情的演唱融合，一种强劲的力量直逼众人，引得大家和他一起陶醉。

此时的任睐峰和杨阳脸上的傲气已消失殆尽，倒有一种嫉妒的神情在眼中流露。唐尧最后一句"穿过你的黑发的我的手"唱完，琴声戛然而至，大家似乎从唐尧的歌声所营造的梦境中蓦然惊醒，掌声随之而起。

萧雨晨拍着手热情地看着唐尧："唐尧大哥唱得太好了！"

刘亚轩："没想到罗大佑的歌这么好听。"

刘宏坐在一旁斜眼看着任睐峰，扬扬自得，似乎刚刚唱歌的不是唐尧而是他刘宏。

唐尧把吉他递给杨阳："谢谢！"

杨阳站起来接过吉他："蛮好，蛮好！"

任睐峰依然是仰靠在椅背上大势不倒略带嘲讽地说道："还得向唐大哥学习。"

唐尧并不与任睐峰计较，接着他的话对萧雨晨说道："谈不上学习，有机会欢迎大家到我的爱人同志酒吧坐坐，我们可以一起感受罗大佑的歌曲。"唐尧说着拿出自己的名片发给大家。

刘亚轩接过名片一看："啊！你是'爱人同志'的老板？我去过。"

唐尧："那更好，以后上完课没事大家过去玩。"正说话间唐尧的手机响起，"你好——哦，知道了，我们马上就回来。"

　　唐尧收起电话，一丝不安瞬间从脸上掠过，他很快恢复正常，对萧雨晨他们说道："师弟师妹们，我有点事，得先走了，回头见。"

　　刘宏和尹菲随唐尧一起起身告辞。

　　萧雨晨非常热情地送他们走出包间："唐尧大哥再见！"

第三章　春望

雪后的阳光明媚异常，唐尧和尹菲送走刘宏，两人便往"爱人同志"走。

尹菲挽着唐尧的胳膊侧脸问唐尧："刚是汤米李的电话？有什么事？"

唐尧看看尹菲又抬头看着前边的雪景，隐藏了心头那一丝波澜，平和地答道："有个小伙子找你，在酒吧等着。"

尹菲很诧异地看着唐尧："找我？谁呀？"

唐尧摇摇头："不知道。"

唐尧和尹菲很快走到酒吧门口，见门口的积雪中间扫出了一条路。门上的"爱人同志"四个大字在积雪的掩映下别有情趣。虽然唐尧喜爱书法，但在选择"爱人同志"的字体时，没有用张扬的行草，而是选用方正的黑体，因为罗大佑的所有专辑中，专辑名称和罗大佑几个字大多都是以黑体为主，加上点缀字间的斑驳陆离，有种天地悠悠沧海桑田的感觉。

见唐尧尹菲走进"爱人同志"，汤米李立即从吧台走过来："唐总，找尹菲的人在那边。"

　　唐尧和尹菲顺着汤米李手指的方向一看，见大厅中间罗大佑巨幅照片下的桌子旁坐着一个人，他的身子刚好挡住了"我们很幸运，这一生有罗大佑为我们歌唱"中"罗大佑"三个字。

　　尹菲一看，对唐尧说："是我们部门的李飞。"说完便走过去，"李飞，你好，找我有事？"

　　李飞个子中等，五官端正，肤色黝黑，见尹菲过来立即站起来，显得有些局促不安："没什么事。你今天没有上班，昨天下雪，我想你会不会病了，我刚到你住的地方找你你不在，想着你经常来这里帮忙，便来这儿看看。"

　　李飞未见尹菲之前，想了很多的内容，没想到一见面竟把所有的话一口气说完，然后就站在那儿不知所措。

　　尹菲笑了笑："没事，今天节目上没我什么事，我就没过去上班，待会儿在唐尧这儿有些事，我跟主任说过了，明天就去上班。"

　　李飞红着脸没什么反应，说："那我走了。"

　　尹菲说了声"好吧"便送李飞往外走，走到门口时唐尧迎了上来，尹菲赶忙向唐尧介绍："我们部门的同事李飞。"尹菲又转向李飞一指唐尧，"'爱人同志'的老板唐尧。"

　　唐尧向李飞伸出手："你好。"

　　李飞和唐尧握手时，怯怯地看了唐尧一眼，满含着敬畏，也掺杂着些许嫉恨，然后转头对尹菲说了一句："我走了。"便转身走出"爱人同志"。

　　今天因为下雪，"爱人同志"里的人相对少一些。唐尧让汤米李放一首叫作《春望》的歌作为背景音乐：

　　无所事事地面对着窗外

　　寒风吹走了我们的记忆

　　冬天已去　冬天已去

　　春天在遥远里向我们招手

　　依然是清晨里微弱的阳光

　　依然是冰雪里永恒的希望

　　冬天已去　冬天已去

　　春天在睡梦里向我们招手

　　你再不要忘了神话里的童年幻想

　　你再不要忘记那甜蜜的成长

　　你再不要忘记母亲怀里童谣的歌唱

　　有一天它将再回到你的身旁

　　1981 年罗大佑为张艾嘉制作了专辑《张艾嘉的童年》，他把自己创作的《大家一起来》《四季》《落叶纷纷》及这首《春望》收录其中。罗大佑从未演唱过这首歌曲，人们听到的《春望》，是张艾嘉的声音。

　　在吧台旁边的一角，唐尧和尹菲坐在一张桌子旁，桌子后边的布置是一袭黑衣一头长发戴着墨镜的罗大佑的照片，旁边有几行小字：

　　1982 年，大佑出版第一张个人专辑《之乎者也》。收录《鹿港小镇》《之乎者也》《乡愁四韵》《将进酒》《摇篮曲》《错误》《恋曲 1980》《童年》《光阴的故事》等歌曲。该专辑的发行，造成台湾史无前例的自省风潮。

　　唐尧与尹菲对面而坐，唐尧笑着问尹菲："刚才这位李飞就是你们部门追你的帅哥？"

　　尹菲嫣然一笑："怎么样，比你帅吧？"

　　唐尧："没办法，现在的女孩都喜欢巧克力，谁让我是个白面书生？"

　　尹菲："呸，呸，变着样夸自己。别以为自己不得了，谁都离不开你？"

　　唐尧半开玩笑地看着尹菲："试试看！"

　　尹菲脸上的笑容倏然不见，唐尧从来都是这样满不在乎，但越是这样，尹菲越是放不下他。尹菲沉着脸说道："我在你心中到底算什么？"

　　唐尧见尹菲生气，赶紧笑脸相陪："说着玩嘛，当什么真！昨晚我不是都说过了吗？"

　　尹菲抬头看着唐尧："玩什么玩，人家刘宏都要结婚了——"

　　唐尧打断尹菲的话："刘宏结婚算什么，咱又不是不结，只是个时间的问题。刘宏人家有现成的房子，我总不能和你在'爱人同志'结婚吧？你放心，我再努力一年，好好地经营'爱人同志'，2000 年年底咱们把事办了。"

　　尹菲听着这些话心气顺了些，不过听到唐尧说到"爱人同志"的经营，又是眉头一皱，说道："你的经营策略得变变，不能老是由着自己的喜好。"

　　唐尧一愣："什么意思？"

　　尹菲："就像你现在放的这首《春望》，虽然和下雪的天气契合，但这歌不要说一般的人，就是喜欢罗大佑的也未必听过，以为谁都像你这样对罗大佑了解得那么清楚。我们适当地得照顾顾客的意愿，放《塞北的雪》比这都要好。"

唐尧："那不是有违我们的初衷？'爱人同志'应该以罗大佑为主，除了晚上蹦迪外。"

尹菲："你不能老是考虑罗大佑，你得考虑市场。"

唐尧看着尹菲非常坚决地说道："罗大佑我一定不会放弃，市场我也会考虑。"唐尧向吧台的汤米李打了个手势，汤米李放下手中正调酒的器具走过来，唐尧示意他在对面坐下，"汤米，有两件事我们必须提前考虑，一个是圣诞节，一个是元旦。千禧年是全世界的一个热点，也是商家必争的有利时机，我们自然也不能错过。圣诞节你最熟悉不过，在大厅的布置门头的设计上你多费点心思。要有圣诞气氛，同样要与众不同。具体活动你和尹菲回头商量一下。印一些宣传单，散发到附近的几个大学。元旦前夜全世界都在迎接千禧年，中央电视台全程直播，南门外的大型晚会也在直播之中，我们自然要凸显我们的特色，我想搞一个'佑派迎千禧'活动，除了在附近高校做宣传外，尹菲想办法在你们节目里给做个宣传，回头请你们部门人来狂欢一夜，算作回报。另外，汤米，你待会儿跟广州这家公司联系一下，了解了解成人玩具的情况，成人玩具是新兴的休闲放松的玩具，广州、北京有专门的成人玩具吧，西安这个还是一个空白。我们可以把它和我们的酒吧结合在一起，必定会让客人流连忘返，这一步我们必须走在前头。"

汤米李真名叫李韬民，叫得快了听起来像李汤米，又是学外语的，唐尧干脆给他起了个英文名字汤米李，和《黑衣人》的汤

米李琼只差一个字，叫起来还顺口。汤米李瘦而高，额前的头发
染成了透亮的金黄色，是蛮时尚的那种男孩，同样是个罗大佑的
铁粉。汤米李聪明能干，深得唐尧喜欢，而他对唐尧则是打内心
里佩服，从来都是言听计从。他把唐尧讲的话简要做了记录，然
后从唐尧手里接过写有广州那家公司地址的纸条，匆匆回到吧台
忙他的事。

尹菲见唐尧一口气说了那么多，不知他是成竹在胸已酝酿了
很久，还是因了自己说他不注重市场而即兴反击，但对于她来说，
唐尧的举手投足都是风流倜傥，尤其是他说话间眼中闪烁的激情
和执着，会感染每一个和他交流的人，让你不能不信服他的每一
个想法。他所给予你的似乎是一个战无不胜的信念，是一个永远
可以停泊的港湾。尹菲自从第一次见到唐尧，就深深被他身上的
这种魅力所吸引，感觉似乎命中注定要和此人共度一生。一想到
穿上婚纱手挽唐尧，踏着婚礼进行曲走向满座宾朋，尹菲心中便
如春风掠过，暖暖的，酥酥的。心里一美，脸上竟有微笑浮现。

唐尧见尹菲独自低头，笑得春意盎然，浑然忘我，便用脚在
桌下踢了踢尹菲的脚："想什么呢？笑得这么灿烂？"

尹菲倏然一朵红晕绽在脸上，对着唐尧小嘴一噘妩媚地一笑：
"想你呢呗！"

唐尧见尹菲满脸忽现纯真稚气，可爱得像雨后初绽的花蕾，
让人只可倾心呵护，而不忍见它有丝毫残损，不由得心中有感动
涌起。想到将与这个女孩终老一生乐享天伦，唐尧眼中柔情一闪，
如有电流击身，看着尹菲说了一声："I LOVE YOU！"

尹菲闻言，蓦然脸色绯红，眼中有泪光闪动。和唐尧相处一

年多，两人的关系早非寻常，以身相许是她初见唐尧就有的感觉，但每当她问起唐尧是否爱她时，唐尧总是回答"是"或者点点头"嗯"上一声，今天竟甜言如蜜脱口而出，尹菲蓦然浑身一热，感觉整个"爱人同志"都春意融融阳光明媚。她正想说一声谢谢，突然唐尧的手机响起。

唐尧打开手机眼睛还瞅着尹菲，尹菲更是专注地看着唐尧，四目相对，有情意万千，在眸中闪现。而当唐尧对着手机"喂，你好"的一声，尹菲明显感到唐尧眼中的柔情瞬间消逝，似乎突然之间从和自己对面而坐的情境跳跃到另外一个世界，脸上现出诧异而又暗含惊喜的表情。

尹菲问了一句："怎么了？"

唐尧脸色一红，迅速瞥了一眼尹菲，很快恢复了平静："好，就这样吧，待会儿4点西大见。"唐尧合上手机对尹菲说，"我去西大一趟，你帮着汤米李把圣诞节的活动做一个预算。"唐尧说着便起身穿上外套就往外走。

尹菲一个人坐在那儿，想着刚才瞬间的变化，直觉告诉她，唐尧此去一定有事瞒着她，并且很可能是和女人有关。尹菲首先想到的就是中午在高老庄认识的萧雨晨。可以看出萧雨晨对唐尧印象极好，而唐尧对女孩的吸引力自不必说，这最让尹菲感到不安，也更激发了她拥有唐尧的欲望，她决不允许他们之间出现任何差错。尹菲坐在那儿，越想越坐不住。她起身走到吧台前，跟汤米李打了个招呼便走出了"爱人同志"。

白雪覆盖的西大校园显得纯净而美好，步入其中，真如走到了世外桃源。然而对于尹菲来说，此时无心留意身边的雪景，她几经打听，来到了学生宿舍2号楼。中文系的研究生在这幢楼的四层，萧雨晨下午没课，一定在宿舍，唐尧可能也……尹菲胡思乱想着已来到四楼，找到2408宿舍，见门上贴有萧雨晨的名字，便在门前站定。她吸了口气，定了定神，然后伸手敲门。随着一声"谁呀"门已打开，萧雨晨青春靓丽地出现在她眼前："咦！尹菲？你好。"

尹菲略显拘束："你好，不好意思打扰你。"

萧雨晨粲然一笑："快进来，打扰什么呀，主持人我们请还请不来呢！"

学生宿舍暖气不错，萧雨晨穿着羊毛开衫，里边的衬衣敞开到胸口，散发着青春的气息。尹菲走进宿舍环视了一下四周，见只有萧雨晨一个人，她稍有宽心。但空气中弥漫的烟味又让尹菲忐忑不安。萧雨晨见尹菲心事重重，便问了一句："尹菲姐，找我有事吗？"

尹菲回过神来赶忙说道："没什么，我来看看你有什么书，借我看看。平常没什么事，看书消遣消遣。"

萧雨晨一指床头："我的书都在这儿，你随便看。"

尹菲过去随手一翻，从萧雨晨床头自制的书架上抽出一本书，一看是本《周国平文集》，便说："就这本书吧，周国平我挺喜欢的。"说着话尹菲用余光留意了一下萧雨晨的表情，又看了看宿舍，生怕看到与唐尧有关的东西。蓦然宿舍门被推开，一男孩嘴里叼着根烟，两手提了两个热水瓶走了进来。尹菲一看，正是在高老庄见的胖男孩任眯峰。任眯峰见尹菲坐在萧雨晨床上，冷冷地看了一眼尹菲，礼节性地打了个招呼："你好。"紧随任睐峰之后，林雯和刘亚轩也走了进来，她们见到尹菲来到宿舍都显得非常高兴。

尹菲见任睐峰叼烟进来，心中如释重负。她向任睐峰点了点头然后站起来对萧雨晨说："雨晨，这本书看完后还你，我先走了。"

"尹菲姐，来一次就多坐一会儿呗！"萧雨晨挽留尹菲道。

林雯、刘亚轩也一起站起来："就是啊尹菲姐，下午我们又没课。"

尹菲笑着对她们说道："不了，一会儿我还有点事，我先走一下啊！"

萧雨晨把尹菲送到楼梯口："尹菲姐，常来我这儿玩，下次和唐尧大哥一起来！"

尹菲走出萧雨晨宿舍楼，走在校园厚厚的雪地上，心里非常轻松。她想自己是误会了唐尧，一想到自己竟这样着急地吃萧雨晨的醋，心里不觉有些好笑。她快步前行，刚走到西大门口，蓦然听到身后有人叫她，她一转身见唐尧向她走了过来。

唐尧："你怎么来西大？"

尹菲稍有紧张，即刻平静："我问萧雨晨借本书。"说着把《周国平文集》递了过去。

唐尧接过书，然后看了尹菲一眼。

尹菲感到他的眼光中有询问和质疑，似乎是猜透了自己的心思，赶紧说了声："周国平我特别喜欢，上大学时读过他的《尼采：

在世纪的转折点上》。"说完便挽上唐尧的胳膊往回走。

　　"爱人同志"今晚关门较早，不到 12 点，尹菲就和唐尧收拾完毕躺在了床上。尹菲紧搂着唐尧，觉得只有这样，唐尧才真的存在，才真的属于自己。但唐尧似乎毫无知觉，静静地躺在那儿，大气都不出一口。尹菲想可能昨晚睡得太晚过于疯狂，今儿肯定是太累了。自己明天要上班，也该早点休息，但她没有一点睡意。她今天去找萧雨晨，本身就是对唐尧的不信任，她心里觉得有些愧疚，这种愧疚感使她更对唐尧倾心。她一条腿搭在唐尧的腿上，身子往唐尧身上使劲一靠，而唐尧依然纹丝不动。他该不会累得一上床就睡着了吧？尹菲斜身抬头一看，却见唐尧眼睛睁得大大的，一动不动地望着窗外，似乎是灵魂出窍，不知他心在何处。这大出尹菲所料："嘿！你想什么呢？"

　　对尹菲的询问唐尧同样没有积极地回应，只淡淡地说了句："没想什么。"

　　这更使尹菲感到奇怪："该不是有什么事瞒着我吧？"

　　唐尧总算扭头看了尹菲一眼："没有啊！"

　　尹菲越来越觉得不对劲："那你下午去西大干吗？"

　　唐尧转过身来反问道："你去西大干什么？该不是跟踪我吧？"

　　尹菲被戳中要害有些紧张："我跟踪你干吗？"但很快转而反击，"你做了什么不能见人的事啦？"

　　唐尧："我也纳闷。我既然说过会与你厮守终生，就决不会做对不起你的事。但不能说我和你结婚，就不能和其他女性交往。"

尹菲机警地抓住了唐尧的话柄："你下午和哪个女性交往？"

"谁说我下午是和女性交往？"

"你刚说过的！"

"我哪儿说了？"

"交往就交往，没什么大不了的。"

"就有什么大不了的，没交往还是没交往。"

"那你去西大干什么？"

"不想告诉你。"

"你有什么事不能告诉我？"

"你没必要知道的就不用告诉你。"

"你的事没有我没必要知道的！"

"即使我现在已经是你的老公，我也应该有自己的隐私。"

"你的隐私如果可能伤害我的感情，我就有权知道！"

"对不起，我累了，我要睡觉了。"

见唐尧一转身背对了自己，尹菲再没有了言语，委屈的泪水夺眶而出。

唐尧听到身后尹菲的啜泣声，转身一看，见尹菲已泪水洗面，赶紧伸手过去搂着尹菲的脖子："别哭啦，有什么大不了的事？我下午去西大是到一个老师家，老师身体不好，我过去帮他把煤气罐扛到五楼，又和他聊了会儿天，然后就往回走，一到西大门口就碰到了你。"

尹菲伸手抹了抹脸上的泪水，半信半疑地看了看唐尧，然后把头埋在唐尧的怀里。她暂时不想考虑这件事，受了委屈的她只有躺在唐尧的怀里才是最好的慰藉。唐尧看着怀中的尹菲，怜香惜玉之情陡然生起，他紧紧搂了一下尹菲，亲了亲她。尹菲似乎找到了倾诉的对象，要把一肚子的委屈倾泻出来。在两人的相亲相拥中，尹菲感到胸中块垒随风而逝……

第四章　将进酒

"尹菲——"

李飞的一声呼叫把尹菲从沉思中唤醒。

早上一上班，尹菲坐在办公桌旁心神不宁，想着昨晚与唐尧的对话，总感觉有些蹊跷。昨天晚上她不想再提那件事，现在坐在办公室却不由得不想。唐尧去西大绝不会是帮老师换什么煤气罐，他昨天下午接电话时的神情本就不同寻常，让人颇感猜测，昨天晚上的表现则让她心中再起波澜。他们认识以来很少唇枪舌剑，唐尧比尹菲大几岁，虽然有时显得对任何事都满不在乎，但总是能让着尹菲，也从不对尹菲隐瞒什么。而昨天唐尧的心不在焉吞吞吐吐很是让人无法理解。

李飞的一声喊叫让尹菲的心思回到了办公室，知道了自己还在上班。李飞平常乐于上班，除了喜欢电视工作之外，就是和尹菲对面而坐。哪天上班如果见对面的办公桌没人他就心烦意乱，脾气也显得暴躁，跟谁说话都吹胡子瞪眼。如果上班时尹菲多看他一眼，他一整天都会心情舒畅，他会主动热情地帮任何人审片看带，像是一个志愿者。他的情绪就这样每天随着尹菲对他的态度而在两个极端转换，惹得办公室的同事不管是得到他的帮助还是被他吹胡子瞪眼，待他一转身都会说上一句"神经"。

李飞对尹菲的暗恋不知始于何时，更不知将终于何时。

他们一个是摄像，一个是主持。两个人对面而坐，又经常结伴而出，是最固定的组合。依尹菲的相貌和气质，一般人都会一见倾心，而李飞更是天时地利，近水楼台。

"尹菲，主任让咱俩到他办公室去。"

李飞说话时嘴角满是笑容。尹菲对李飞还以微笑，整理整理思绪，和他到了主任办公室。

主任找他们去是为了下周一采访的事。下周贺岁片《没完没了》剧组将来西安做首映宣传，影片主创将来西安和观众见面。主任让李飞检查好设备，尹菲查找相关的资料准备采访前的案头工作。

一走出主任办公室，李飞就急切地对尹菲说："尹菲，资料你就不用管了，我帮你查找。"

尹菲赶忙推辞："不用了，我自己来。"

李飞推开办公室门，让尹菲先进："没事，他们在北京等地的宣传报道我都看过，不费吹灰之力就帮你搞定。再说我这设备也没什么要准备的。"

尹菲见盛情难却只好让步："那就麻烦你了，中午我请你吃饭。"

李飞闻言心花怒放，黑色脸上有红晕升起，像巧克力抹上了番茄酱：老暗恋不是办法，待会儿吃饭时得找机会向她表明，再怎么也是个大老爷们儿，该出手时就出手，要不然早晚会让

"爱人同志"那小子得手。李飞心里一高兴，手上更是利索，他迅速地在厚厚的一沓《戏剧电影报》和《北京青年报》中翻找着。

李飞查资料时，尹菲在一边"啊——咿——"地练声。一日之计在于晨，对于主持人来说，早上练声尤为重要。尹菲一会儿读报上的新闻，一会儿读唐诗，一会儿又是绕口令："红混纺，黄混纺，红黄混纺，粉红混纺。"而她每天练声必读的还有罗大佑的歌词，不只因为她受唐尧的熏陶也喜欢罗大佑的歌，更主要的是一读罗大佑似乎唐尧就在她身边。她包里的采访本上，有唐尧为她抄写的罗大佑的十几首歌词，那每一首歌似乎都记录着她与唐尧在一起的时光。她今天朗诵的是《将进酒》：

潮来潮去　日落日出

黄河　也变成了一条陌生的流水

江山如画　时光流转

秦时的明月　汉时的关

双手拥抱　是一片国土的沉默

少年的我　迷惑

摊开地图　飞出了一条龙

故国回首　明月中

罗大佑的歌本身其词如诗，这首《将进酒》更以古诗入词，使得它不但吟唱起来如酌酒对月慨叹逝者如斯，读起来同样朗朗上口。加上尹菲专业的播音水平，又有着对歌词及其背后许多故事的深刻体会，她今天因和唐尧的事心情多少又有些郁闷，正好与《将进酒》的情境接近，读来更具感染力：

风花雪月　自古依然

祖先的青春　刻在竹板上

爱情如新　爱情复来

圣贤也挡不住　风流的情怀

多愁善感　已经离我远去

酒入愁肠　成相思泪

蓦然回首　想起我俩的从前

一个断了翅的诺言

李飞在一旁翻阅报纸，不时地偷看一眼尹菲。听尹菲由"啊咿"基本的练声，到后来读新闻说绕口令，再到现在声情并茂地读罗大佑的歌词，他的情绪也随着尹菲的声音有起有伏。尹菲声音中所透出的忧郁、伤感和沧桑感无不让李飞与之共鸣，要不是怕影响尹菲，他一定会击节相和。

光阴似箭　日月如梭

童年的文章　如此做

青春不再　往日情怀

我未曾珍惜的　我不再拥有

亲爱的朋友　你的心事也重重

何处是你　往日的笑容

莫再提起　那人世间的是非

今宵有酒　今宵醉

尹菲一口气把《将进酒》读完，自己感觉音调的抑扬顿挫、感情的分寸把握都比较到位，读的同时也是一种情绪的宣泄，所以读完之后心情倒轻松愉快了许多。

"棒极了！"李飞见尹菲朗读完毕，深情地瞅着她美言附和。

尹菲身子往椅背上靠了靠，放下手中的采访本，避过李飞的眼光，轻轻呼出了一口气，淡淡地说道："谢谢。"

李飞把查到的资料递给尹菲："这里有影片导演北京答记者问的情况，有观众看完影片后的反应，还有关于影片的介绍。"

尹菲接过报纸，翻阅着整理采访提纲。

"能拍贺岁片的也就他了，什么《好汉三条半》《春风得意梅龙镇》纯属搞笑，简直就是浪费胶片，浪费两岸三地的演员资源。"李飞只要和尹菲在一起，话就格外多，并且总希望能有点与众不同的言论或惊世骇俗的举止。

尹菲边看资料边在采访本上做记录，头也未抬："他把都市人的心态揣摩透了，去年的《不见不散》我特喜欢。"

"那是，《不见不散》里，葛优和徐帆演绎的爱情故事真是温馨浪漫到了极点。葛优、徐帆挺好的搭档，不知道这次为什么要换吴倩莲？"李飞说话时目不转睛地看着低头工作的尹菲，心中有热血沸腾，他想尹菲一定能感觉到自己在注视她，并且在接受着这种注视。

尹菲低头伏案，心里在考虑着下周一的采访，完全没有注意到对面李飞的表情："故事需要吧，也不能老是葛优、徐帆，换个吴倩莲也让观众有个新鲜感。"

"其实也不一定只换女主角，男的也可以换换，"李飞觉得自己的心似乎要跳到尹菲眼前，尹菲眼睛随意的转动在他看来似乎都是着意察看自己的举止。他想不应该非得等到中午吃饭时才向尹菲说明，现在就是挺好的机会，"女性更应对男的做出谨慎的选择。给徐帆换个姜文，换个赵文瑄，多几个选择才知道和谁搭档最合适。哎，尹菲！你对男性有什么要求呢？"

李飞冷不丁的一问让尹菲有所觉察，感到他话里有话。

尹菲抬起头看了看李飞，见李飞故作自然的神态显得稚气可乐，她笑了一下说道："有什么要求？像你说的多接触几个人，有比较才好取舍。"

尹菲随意的一句话在李飞心中泛起波澜，他心跳突然加速，自己感到蓦然浑身发热，有热血迅速涌向头顶，他说了声"我——"，刚想说我希望我也是能和你接触的人之一，结果后半截话卡在那儿再也出不来了。

见李飞紧张得脸红脖子粗，尹菲一时也不知如何应付这个场面，她合上手中的采访本，缓解了一下情绪："其实不管是男性还是女性，都应多交一些朋友，同性也好，异性也好，主要是在困难时能够出来帮你。你说是吗？"

"是，是，尹菲，你有什么事尽管说，你的事我绝对万死不辞。"尹菲的话化解了李飞的紧张情绪，虽然这次没能捅破隔在两人之间的那层纸，但能向尹菲表示忠心也算委婉地表达了爱慕之情。

尹菲莞尔一笑："我能有什么事呀，让你把命都搭进去，像黑社会一样。咱们既是同事又是朋友，有事自然会请你帮忙。"

尹菲想着以"朋友"的关系明晰他们之间的界限。但在李飞看来尹菲既称自己为同事又呼作朋友，关系自然比一般人要深一层，心下狂喜不已。

《没完没了》的故事与《不见不散》不大相同，但同样地好看，影片的京味幽默再一次征服观众，给世纪末的人们带来美好与憧憬，给迎接新千年的人们带来欢乐和笑声。

西安的观众对葛优一行的到来表现出了极大的热情。不管是在新闻发布会现场还是在影院，不管是记者的竞相提问还是观众的热烈欢呼，都表现出了古城人特有的热情。

尹菲和李飞从上午 8 点就赶到秦都酒店参加新闻发布会，8 点 30 分，导演带着葛优、傅彪、吴倩莲等主创来到现场。尹菲在新闻发布会上避开了一些报纸娱记关于影人花边、生活琐事的捕捉，而以专业影视节目主持人的落落大方和深厚积淀与导演和演员展开了讨论和交流，在诸多记者中鹤立鸡群。李飞因为今天用的是轻便小巧的 150 摄像机，比以往的 BATCAM 摄像机方便了许多，所以在人群之中自如穿梭，一会儿是尹菲提问的中近景，一会儿是导演演员们回答问题时的大全景，一会儿又是记者们的反应镜头。对于他来说，那些腕儿除了是他的工作对象外，没有什么更多的意义。在他心里星光四射的只有尹菲，新闻发布会因为有尹菲的存在而让他感到不同寻常。

新闻发布会之后，影片主创一行先后到和平、西北、阿房宫等电影院和观众见面。观众们刚在银幕上看完《没完没了》，沉浸在故事中还未完全醒过神，故事中的人却蓦然出现在银幕下的舞台上，那种感觉犹如民间故事中的画中人突然从墙上走下来，人们的兴奋与惊奇可想而知。

在观众欢呼雀跃的时候，尹菲可以坐在观众席上休息一下，李飞依然忙得不亦乐乎。他俩的心情和此时的观众一样起伏不定难以平息。尹菲是因为对今天发布会上自己的出色表现而高兴，李飞则是因为尹菲高兴而高兴。阿房宫影院是这次活动的最后一站，尹菲和李飞从阿房宫出来，已是下午 5 点，他们叫了一辆出租车直奔电视台。

出租车司机特别喜欢《编辑部的故事》，一听说他们是去采访葛优，非常高兴，尹菲便给他讲见面会上葛优的光头怎样被热情的观众摸来摸去的情况，讲到趣处尹菲脸上的笑容灿若桃花。李飞侧脸看着尹菲，见红色大衣裹着的尹菲脸色白皙而又透着红润，格外妖娆美丽，他很久没见尹菲这么高兴过。

他们和出租司机一路说笑着前行，当车经过西大北门口时，尹菲突然眼前一亮，见唐尧站在西大门口。

尹菲看到唐尧站在那儿四处张望，显然是在等一个人，绝不是像他所说是给老师换什么煤气罐。上周尚未消解的疑团又在她心中浮起，她急忙喊了一声："停车！"

出租车因为刚过了十字路口，还没来得及提速，所以停得倒很稳。尹菲拿出十块钱，未等找钱就打开车门跳下了车，李飞不假思索跟在尹菲后面下了车。

尹菲下车便追向唐尧，忽然听得李飞喊她的名字，一扭身见李飞跟来，她猛然改变主意。还未等李飞问她下车干什么，她便急切地对李飞说："上周你去'爱人同志'找我时见的那个唐尧你记得吗？"

李飞说了声："就是'爱人同志'那个唐总？记得！"心里却道："是我的劲敌，怎么能忘了？"

尹菲边往西大门口走边对李飞说："李飞你帮我个忙！"

　　李飞把装着摄像机的大包往身后一移，紧跟着尹菲："有什么事尽管吩咐！"

　　尹菲指着走进西大校门的唐尧的背影："你看穿咖啡色短大衣的，就是唐尧，你帮我跟着他，看他去西大干什么。"

　　李飞没想到是让他跟踪唐尧，他稍一愣神然后非常坚定地点了点头说了声"没问题"，便跟进了西大。

　　见李飞进了西大校园，尹菲站在西大门口不知所之。她的心里乱极了，今天采访带给她的愉悦一扫而光。她又觉得自己见唐尧在西大门口站着就产生怀疑似乎有点武断，让李飞去跟踪唐尧似乎更是不该。但若不这样，她实在不知该怎样说服自己。她感到来来往往的学生和路人似乎都用异样的眼光看着自己，让她觉得无地自容。刚好一辆出租车停在她身旁，她顺势上了车。她不想回"爱人同志"，给司机说了声"到何家村"，便向她租住的民房驶去。

　　李飞一进西大校园就加快了脚步，走到距唐尧十来米远时慢了下来，保持匀速前行。唐尧在他前面边走边拿着手机与人通话。他跟着唐尧绕过喷泉，穿过紫藤园，又走过张学良修建的大礼堂。唐尧打完电话后，一会儿步伐加快，一会儿又闲庭信步，四处张望，优哉游哉。最后他走过学生宿舍楼，来到了操场。

　　操场在学校的东北角上，是校园的偏僻所在，由篮球场和足球场组成。因为前几天刚下过雪，运动场上少有人运动。足球场还在篮球场的后面，并且犹如盆地下陷，加上周围树木遮挡，更与前边分隔，好像世外桃源。这儿除了早上和下午学生锻炼之外，就是学生约会的绝好去处。

李飞见唐尧走在足球场外的跑道上，然后在旁边的看台上铺了一张纸坐了下来。李飞远远地站在足球场看台外的沙土上，这儿是单双杠场地，与足球场以树木相隔，又是居高临下，把唐尧看得清清楚楚。

李飞把装摄像机的包放在旁边的石椅上，他伸手抓在单杠上做引体向上。他边运动边瞅着唐尧，见唐尧坐了一会儿又拿出手机打了个电话。唐尧的手机刚一收起，一个穿着黑色大衣的女孩向她走去。

李飞即刻从单杠上跳下，伸手拎起包就往前走。刚一拎包的瞬间，他突发奇想：有现成的 150 摄像机，偷拍岂不更好？况且天色又不是太晚光线还不是太暗。于是他躲在一棵树后面拿出了摄像机。

尹菲刚开始说让李飞跟踪唐尧时，他还不解其意，只是作为尹菲布置的任务，义无反顾地去完成。现在见有女孩向唐尧走来，他的心中很是激动。这不明摆着是给唐尧挖坑给自己铺路吗？想到此，李飞小心翼翼打开摄像机，把镜头对准了唐尧和穿黑大衣的女孩……

何家村离"爱人同志"不远，是一座都市里的村庄。农民把地卖给国家后便把自家的房盖得越来越高，民房出租是家家户户的主要收入来源。尹菲租住在一个人家的三层楼上，房间只有十二平方米。因为老不回来住，房间里满是潮闷的气味，尹菲一进门便打开窗户敞开门透气。

隔壁的四岁小男孩见尹菲回来，手里拿着个烤红薯走了进来，细声细气地对尹菲说："阿姨，你可长时间都没回来了。我挺想你的，昨天我在电视里还看到你呢！"

小男孩叫何和，尹菲刚住进来时经常和何和玩，但她今天实在没有心情逗他。尹菲把何和递过来的烤红薯还给他，摸摸他的头说道："谢谢你，何和，阿姨不吃。"

何和仰头看了看尹菲依然是慢条斯理却一本正经地说道："阿姨，你有心事？是不是男朋友和你约会没来？没事，我和我们班的王小丫约会我就没去，因为我和我妈的约会更重要。"何和压低嗓子神秘地对尹菲说，"我妈要带我去买游戏机，别让我爸知道！"

何和像大人一样的语气和神态更显得稚气可爱，看着他尹菲烦躁的情绪有所缓解，但她还是没有心思和何和玩，便拍拍何和的小肩膀："何和，阿姨今天有事，你先回家好吗？"

何和不情愿地看了眼尹菲，一转身走了回去。何和一走，尹菲关上房门，坐在床边，用手梳理了一下头发，心平气和了许多：或许真像何和说的那样，失约的男孩只是有其他事。她打开了十八英寸的旧彩电，随手摁了一个台，便斜躺在床上等李飞的消息。

大约 6 点半的时候，尹菲听到有上楼的脚步声，她想应该是李飞，便起身去开门。门一开，李飞气喘吁吁地站在了她面前。

"李飞，快进来！"尹菲急急把李飞让进房内。

李飞进门把摄像机包往桌子上一放，怔怔地看着尹菲说："尹菲，你猜我看见了什么？"

尹菲知道，她最担心的事情发生了！

她刚才躺在床上一直自我宽慰，想着李飞一来肯定会告诉自己，他看见唐尧和西大的老师在一起。但事实确非自己所料，李飞的表情已告诉了她一切，她点了点头示意李飞继续说下去。

"我跟着唐尧到了西大的操场，他在操场等了一会儿，等来了一个身穿黑大衣的女孩。"

尹菲虽然有心理准备，但听李飞一说还是心如锤击一般，直往下沉。

"女孩身材挺好，留着学生头，短发齐耳。"

尹菲一听心中一紧：真是萧雨晨！

"他们一开始绕着操场走，走了两圈后就在一棵树旁停下来，然后就——，哎，我用摄像机拍了下来，你看看就什么都清楚了。"李飞说着转身打开摄像机包，要拿出摄像机。

尹菲面无表情地说了声："算了。"

李飞听尹菲说不看拍的东西，倒有点奇怪。

"我不想看了，你明天上班帮我把它录一盘家用带，不要让其他人看见。"尹菲说完坐在了床上，似乎全身无力。

李飞关切地看着尹菲说："你没事吧？"

尹菲抬头看了看李飞："我没事，谢谢你李飞。你走吧。"

李飞："我帮你买点饭，你得吃点东西。"

"不用了，我一点都不饿。我想一个人静静。"

李飞不知所措地愣了愣："那我给你倒点水。"说完便找杯子拿热水瓶。

"你烦不烦，说让你走就走，谁让你管？"

李飞没想到尹菲会大发脾气，他定了定神，对尹菲说："尹菲，我知道你心里很难受，我也不知道你和唐尧之间到底有什么事情会让你这样，你的事情相信你会处理好，只是你自己的身体你得爱惜。咱们共事这么长时间，相信你也觉察得到我对你的感情。我不奢求能从你那儿得到什么，我也不会强求你做任何事情，我只希望你每天都能开开心心，这对于我来说很重要。"李飞没想到酝酿了很长时间一直没有机会说出的话，在毫无准备的情况下竟一气呵成。

尹菲感觉到自己有些过分，站起来走到李飞跟前："李飞，对不起。我不该对你乱发脾气。"

李飞见尹菲眼中满含歉意，充满真诚，心里蓦然一热。尹菲从来没有那样满眼含情地注视自己，李飞兴奋得有点紧张，两人近在咫尺，尹菲的呼吸他都能感觉得到，他头脑一热，身不由己地往前移动，一股欲火在他心中熊熊燃起：他真想上去抱一抱尹菲。而要迈出这一步，何其难啊！他对尹菲的道歉只说了句："没什么，只要你高兴，我怎么样都可以。"

尹菲站在李飞对面，第一次真正打量着这个和自己在一个办公室相处了一年多的男孩：他的相貌和气质并不算差，只是自己从未用心注意过。他刚才的一席话很让尹菲感动，尹菲一个人生活在西安，没有任何亲人，唐尧一直是她生活的核心与依靠，当她突然感到这个支柱可能坍塌时，她真的不知自己将该如何支撑。她觉得自己的身子飘飘忽忽没了支点，她也感觉到李飞炽热的胸怀期待将她拥入，而她似乎茫茫然就要靠将上去，但并不因为他是李飞，只是自己无助时要依靠的一棵树，一堵墙。

正因如此，她绝不能靠上去！

李飞的心跳越来越快，他已没有了理智，只有烈火样的冲动在膨胀着他的躯体，一切顾忌和胆怯都被烈火烧毁，他豁出去了。

"嘭——嘭——嘭——"一阵敲门声把李飞和尹菲从各自的情境中惊醒，尹菲说了声"请进"便去开门。

门一开，何和端着一碗菜拿着一个馒头走了进来："阿姨，我妈做的饭，你凑合着一吃，就不用做啦！"说着话他不由分说地走进去把碗放在了桌子上，一转身看了一眼李飞，"哼"了一声就往外走，走到门口时又向尹菲招了招手，示意她过去。

待尹菲走到他跟前，他让尹菲弯腰低头，然后趴在尹菲耳边悄声说："对于这种失约的男生，要给他点颜色看看！"

尹菲摸了摸何和的头说了声"小家伙懂得倒不少，快回家去"，然后转身对李飞说道："没事啦！饭也有得吃了，你可以放心地走了。"

李飞看了看尹菲，见她已恢复了平静，惋惜至极却又无可奈何，只好转身从桌子上取下摄像机包说了声"那我走了"，便出门下楼。

"汤米李，尹菲有没有来电话？"唐尧一进"爱人同志"就到吧台前问尹菲的消息。

昨天晚上快 8 点还不见尹菲回来，唐尧便拨通她的手机，她说晚上加班剪《没完没了》的片子不回来了，唐尧也就没在意。结果今天一直没见尹菲联系，唐尧感到有点奇怪。平常尹菲上班有事没事，中午吃饭时都会打个电话来问长问短，似乎一时不见就如隔三秋。而昨天一夜未回，今天一天没见，也没一个电话，唐尧觉得事有蹊跷。所以他从外边一回来就向汤米李打听尹菲的情况。

今天客人不少，汤米李忙得不亦乐乎，见老板进门气色不错，估计团体包场的事八成是敲定了。对唐尧的问话他没有直接回答，而是用下巴颏往他们的卧室方向一努。唐尧疾步走向他们的房间，一进门见尹菲正坐在床边看电视。尹菲对唐尧的进入视而不见，头也没抬。唐尧走过去伸手一摸尹菲的长发："忙什么呢？一天都没见踪影。我还以为出什么事啦！"

尹菲抬起头，脸上毫无表情，两眼木木地看着唐尧："你真的今天还挂念着我干什么？"

唐尧一愣："我怎么不挂念你呢？不挂念你挂念谁？"

尹菲不觉得唐尧是在演戏，但李飞所见却是千真万确，她头转向一边低声说道："你挂念的人应该在西大吧？"

唐尧心中一惊，反问道："西大我牵挂谁啊？"

尹菲转过头来两眼直视着唐尧："你昨天没去西大见萧雨晨？"

唐尧脸色微红："我昨天是去西大，但没有见萧雨晨啊！"

尹菲见唐尧如此抵赖再也抑制不住心中的怒火，她伸手从身后的包里拿出一盘家用录像带往床上一扔，带着哭腔说道："你自己去看看！"说完趴在床上低声啜泣。

这一下大出唐尧意料，他没有选择，只有过去拿起录像带放进了录像机。他一摁"PLAY"键大吃一惊，电视上的画面正是坐在操场的自己。

　　"这是谁拍的？"唐尧有点惊慌又有点恼怒地问道。

　　"谁拍的重要吗？希望你能看完这段录像！"尹菲抬起头看了看唐尧又扭头看向电视。

　　电视画面上有一个身穿黑大衣的女孩从左侧迎着镜头走近。尹菲瞅着唐尧问道："这不是萧雨晨？"

　　唐尧有些紧张但却非常肯定地说道："这不是萧雨晨！"

　　尹菲闻言一愣：难道真的不是萧雨晨？

　　再往下看，见唐尧和那个女孩肩并肩绕着操场走了两圈，边走唐尧边用手指着似乎在介绍什么。后来两人在操场东北角的一棵树旁站定，两人相望了一会儿，然后相拥在一起。镜头推成特写，尹菲一看，果然不是萧雨晨！

　　录像就此结束，唐尧愣在那儿一时不知说什么好。

　　尹菲两眼直盯着唐尧一言不发。

　　她本以为那个女孩是萧雨晨，而突然的变故更是给她当头一击。她已没有力气追问，更没有力气发作，只是两眼直直地盯着唐尧，她眼里射出的光，犹如两颗子弹，直射向唐尧的双眼。

　　大厅传来罗大佑《将进酒》的歌声：

　　亲爱的朋友你的心事也重重

　　何处是你往日的笑容

　　莫再提起那人世间的是非

　　今宵有酒今宵醉

　　……

第五章　恋曲 1980

明天就是 1990 年元旦。

学生宿舍 8 号楼前，昏黄的路灯下人来人往，让柔和的夜色多了一分躁动，有青春的气息与活力洋溢其中，有美好的浪漫在酝酿生成。

本该是上晚自习的时间，却因着是今年的最后一夜，学生们便相约着去 HAPPY。8 号楼是学校的女生楼，学校规定女生楼禁止男生进入，所以男生们站在 8 号楼前，如隔河相望在水一方，君子好逑而焦躁激动。

约到女孩的男生或站在楼门一侧，或蹲在马路旁边，等待梦中情人的出现；没约好的正站在传达室前通过对讲电话约人；有个性张扬者则站在楼前对着女孩的宿舍直呼其名，引得同时几个宿舍的窗户都推开；而那些刚出道的新手则站在电线杆后怯怯地向楼里张望，或者站在报栏前佯装看报却不时扭头偷窥门前的动静。女生们则经过精心的收拾装扮个个如公主一般，美丽而傲慢地从宿舍楼里走出来，让所有的男生都心头一颤，以为自己望眼欲穿的伊人出现。

　　梅韵既没有刻意装扮，也没有公主的傲慢，她慢慢地走出宿舍楼，黑色的大衣和朦胧的夜色遮掩不住她身体的曲线，她的出现同样成为等在门口的男生们目光的聚焦点。但梅韵四周随意地看了看，没有迎向任何男生，而是向学生饭堂慢慢走去。

　　唐尧约梅韵直接去学生饭堂见面，她一直犹豫不决是否赴约。

　　她对唐尧的印象并不错，一米八的个头英俊潇洒，个性的长发蜷曲及肩飘逸自然，又弹得一手好吉他，以演唱罗大佑的歌而名声远播，这些都使他成为女生心目中的白马王子。而梅韵对唐尧的约会并不感到欣喜，她觉得自己是一个很普通的女孩，平常又不喜欢和人说话，更少和男孩交流，同宿舍的女孩说她名如其人，像梅花一样孤傲，她却觉得那或许正是自己笨拙的体现。她不知道自己怎么会引起唐尧的注意，更不知道自己何以让唐尧倾心。她和唐尧交往不多，实在不知该如何面对。她们宿舍楼离学生饭堂不远，她没有直接进饭堂，而是先站在远处向饭堂门口张望。

　　学生饭堂有两千平方米左右，比学校大门口那边的教工食堂大了许多，可容纳千余名学生同时就餐。每到周末，学生们把饭堂的餐桌往墙边一靠，偌大的饭堂就成了一个能容纳千人的舞厅。今晚是元旦前夜，这里更是热闹非凡，饭堂里灯火如昼，饭堂门口人流如涌。在人流旁边围成一堆的是正在买门票的学生，西大学生凭学生证一块钱一张，外校的三块钱一张。

　　梅韵站在一旁看着拥挤着进入饭堂的同学们心中有点烦乱，

茫茫然不知进退。她看到买门票的那堆学生旁边，有一个人在四处张望，那人正是唐尧。梅韵没有走过去，她知道晚上有唐尧的表演，她犹豫着不想和唐尧见面，待会儿进去听听他唱歌就好。于是梅韵躲在一旁，等唐尧进去之后，她才买票进入。

　　饭堂变幻出的舞厅里总是飘溢着一股饭菜的味道，但那丝毫不影响学生们高涨的情绪。当学生乐队的鼓点一响，奏起摇滚节奏的《欢乐颂》时，大家纵情欢呼。

　　梅韵夹杂在人群中，同样被欢乐的气氛所感染，她以前从来没到过这里，总想着舞场上多是一些不求上进的痞子学生，没想到这种氛围如此狂热，正是青春活力的体现。一首欢快的乐曲之后，身兼主持人的乐队键盘手宣布"新年舞会"开始，并声嘶力竭地喊道："首先为大家演唱的是唐——尧——"

　　键盘手话音一落，学生们的欢呼声随之而起。唐尧右手抚着吉他，左手自然地捋了捋耳后的长发，对着话筒说道："朋友们，你们好！"唐尧一呼百应，大厅内口哨声、呐喊声回荡不已。学生们喜欢陶醉于自己营造的氛围中，唐尧虽然不是什么明星，但给学生们带来的冲击却不亚于明星。他们迎合着唐尧，也释放着自己体内的狂热。唐尧的声音有如冲锋的号角，号角一响，应者如潮：

再过几个小时——

我们将迎来 90 年代的第一个元旦。

在我们挥手告别 80 年代的时候，

我为大家演唱一首罗大佑的歌曲——

《闪亮的日子》。

让我们记住——

我们曾拥有过的美好或——忧伤！"

　　唐尧跌宕有致的话语赢得了学生们一阵又一阵的欢呼，在欢呼声中唐尧长发一甩，吉他轻轻一划，乐队跟着起来，轻柔缓慢而又稍带忧伤的旋律让所有的人沉醉：

我来唱一首歌　古老的那首歌

我轻轻地唱　你慢慢地和

是否你还记得　过去的梦想

那充满希望的　灿烂的岁月

你我为了理想　历尽了艰苦

我们曾经哭泣　也曾共同欢笑

但愿你会记得　永远地记着

我们曾经拥有　闪亮的日子

　　《闪亮的日子》是罗大佑 1976 年为电影《闪亮的日子》创作的主题曲，是他早期的作品，但传到大陆传到西安却是刚刚的事情。从 1987 年齐秦的《狼》开始，港台歌手的原唱盒集才陆续引进到大陆。人们比较熟悉的罗大佑的歌，是《恋曲 80》《鹿港小镇》等，校园里流行的罗大佑的专辑是《青春舞曲》。这首《闪亮的日子》是第一次听到，但那舒缓的旋律优美的歌词似乎让每个人都回到流逝的岁月中去，追忆那曾让自己心动的感情故事。

　　唐尧唱歌的过程中，有舞伴的学生们便翩翩起舞，没舞伴的坐在舞厅四周靠墙的餐椅上，没座位的就站在舞场周围，一边随着音乐摇摆，一边物色着舞伴。

梅韵一直坐在离乐队不远的一个角落里，看着唐尧投入的演唱和学生们陶醉的神情，她也被深深地打动。像她这样的女孩，坐在再不起眼的角落，都会引起人们的注意。不断有男生来邀她跳舞，她都婉言谢绝，一是自己不会跳舞，二是她不太适应这种男女接触的方式，她只是坐在那儿看着听着。在唐尧的歌声中，她思绪万千，开始真正琢磨起唐尧：不管个头，还是长相，抑或气质，唐尧都足以让女孩迷恋。

其实一年级刚进校报道时，梅韵就认识了唐尧。

那时唐尧刚从小县城来到西安，穿着还有些土气，举止也有些笨拙。当时梅韵正走在去学校的路上，见前面有个男孩右肩背着一个大包裹，从轮廓上看应该是一把吉他，左肩挎着一个大旅行包，鼓鼓囊囊装满了东西。男孩边走边拿着一张地图翻看着，一不留神，胳膊上夹的一本书掉了下来，他竟浑然不觉兀自前行。当时梅韵与男孩相距不过三四米远，便喊了一声："喂，东西掉了！"而男孩似乎没有听见依然低着头往前走。梅韵捡起书一看，是一本《堂·吉诃德》，拿着书便追上前去，走到他跟前："你的书掉了！"男孩一抬头，停下了脚步，他非常惊奇地看了眼梅韵，继而脸色一红，说了声："谢谢！"梅韵笑了笑把书递过去便疾步走向学校。

后来第一天上课，班主任点名时她才知道那个男孩和自己是一个班，叫唐尧。唐尧在班上很快脱颖而出，迎新晚会上他的一曲吉他弹唱《外面的世界》让全系的同学都记住了他。经过一年多的大学生活，唐尧的气质举止大有改变，潜在的倜傥风流化为外在的帅气和潇洒，让许多女孩倾心。梅韵觉得自己可能感情迟钝淡漠，对男女之间的事没什么感觉。第一次见唐尧土里土气她没有小瞧他，后来唐尧成为女孩们心中的白马王子她也没觉得他有什么了不起。对唐尧都没有感觉，班上的其他男生就更不用说了。

梅韵在想自己是否真有点孤傲了？唐尧约过自己几次，都被她婉言推辞，一则自己不像其他女孩那样对与唐尧约会充满了激情，二则别人看重的东西她偏要置之不理。今天下午唐尧约她晚上来舞会时她说了声"晚上再说"便挂断了对讲电话。吃完晚饭后，宿舍的女孩们都在精心收拾，准备着和朋友约会。梅韵则躺在床上翻着一本叔本华的《论意志》，似乎将到的新年和周围人的兴奋情绪与她没有任何关系。

和梅韵关系最要好的陈清，毫不留情地把她从床上拽起："你把自己当成什么了？唐尧可是许多女孩等着盼着呢！别老是把自己关闭在狭小的空间里不能自拔，该看看别人在干什么，自己该干什么。"

陈清半开玩笑的话虽不能让梅韵即刻投入唐尧的怀抱，但确实让她开始考虑这个夜晚该怎样度过。一个人一觉睡过去似乎真的对不住这辞旧迎新的时刻，于是梅韵便走出宿舍来到了饭堂。

明天就是 90 年代
罗大佑早在 1988 年就创作了《恋曲 1990》
不过我们现在还无缘听到

下面我就为大家演唱他的《恋曲 1980》

让我们一起去体验爱情带给我们的甜蜜和创痛

这首歌我要特别献给我的一个与众不同的朋友——

梅韵

梅韵正坐在人群一角独自思想，忽然听到满大厅里都回响着自己的名字，她心中一震，快速地站起来把头转向唐尧，不由自主地有感动在心头涌起。就在她站起来的一瞬，唐尧的目光刚好扫向她这边，四目相对梅韵感到自己心头一热，唐尧则更显得兴奋，用手使劲一扫琴弦对着话筒继续说道：

每一年的冬季，都是梅花给我们报告着春的消息，

希望今年的春天到来时，那一树梅花，

也能把春天带给她自己。

唐尧的煽情告白更让大家群情高涨，在口哨声中唐尧开始了演唱：

你曾经对我说　你永远爱着我

爱情这东西我明白　但永远是什么

姑娘你别哭泣　我俩还在一起

今天的欢乐　将是明天永恒的回忆

啦……

今天的欢乐将是明天永恒的回忆

什么都可以抛弃　什么都不能忘记

现在你说的话　只是你的勇气

春天刮着风　秋天下着雨

春风秋雨多少海誓山盟　随风远去

啦……

亲爱的莫再说你我永远不分离

你不属于我　我不拥有你

姑娘世上没有人　有占有的权利

或许我们分手 就这么不回头

至少不用编织一些美丽的借口

啦……

亲爱的莫再说你我永远不分离

　　对于恋爱的感觉人各不同。唯有罗大佑以如此简单而直白的话语如此深刻地写出恋爱的美好与创痛。当男女之间情愫滋生，人们毫无例外地渴望着永恒，白头偕老永结百年是爱情最美好的结局。而罗大佑一句"爱情这东西我明白，但永远是什么"，问得人无言以对。这种反向的思维让 80 年代末期的大学生感觉到一种震撼，他们不再局限于父辈们的爱情观，他们更注重于个体的价值和情感的真实："现在你说的话只是你的勇气……春风秋雨多少海誓山盟随风远去……至少不用编织一些美丽的借口。"尤其是"姑娘世上没有人有占有的权利"那句，更是振聋发聩的爱情独立宣言，学生们每唱到这一句都觉得不喊得声嘶力竭就不足以表达心中的激动。这首歌在同学们中间广为传唱，所以唐尧此时唱来更是反响空前，大厅中间的同学们成双成对地跟着节奏起舞，站在四周的则和唐尧一起唱和："啦啦啦啦——亲爱的莫再说你我永远不分离……"那种气势很感人，唐尧浑然忘我，觉得自己似乎与罗大佑同台演唱，和梅韵一起体验。对于学生们来说，唐尧似乎是罗大佑的替身，他们平常在磁带中听到的罗大佑的声音正在从唐尧的嗓子中流出……

《恋曲 1980》，梅韵宿舍同学们经常哼唱，所以梅韵虽然平常不太唱歌，今儿也跟着大家一起"啦啦啦"地喊起来。等唱完这首歌，梅韵感觉自己身上有点冒汗，但纵情高歌之后的酣畅淋漓让她感到浑身放松而且舒坦。她正准备坐下来休息一下，身后突然传来唐尧的声音："梅韵——"

梅韵一回身，唐尧已来到她跟前："你好！"唐尧的笑容灿烂而富有激情。

梅韵嘴角也有微笑绽开："你好！"

这时新的一首舞曲开始，是乐队另外一个歌手演唱的《玻璃心》，唐尧便走近一步，看着梅韵说："跳支舞！"

梅韵抬头看了一眼高出自己一头的唐尧说道："出去走走吧。"

今天是农历的十一月十三日。夜晚的校园，浸润在如水的月光中，路边的草坪上有三五成群的学生围成一堆，喝着啤酒抱着吉他自娱自乐，等待着新年的到来。

唐尧与梅韵漫步在校园的夜色中，两人谁都不说话。平日里潇洒倜傥的唐尧与梅韵并肩而走，倒有些紧张，他一时不知从何说起。眼看要走到丁字路口。唐尧终于开口："咱们去操场走走？"梅韵点点头表示默许。于是他们走过宿舍楼，穿过木香园，向操场走去。

　　西大学生所谓的操场，更多是指篮球场再往前的足球场地。因为足球场四周是看台，看台外围又有一小片树林，既有情调又相对隐蔽，而足球场外椭圆形的跑道可以无尽循环，再走也不会山穷水尽，对于初恋者来说没有了无路可走打道回府的顾虑。

　　唐尧和梅韵从宿舍区走到操场已经有了话题，但都是今晚的月亮很圆明天就是新年之类不着正题的闲话。唐尧说话间时不时地打量一下梅韵，见梅韵娇小的脸庞清秀可人，眼睛一直瞅着脚前的地面，在月光下侧看着有几分深邃和神秘，偶尔不经意看唐尧一眼，则似有暗香浮动，犹如宋人林和靖写梅的诗句"疏影横斜水清浅，暗香浮动月黄昏"，这让唐尧恍惚若醉。

　　"梅韵，你是咱们班我认识的第一个人。"

　　"哦——"梅韵应了一声，侧脸看着唐尧嘴角露出微笑，两人第一次如此近距离相伴而行，梅韵一侧脸就到了唐尧的眼前，让唐尧感觉瞬间融化于梅韵的温柔。

　　"梅韵，知道我第一次见你的感觉吗？"

　　梅韵扑哧一笑："你什么感觉我不知道，我当时觉得挺逗的。"

　　梅韵笑得灿烂而有几分纯真，感染得唐尧也"嘿嘿"一笑："是我当时太土吧？"

　　"不是，你挎着两个大包低着头往前走，投入的那个样子可好玩了。"

　　"那时我对西安一无所知，都走到西大门口了还在地图上找西大。我回头看你的那一瞬间，我永远都忘不了。"

　　唐尧边说边留意着梅韵的神情，梅韵不说话时依然是微微低头，眼瞅脚下随着唐尧往前走，似乎是在认真聆听。

"来西安时对在西大的生活我设想了很多，怎么也没想到还未进校门就邂逅了一个特别的女孩。一袭白裙飘飘如仙，一头黑发秀美自然，笑魇浅浅，眉眼弯弯……"唐尧说话时已自我陶醉，他眼望着前方月色笼罩的校园，心中浮现的则是梅韵初入他脑海的瞬间。

"我哪有你说的那样好，跟仙女似的。"梅韵粲然一笑，姣美如月。

"在我的印象中，你就是十足的仙女，从第一次见你到这一年多的大学生活，你都像神话一样萦绕在我的心中。"

听唐尧说得如此诚挚认真神乎其神，梅韵心中感到暖暖的，那股暖流涌至嘴角便化作浅浅的微笑。

见梅韵情有所动，唐尧心头倏然有感动掠过，激情如春雷骤起，他叫了一声"梅韵"，手便伸过去拉住了梅韵的手，然后一转身站在了梅韵的前面，另一只手便去揽梅韵的腰身。

唐尧突如其来的举动让梅韵惊恐万分。从未与男孩接触过的她万万没想到唐尧第一次和自己出来，就手脚狂妄。她像受惊的羊羔，本能地往一边一躲，手从唐尧的手中挣掉。

唐尧尴尬地愣在那儿，梅韵低着头满脸怒气，沉默了一会儿，说了声"回去吧"，转身就往回走，唐尧紧随其后，只是与刚才的气势大不相同，自觉自己矮了一截。

月色依然姣美柔和，只是与唐尧已毫不相干。他和梅韵无言地往回走着，远处传来同学们的欢呼声，应该是新年钟声敲响了。

唐尧知道，新年对于他来说，将是痛苦的开始。

第六章　歌

　　"唐尧，别那么没出息，那么多漂亮的女孩围着你转，一个梅韵至于你这样吗？"刘宏举起酒瓶咕咚一口，半瓶啤酒底朝天。他随手一扔，酒瓶一滚掩没在草坪里。

　　唐尧抱着吉他盘腿坐在刘宏旁边，耷拉着脑袋无精打采，三月的阳光照在他的脸上，也闪不出些光亮。

　　"别老低着头不说话，缠着她，好女怕缠男，我跟陈清就这样。"

　　唐尧看了看刘宏："不是那么回事，两个多月来，我找她一次，碰一次壁。偶尔在路上碰到，她也冷面如霜，故意地避开我，上课时我进教室都浑身不自在，觉得全班的同学都在看着我，那些目光刺得我有些猥琐。"

　　"别傻了吧？谁不羡慕唐尧啊，风流倜傥，还猥琐？那是你自己心虚。得得，唱首歌，换换心情。"

　　唐尧抬起头脸上有了些笑容："唱一首我刚写的歌。"

　　"肯定是写给梅韵的？！"刘宏八点二十的眉毛一竖，斜眼看着唐尧，有几分揶揄，又有几分羡慕和嫉妒。

　　唐尧苦笑一下摇了摇头不置可否，随手拨了一个节奏，过门之后，旋律中清晰可感的是淡淡的忧伤和动人的哀愁：

远远地见你亭亭玉立

风吹来你的衣角飞起

柔柔的发梢贴掩着脸面

木木的你凝望着天边无际

远远地见你孤独站立

风吹来你的样子神秘

冥冥的那是上帝的奇迹

幽幽的你是否寻找着自己

天生的你天生的美丽

你默默伫立

看不见风中的瞬间永恒的你

天生的你天生的美丽

你可知隔着风墙我注视着你

　　"梅韵就这么好吗？"刘宏摇头晃脑地逗着唐尧，"梅韵是有点芙蓉出水的感觉，但你更像是周敦颐，把莲花说得出污泥而不染，其实那都是主观强加的，莲花知道什么呀？周敦颐写《爱莲说》，你这是写《爱梅吟》！"

　　"没办法。这一年来，我虽没和梅韵接触多少，但自从我第一次见到她，就把她珍藏在了心里，"唐尧把吉他靠在肩上，拿起啤酒瓶喝了一口，然后又点了根烟，深吸一口，烟吐出时如劲蛇狂舞，"那种感觉很美，一想到她就似乎已坠入情网。那种希望的牵引使我把自己的一厢情思幻化成两个人的卿卿我我，我总想着我们心有灵犀会自然走到一起。直到那天晚上，我才知道我想错了。也可能是周围讨好的女孩太多，总以为自己做任何事都势如破竹，从来都是自视高大，目空一切，那时才知到自己纯属夜郎自大，那一刻我的心理落差可想而知。那天晚上我回到宿舍很长时间不能入睡，我不知道天亮以后，新的一年里，我该怎样面对梅韵。她该不会和同宿舍的女孩提起这事，把我描绘成无耻之徒吧？欲速则不达，我是不是有点操之过急了？我就这样反复地想着这几个问题，新年到来，我迎接的似乎是无尽的黑暗。而打那天晚上以后，梅韵在我心中的地位发生了变化。她不再像以前那样，只要一想起来，心中便阳光一片灿烂无比，温暖如春。而是像潮水一样的痛苦一阵又一阵地袭向我的心头。不过这种痛苦的潮水没有淹没她，反而让她越来越强烈地占据我的心。这种占据不同于以前她在我心中的存在，她已完全控制了我，所用的是痛苦和折磨。我无法摆脱这种痛苦，事实上可能是我根本不愿摆脱这种痛苦。我好像是苦行僧，以折磨自己为乐，而让我苦中行乐的信仰就是——梅韵。"

"唐尧——"刘宏两眼直直地瞅着唐尧，"你没事吧，我看你是病了吧？从来没见你一口气说这么多话。就梅韵，小鼻子小眼的，要说可取之处，我看头发和身材还行，充其量不过中等偏上，就让你这样神魂颠倒？我不明白，那么多漂亮女孩对你来说，都是囊中之物，可以随时探取，又靓丽柔媚，娇艳欲滴，你却满不在乎，一个普普通通的梅韵倒让你这样伤神，邪门！"

"漂亮和美不完全是一回事，与你说的那些女孩相比，梅韵是少了些艳丽，但摄人心魄的，更多的是外形之下内在的气质。就像林凤娇和林青霞，四大天王和罗大佑，同样都是玉女，同样都是歌手，但前者和后者完全不是一个层面上的东西。四大天王的偶像包装让太多的少男少女痴迷，歌也好听，但能和罗大佑的广博深邃相比吗？一曲《鹿港小镇》写尽古朴与文明的二律背反，《恋曲1980》《恋曲1990》写尽爱情的忧伤和缠绵。梅韵对于我的印象，就像罗大佑对于我的影响，是超乎寻常深入骨髓的。"

"既然这样，你就别手软，何必让自己黯然伤神，对付女孩该怎么着你又不是不知道，不要假装纯情了，也不要光是对着我叨叨，该让梅韵知道你的心思才行！陈清也可以帮你说说好话——她周围的人很重要，"刘宏手指在唐尧面前晃悠着俨然先知先觉，"就好像你要讨好老佛爷，李莲英就至关重要。"

唐尧递给刘宏一瓶啤酒，诡秘地一笑："说得有道理，我先把刘宏刘公公巴结好，吃着喝着。"说着话抓了一把花生米递给了刘宏。

刘宏接过花生米往嘴里一塞，八点二十的眉毛一竖小眼睛一瞪："趁机骂我？我要是成了太监，只有一个理由，就是练《葵花宝典》，我笑傲江湖之日，就是你唐尧玩完之时。我近不了女人，你也休想拈花惹草，我要把你变成杨莲亭，哈哈哈……"刘宏见唐尧终于露了笑脸，心下轻松，又觉得自己嘴上占了便宜，于是放声大笑。

"刘宏——傻笑什么呢？大白天的，笑得阴阳怪气的！"

刘宏没想到自己的笑声引来了一个女孩。

刘宏和唐尧全然没有觉察，她已站在了他俩的面前。

刘宏闻声一抬头，却如见了圣姑一般，马上起身，毕恭毕敬，笑脸相迎："陈清，嘿嘿嘿，你怎么来了？"

陈清一米六三的个子，瘦削的身材像个衣架，一身牛仔服在她身上倒很合适，脸上有几分清秀，不失女孩的魅力，翘翘的嘴唇显示着个性的倔强和泼辣。她甩给了刘宏一句"我怎么不能来"，转身对唐尧说了声："你好！"

唐尧拿起身边的锅巴花生米对陈清说："坐下一起吃点东西，给你要个果汁？"

"不用了，"陈清拿过一张报纸垫着坐下，刘宏也跟着坐回原位，"能和歌手唐尧一起晒着太阳吃着零食，已是荣幸之至。"

刘宏和唐尧都能听出陈清话中的嘲讽，刘宏满脸堆笑就好像李莲英见了老佛爷："什么呀，一见面就冷嘲热讽，人唐尧刚还说巴结你来着，我俩能和你坐在一起那才是荣幸呢！唐尧，是不是？"

"是——是——"唐尧点头应和。

陈清脸色依然阴沉："巴结我干什么？喜欢谁就找去呗。女孩还能自己跑你怀里？"

刘宏："这不是找人家不理睬吗？唐尧找过哪个女孩啊！"

陈清瞪了刘宏一眼，对唐尧说道："唐尧，我知道你不像刘宏这样死皮赖脸惯了，你身边献媚的女孩也不少，不过梅韵确实不错，也算你有眼光，现在像她这样的女孩真不多了。也就你唐尧面子大，找她的男孩多了，她搭理过谁呀？能和你晚上去操场溜达一圈那已是不得了的事情，别老觉着自己吃了天大的亏似的。"

唐尧把手中的烟头掐灭，对陈清说道："谢谢你，陈清。你这么一说，我心中就透亮一些，要不然老和她搭不上话，不知她心中到底想些什么，让人好不局促。"

刘宏伸手抓住陈清的手故作可怜地说道："求您就看在我的面子上给我唐大哥创造个机会吧！"

陈清把刘宏的手一甩："矜持点！你有什么面子啊？我是看着唐尧对梅韵一片痴心，也觉着唐尧和梅韵还挺合适，才说了这么多，有你什么事呀？"

刘宏松开了陈清的手，但身子却借着一拉一扯紧挨着了陈清，陈清嘴上说得硬，身子却迎合着与刘宏相依相偎。

唐尧看了看刘宏对陈清说道："还是我自己再去找她的好。"

刘宏："唐尧还给梅韵写了首歌呢！"

陈清看着唐尧摇了摇头："你最近恐怕找不到她了。"

唐尧和刘宏都不解地看着陈清："为什么？"

陈清脸现忧郁之色："梅韵下午回了大庆，家里来了紧急电报，她妈妈病危，情况非常严重，回去能不能见她妈最后一面都很难说。"

唐尧和刘宏大吃一惊，刘宏急切地说道："你怎么不早说？"

陈清："她也是临走时才跟我们说的。"

唐尧放下吉他站起来："我得去看看。"

陈清："不用了，她哥从研究所过来和她一起走的，现在恐怕已坐上飞机了。"

唐尧："我买明天的火车票去大庆，梅韵遇着这事会承受不了的。"

刘宏拉着唐尧坐下来："唐尧，你不能去。喜欢梅韵归喜欢，你去她家算什么呀？"

唐尧愤然看着刘宏："算她同学成不成？"

刘宏大头一摇："同学两年，你和梅韵才接触了一次，你不觉得冒昧，梅韵和她的家人就不觉得唐突？人家家里出了事，你去了谁还能忙过来招呼你？"

唐尧手从头顶向后抚了一下自己的长发，无可奈何地叹了口气。

陈清："刘宏说得对，你和梅韵又没有什么明确的关系，现在去她家真是不十分合适。不如做点实际的工作，等她返校以后，你再多给她些安慰。"

唐尧抬起头问陈清："梅韵回家得多长时间？"

陈清："她请了两个星期的假。"

刘宏："那就得耽搁两个星期的课了。"

陈清："课倒无所谓，文学史电影史老师讲的和书上的差不多，只是电影写作的作业她就是赶回来也赶不及写，恐怕也没心情写了，不如唐尧给帮着做了。"

刘宏："那没问题，写个小剧本对唐尧不是什么难事。"

唐尧站起来拿起吉他对陈清说："陈清，谢谢你，我真高兴梅韵有你这样的朋友。我今晚一定写完，明天一早给你，你替梅韵交给老师，等梅韵回来的时候你告诉我一声。"说完唐尧拎着吉他向宿舍楼走去。

空旷的荒野，杂草丛生。远处的山冈上，有几座坟茔。

有歌声如泣如诉更添了几分凄婉哀凉：

当我死去的时候，亲爱的别为我唱悲伤的歌

我坟上不必安插蔷薇，也无须浓荫的柏树

…………

何菁菁站在一座坟茔前，木然对着坟茔发呆。

泪水涌出何菁菁的双眼，顺着脸颊流下。

镜头从何菁菁的脸部特写拉开，何菁菁蜷缩在宿舍床头一角，刘莹坐在床沿，关切地看着满脸泪水的何菁菁。

刘莹：菁菁，我真不敢相信，成宇会死去，更没想到，他的死对你打击这么大。

何菁菁（头无力地倚在曲起的双膝上）：我也不知道为什么会这样，只是我总觉得成宇的死和我有关。或许我们不该相识，更不该和他进一步交往。

刘莹（诧异地）：菁菁，怎么能这么说呢？成宇明明是救人而死的，学校已追认他为烈士，号召同学们向他学习，你不要给自己太大的思想压力。

何菁菁：不，是我和他一块去的高冠瀑布，那个小孩落水时我就在岸边，（镜头推成何菁菁的脸部特写，她略显激动，眼中又有泪水涌出）我了解他，他水性很好，他不会被淹死的，（何菁菁不能自已，失声啜泣）他是因为我，因为我才死的……

何菁菁的脸部特写，推近成泪眼朦胧的双眼特写。

（叠化）高冠瀑布旁的草地上，成宇与何菁菁坐在一起，默默无言，望着远方。

成宇脸现忧郁，凝视着前方。

远处的瀑水旁，一小孩和母亲在嬉水。

小孩不小心跌入水中。

成宇脸现惊异之色。

成宇跳入水中。

成宇在水中向小孩游去，终于抓住小孩，然后游向岸边。

何菁菁和孩子的母亲一起把孩子拉上岸来。

何菁菁转身去拉成宇。

成宇在水中向何菁菁摆了摆手，向水中央游去。

何菁菁看着远去的成宇死命高呼成宇的名字。

成宇游到水中的一个漩涡里，向何菁菁望了一眼，没入水中。

（叠化）何菁菁低泣的脸部特写。

刘莹从何菁菁的架子床旁的铁钩上取下毛巾递给何菁菁。

刘莹：这怎么可能，成宇干吗要自杀？

何菁菁：他曾多次给我说他不是长寿之人。（淡出）

（淡入）校园马路上，上完课的同学们熙熙攘攘地走动着。

何菁菁和刘莹走在人群中，谈笑风生。

成宇（画外）：菁菁！

何菁菁和刘莹回头。

成宇：菁菁，上完课啦！

何菁菁：嗯。

成宇（边走边看着何菁菁）：待会儿去小树林走走，我学了首新歌，唱给你听听。

刘莹：唱什么歌啊！我们得快点排队买饭，吃完饭休息休息，下午还有两节课呢！

　　成宇：刘大姐，你净惦记着吃饭和休息，难怪会越来越胖。我请你们吃小灶，别排什么队了。下午的课就不用上了，我最反对你们这样一节不落地上课，看着坐在课堂上一个个像模像样，其实只不过"但见泪痕湿"，却"不知心恨谁"呢！走，走，到云海餐馆，吃完饭刘大姐回宿舍，菁菁属于我。

　　何菁菁瞅着成宇犹豫不决，最终点了点头。（淡出）

　　（淡入）秋天的小树林，满是枯枝。

　　成宇拿着吉他与何菁菁慢步前行。

　　何菁菁：你学了什么歌，急着要给我唱？

　　成宇：是罗大佑的一首《歌》。

　　何菁菁：什么歌？

　　成宇：就是《歌》。

　　何菁菁（略显不耐烦）：我当然知道你唱的是歌啦，真是玩得深沉，不光让人搞不懂，一个歌名都弄得遮遮掩掩。

　　成宇一手拿着吉他，一手把何菁菁的肩膀轻轻一搂。

　　成宇：我的好菁菁，不是我给你卖关子，我不是告诉你了吗，罗大佑这首歌名就叫《歌》。是罗大佑1976年为电影《闪亮的日子》创作的歌曲，是他最早发表的歌曲。这首《歌》的创作当时是先有曲而没词，后来罗大佑读到徐志摩的诗，觉得与这曲的旋律节奏及意境刚好契合，便信手拈来。于是有了这首《歌》。

　　何菁菁（瞪了成宇一眼）：那就唱呗！啰里啰唆。

　　成宇松开搂着何菁菁肩膀的手，和她站在一棵大树旁。

　　成宇：（很认真地）菁菁，不要对我不耐烦，好不好？我要给你唱歌，并不纯粹是让你听一首歌。那样的话，我找谁都行。

你知道，你对于我并不是一个听众那么简单。我不明白你为什么老对我不冷不热。

何菁菁：对你不冷不热就是对你还没热起来。你话怎么这么多？好好地唱歌呗，我知道你让我听的不只是歌，而是你的心声。

何菁菁用手在成宇的吉他上一划。

何菁菁：我这不是认真地等着听吗？唱呗！

成宇深情地看了何菁菁一眼，然后抚琴吟唱：

当我死去的时候，亲爱的，别为我唱悲伤的歌。

（何菁菁脸部特写，她一听《歌》的第一句，脸上露出诧异之色）

我坟上不必安插蔷薇，也无须浓荫的柏树

（成宇弹吉他的右手特写）

让盖着我的青青的草淋着雨也沾着露珠

假如你愿意请记着我要是你甘心忘了我

（机位从成宇的手上摇成他的脸部特写）

在悠久的坟墓中迷惘阳光不升起也不消匿

（成宇搂何菁菁而何菁菁使劲挣脱的画面叠在成宇唱歌的特写之上）

我也许也许我还记得你我也许把你忘记

我再看不见地面的青绿觉不到雨露的甜蜜

我再听不到夜莺的歌喉在黑的夜里倾吐着悲哀

我也许也许我还记得你我也许把你忘记

成宇唱完歌，把吉他往身旁一放，瞅着何菁菁。

何菁菁（愣愣地看着成宇）：这首歌怎么调子这么低沉，词儿也阴死阳活的。你为什么总是把自己和坟墓呀死呀的联系在一起？

成宇（低垂着头）：我也说不清楚，或许是我活得太孤独，太痛苦。我似乎游历在自傲和自卑两个极端之间，有时对自己充满自信，有时又对任何事情都没有把握。我不敢想象自己的未来，每想到将来，我就感到很迷惘，我不知自己将何去何从。如果自己碌碌无为而寿终正寝，还不如早点离开，在轮回中涅槃重生从头再来。

小树林里萧瑟寂静。

成宇手扶着吉他望着何菁菁。

成宇：当然，这一切只是一个美丽的幻想。只能像鸦片之于瘾君子，让你只忘记一时之痛。虽然如此，在生活中我并未停止过努力，但却屡屡败北。人生的沙场上，胜利总不属于我。

何菁菁：你做过什么事啊，就称得上屡屡败北？

成宇（看着何菁菁一笑）：远的不说，就说对你的追求吧，我虽殚精竭虑，你却无动于衷。

何菁菁一撇嘴：你也太没出息了吧，没追上个女孩就能让你丧失斗志？男人是通过征服世界来征服女人的，你得先有自己的事业。

成宇："一屋不扫，何以扫天下"，女人都征服不了，还何谈征服世界？

何菁菁（生气而又无可奈何地一笑）：奇谈怪论，莫名其妙！

成宇：你说得对，这也许真是奇谈怪论，也许是我给自己编的借口，是我戏谑的玩笑，但有一点是真的，自从见了你，我就再也无法把你忘记，而不能得到你是对我致命的打击，我真的对自己失去了信心。

成宇轻轻搂着何菁菁，脸向何菁菁的一头秀发，痴痴地嗅着何菁菁头发的香味。

《歌》的旋律又响起：

当我死去的时候，亲爱，别为我唱悲伤的歌

……

何菁菁与成宇的近景。

（化入）何菁菁流泪双眼的特写拉开成何菁菁和刘莹在宿舍内的近景。

刘莹：菁菁，你对成宇的处世方法怎样看？

何菁菁（泪眼模糊）：以前我不能接受，看不惯，现在我没感觉，我只是感觉到，我好想他……

何菁菁啜泣的脸部特写。

何菁菁扑在刘莹的怀里痛哭起来。

成宇的歌声扬起，成为唯一的音响：

我再看不到地面的青绿觉不到雨露的甜蜜

（成宇抱着吉他在小树林歌唱）

（叠化成宇在高冠瀑布与何菁菁对视及救小孩的画面）

我再听不到夜莺的歌喉在黑的夜里倾吐着悲哀

我也许也许我还记得你我也许把你忘记

（荒原远处，几座坟茔，叠印抱着吉他歌唱的成宇的近景）

在悠久的坟墓中迷惘阳光不升起也不消匿

也许也许我还记得你我也许把你忘记

在歌声中成宇抱着吉他弹唱着走向荒原的尽头……

〔淡出〕

唐尧一口气写完这个他名之为《坟》的小剧本，已是凌晨 1 点。

吃完晚饭他来到通宵教室时，这里几乎人满为患，现在却已稀稀疏疏，除了考试的时候，能真正通宵自习的并不多。而唐尧几乎每周都有两三个晚上是在通宵教室度过。只要白天不见他上课，他多数就在床上睡觉。白天在床上度过，晚上他便到了通宵教室。他曾在这儿一个晚上看完了一千二百五十七页的《飘》，并且对白瑞德和郝斯嘉的感情脉络一清二楚，甚至连细节讲起来都栩栩如生。有时晚上两三点时通宵教室会传出"咿咿呀呀"的声音，如鬼哭狐鸣，那是唐尧一个人独自通宵看乐谱入迷时忘我的哼唱。

今天他为梅韵写作业，本没想着通宵不归，但写完之后，他心中难以平静，似乎毫无睡意。毋庸置疑，成宇和何菁菁的故事有他和梅韵的影子，自然，他不会像成宇那样脆弱，但他知道自己潜意识中是在通过这个故事向梅韵表白什么。实际上写作过程中，他满脑子浮现的都是梅韵的身影。他知道自己是无论如何都不会放弃梅韵，而梅韵现在正是需要人帮助的时候，他更不会袖手旁观。等梅韵回校后，他所要做的不只是获取她的爱，更主要的是要想尽办法让她从失去亲人的痛苦中解脱出来。唐尧就这样坐在那儿想着梅韵，后来竟昏昏沉沉趴在课桌上睡了过去。

第七章　恋曲 1990

今天是个好天气。

春日的古城绿意融融，空气中散发着诱人的香味，那是春天独有的味道。阳光和着绿色的芬芳，把空气调和得温馨甜美。那空气随着人们的呼吸，渗入体内的每一个细胞，让你浑身尽感舒坦，麻酥酥地欲醉其中，心中却又生发出丝丝缕缕的躁动与不安，友情的渴望和欲求在心中萌动。

那是春的感觉，是人们和苏醒的万物一样，在寻求着萌芽和生长，寻求着阳光的轻柔沐浴和春风的细心呵护。

唐尧走在这春日的都市，无心于身外的春意盎然，他急急地赶往火车站，要去接大庆回来的梅韵。

近半个月以来，唐尧几乎每天都要向陈清打听一次梅韵的消息，今天上课时终于有了准信。他一下课顺路买了两个烧饼垫底便走出校门，上了 10 路公交车。

唐尧在五路口下车，走在人流如织的解放路，望着远处火车站上清晰可见的"西安"两个大字，心中突然有了些浮躁。他离火车站越近，也就离梅韵越近，朝思暮想的人就要出现时，他倒感到有些局促不安，有一种莫名的张力从内心深处向外扩放，那种力量让他心跳加速，似乎要将他悬空，他觉得自己是在解放路上飞驰而过的，瞬间便到了火车站，他买了张站台票匆匆进了站台。

北京至西安的 42 次列车徐徐驶入西安车站，人们早早地就着手收拾自己的行李准备下车，只有梅韵还坐在座位上发呆。对于她来说似乎没有什么起点和终点，火车到站不能给她带来任何的喜悦和希望，她似乎已凝固在与母亲同在的时空里，她不知下车之后她该去向何方，该去做些什么。她木木地望着窗外，看着熙熙攘攘兴高采烈的人群，心中只有阴霾泛起，直到列车员过来喊了一声"该下车了"，她才站起来拎着包往车门口走。

梅韵低着头走过车厢，走出了车门，就在她脚刚落地的瞬间，有声音迎面传来："梅韵——"

梅韵抬头一看，见唐尧小跑着从人群中向她奔来，卷曲的长发在阳光中一波一动。不可名状地，在那一刻，她的心似乎蓦然找到了依靠，这个闪光的彼岸出现得太突然，但无疑带给了她亮光与希望。她未及细想，一种温暖的感觉已涌上心头。

唐尧来到了梅韵跟前，看着梅韵憔悴的脸庞，一时不知说什么，只喘着气看着梅韵叫了声："梅韵——"

梅韵双手提着包垂在身前，阴沉忧郁的脸色微微一红，看着唐尧轻轻地说了声："谢谢！"

两人相互对视，突如其来的心灵碰触让他们浑然忘我，犹如两尊雕塑，凝固在川流不息的人群中。

唐尧打破沉默的对视："梅韵，生活不会结束，还有很多人在关心着你，也有许多人需要你的帮助！"

说着唐尧上前伸手去接梅韵的包，梅韵没有拒绝，她强忍着眼中的泪水，松开提包的双手，跟着唐尧一起走向站台出口。

和唐尧走在人流中，梅韵依然无法平复自己的心绪。这么多天以来，她怎么都不能接受母亲去世的事实。哥哥和嫂子还在大庆料理一些事情，她一个人先自己赶回西安。在火车上，只要她一睡着，母亲就进入梦中，从儿时在母亲怀里撒娇到上学离家，母亲送她到车站，每一个与母亲相聚的瞬间都带给她无尽的喜悦，而每次的喜悦都被梦醒后的现实击得粉碎，泪水总是如决堤洪流把梦中的一切美好淹没。而在那些瞬间，她疑疑惑惑地感到了时空的错位，梦中的一切似乎是真正的生活，而冷酷得让她无法面对和接受的现实，倒变得子虚乌有。她无法找到真的生活和真的自我，火车似乎行驶在无尽的沙漠中，好像是在驶向卡桑德拉大桥，一切都恍恍惚惚，没有了支点。而唐尧的突然出现，让她心里一颤，犹如诺亚方舟上的生灵蓦然看到了衔着橄榄枝飞回的鸽子，绿色和希望让她心里一暖，似乎有了依靠。然而此时与她并行穿梭在人群中的唐尧，和自己毕竟没有多深的交往，她也从未想过要和他之间发生什么，沉浸在失去母亲的悲痛中的她，从未想过开始另外一个故事。所以仔细想来唐尧的介入对她来说也不知是喜是忧，不过她清楚地感到唐尧已经走入她的生活，她无法，似乎也无心对他的介入退避三舍。

学生宿舍 8 号楼前，人影稀疏。只有一些午饭吃得晚的同学陆续走回宿舍。

梅韵拒绝了和唐尧一起吃饭，他能到车站接自己已很让她过意不去，刚下火车也实在没有胃口，再次向唐尧道谢之后她便转身走向宿舍。

走进楼门，楼道里昏暗的光线又将她笼罩在凄怆和悲哀之中。她慢慢走向 8702，一推开宿舍门，同宿舍的五个姐妹都把目光投向了她，不约而同地叫了声："梅韵——"

陈清站起来把梅韵让了进去，关切地说："大家知道你要回来，都没休息，在这儿等着你。快去洗把脸，我给你打了份你最爱吃的水煮肉片，待会儿吃点，啊！"

梅韵走到自己的床前，把包放在床上，转身看着围绕宿舍长桌坐着的几个同学，心里充满了感激。大家的目光中透着关怀，让梅韵倒觉得有些愧疚，她的目光最后停留在陈清身旁的那篮鲜花上，那是很奇特的一个花篮，里边只有两种花，红色的康乃馨和白色的玫瑰各据半壁江山。陈清把花篮递到梅韵跟前说道："这是早上上完课后校门口的花店送来的，上边有送给你的一封信。"梅韵从花篮上拿下信打开，见里面是一首古体诗：

> 天冷如冰雪如银，
> 孤梅独放未见春。
> 顶风御寒谁与共，
> 枝前痴立赏梅人。

诗下落款是唐尧。梅韵看了诗心里明白，唐尧是要以他的真情融化自己的伤痛：在无垠的雪地里，一枝梅花孤独无依，能和它共抵风寒的，就是伫立在雪地中的赏梅人。

唐尧用情至真，诗也清新，他以梅韵目前的状况入诗，表白了自己的心性和对梅韵的感情。梅韵从进了宿舍看到同学们关切的目光，心中就翻江倒海，感动与悲伤齐涌心头，此时看到唐尧的花和诗，她心中更是别有一番滋味，眼泪便夺眶欲出。

"梅韵，我给你把菜热一下，坐了一路车，该吃点东西了。"陈清的话打断了梅韵的思绪，宿舍里数陈清行事泼辣果断，又最体贴人，她对对面的女孩说道，"刘婷婷，把你的电炉插上。"又对其他几个人说道，"方华，齐月，你们再去打两壶开水，把壶里的水倒在梅韵的脸盆里，让梅韵到水房洗洗。"

看到满宿舍的人都在为自己忙活，梅韵觉得自己好像回到家里一样，心里热乎乎的。

陈清端着脸盆和梅韵一起来到水房，她帮着梅韵把水兑好："梅韵，家里的事都处理完了？大家听说以后都挺难过的，你一定要注意自己的身体，得撑住了，有这么多好朋友在帮你呢！再说唐尧对你，我看也是用了真心。一开始非得到你家去，后来每天都向我打听你的情况，你电影创作的作业还是唐尧替你做的，老师的评语还不错，作业在你床头放着。"

梅韵洗完脸后，感觉精神有所好转，她转身对陈清说道："陈清，我真不知道说什么才好！"

陈清打断梅韵的话头："说什么呀，大家都在一块生活学习，再能帮你什么？也实在没有什么好的办法安慰你，以后有什么事多给我说说，不要把苦水藏在肚子里。幸福多一个人分享就会多一分幸福，痛苦多一个人分担就会少一分痛苦。你记着，梅花并不孤单，还有那么多文人墨客绕着你转呢！快回宿舍吃饭吧，刘婷婷饭热好了，我都闻到香味了。"

夜色降临，春日校园的夜色更是柔美。宿舍楼里透出的灯光和路旁的路灯光交织着，把夜色分割得斑驳陆离。婆娑灯影下，学生们你来我往。梅韵和唐尧走在夜色里，梅韵的窈窕身材投映在地上的影子更见瘦削。

"本来没想着找你，你刚回到学校，应该好好休息的。后来我又一想，你一个人晚上待在宿舍闷着也不好，只能胡思乱想，不如一起出来走走。"唐尧对梅韵说着话，自己心中也有些乱，真不知该和梅韵说些什么。下午把梅韵送回宿舍，自己草草吃了点东西也回宿舍休息，但他躺在床上却怎么也睡不着，一直想着梅韵会怎样度过下午的时光，要是晚上再不见见梅韵，他肯定要度过一个不眠之夜。

"我在宿舍也不是一个人，陈清她们几个从下午就为我忙活，晚上还特意要请我去唱卡拉 OK。我知道她们是要让我开心，要让我换一种心情，但我还是想一个人静静，不想去那些纷繁嘈杂的地方。再说呢，我想你晚上可能会来找我。"梅韵语速匀缓，语气哀伤，如病中西施。

唐尧听了梅韵的话心中一颤：梅韵已对自己找她有了预感，自己已占据了她心中一隅！

他非常高兴自己和梅韵之间的距离终于缩短了一些。不过此时唐尧还没有心思理会儿女情长，他只想着如何能让梅韵从悲伤的心理氛围中解脱。陈清她们的卡拉 OK 可能会让她暂时移情他处，但她更需要的可能是与人倾诉。

唐尧和梅韵并肩走着，又走到了操场，走到操场东北角，他们停下来，梅韵靠在一棵树上，唐尧站在了她的对面。

"其实我和陈清她们的想法一样，希望你能忘掉痛苦的事情。苦和痛老是憋在肚子里会发酵，会越来越苦，会伤害身体，说出来释放一下心里可能会舒坦点。"唐尧看着无力地靠在树上的梅韵，黑暗中也能感到她眼神中的无奈和哀愁，"你回去赶上见你妈了吗？"

"我和哥哥嫂子赶回家，我妈已经不省人事。家里人说我们回去之前，妈妈还叫着我们的名字，是想见我们最后一面的想法支撑着她，但是从我们回去她再也没能睁开眼睛，只是我和哥哥到她身边时，她的眼角流出了一行泪水……"

梅韵从上火车到学校，这几天从未向人讲过母亲去世的事，让她最为难过的就是在母亲临终前没有说上最后一句话。母亲是知道他们回到了她的身边，却已没有了说话的能力。她将永远离开人世，永远离开她的亲人，她等着盼着就是和子女见上最后一面，但当子女千里迢迢赶回她身边时，她仅仅是一息尚存，她微弱的心跳和呼吸不足以让她睁开眼睛，更别说开口说话了，但那一刻，她感到了子女的归来，听到了子女的呼唤，虽然她竭尽全力却无法表达，模糊的意念中她心痛至极，一行泪水潸然落下……母亲当时是怎样一种心情啊？梅韵只要一想到母亲去世前的那一行泪水，就无法自抑地号啕哭泣。今天在车站见唐尧的瞬间，就有泪水涌上心头，她强忍着把泪水咽回了肚里；下午在宿舍看到陈清她们，后来又看到唐尧的花和诗，她再一次难以自已，但她还是忍了，她不愿在人面前落泪，因为她知道只要泪水流下来便会哭得死去活来，让大家都跟着难受。而现在当她和唐尧站在漆黑空旷的操场，当唐尧和她提起母亲，她一想到母亲流出那行清泪时复杂而又无奈的心情，她就再也控制不住自己，泪水如决堤大河，奔涌而出，无法掩饰的呜咽随之而起，压得太久的委屈如熔岩爆发。她忘记了一切，只是不由自主声嘶力竭地哭喊，在哭喊中她的头脑模糊一片，她无法接受阴阳之间的界限，似乎又超越了阴阳界限，她觉得自己轻飘飘地在阴阳界间穿梭，最终全身无力软作一团，跌倒在一团云雾之中——那是唐尧为她修筑的港湾，她跌入了唐尧的怀抱。

梅韵的哭泣让唐尧心疼至极，他轻抚着梅韵的肩膀，泪水也从脸上滑落，他拿出手帕为梅韵轻轻拭去泪水。梅韵一通痛哭，觉得天地混沌，不知其真。恍恍惚惚中她感到有人为她擦拭泪水，她抬起头时，看见了满脸是泪的唐尧，也发现自己竟伏在唐尧的怀里，她接过唐尧手中的手帕，擦了擦脸上的泪痕，离开唐尧的怀抱，又靠在了树上。见唐尧因自己泪流满面，梅韵觉得心中有些不安，倒觉得该安慰唐尧："对不起，在你面前哭泣，也让你跟着难受。"

"梅韵，不要说这些客气的话，我能理解你，我只恨自己对你的痛苦无能为力。"唐尧见梅韵止住了哭泣，还反过来安慰自己，心里很不是滋味，"我知道失去亲人的痛苦是无法弥补的，但反过来想想，你只有活得健健康康、快快乐乐，你妈妈泉下有知，才能放心得下。"

梅韵听了唐尧的话，又开始低低地啜泣："我妈妈一直特别疼我，总把我当孩子看，要是去世的是我而不是她，她不知会成什么样子？她一定会疯的！"梅韵说着话，又泪水如注。

"梅韵，人总是往前看的，已经发生的事情我们无法改变，我们只能更珍惜现在和将来。你也要为你家里人，特别是为你爸爸想想，受打击最大的可能是他，你只有自己先挺过去，才能让你老爸宽心，让他也走出痛苦重新生活。现在你所要做的就是要振作起来，搞好学业，子女是父母的希望，只有这种希望才能让你父亲和家人尽快走出阴霾。"

唐尧的一番话再次让梅韵漂泊不定的心有了看见岸的感觉，她觉得印象中的花花公子有其稳重成熟、体贴入微的一面。于是对唐尧，除了感激之外，一种好感已然在心里滋生。她下午也看了唐尧替她写的作业，唐尧对自己的一片痴情在剧本中无处不在。

"唐尧——"

梅韵第一次叫唐尧的名字，让唐尧心中怦然一动，此前与唐尧的交流中梅韵一直都是白搭话。

"你为什么对我这么好？"梅韵不无例外地问了这个老套的问题。

"没有什么理由，就像我替你写的作业中，成宇对何菁菁的感情，说不出来一个确切的理由，感情本身就是很感性的东西。"

"那个剧本我看了，成宇对何菁菁的痴心令人感动，不过，充斥剧中的那种悲凉凄怆太过，既然你以罗大佑的《歌》为背景，故事的名字叫'歌'比叫'坟'更贴切些。"

岔开了话题，梅韵虽然不再哭泣，但说话间依然是有伤感的语气。梅韵所说的"歌"的确比"坟"更适合于做剧本的名字，"坟"所给人的是阴森，是穷途末路，而"歌"给人的则是希望，是柳暗花明。成宇与何菁菁的故事是唐尧从当时学校发生的一件真事演绎而来的，不过给舍己救人的英雄加进了更多的感情因素，虽减弱了英雄主题，但更贴切于当时自己的心境：唐尧在对梅韵的追求看不到丝毫希望和转机的时候，本就心情抑郁不知所之，偏偏梅韵母亲又去世，更使他把感情和死亡联系在了一起。那个剧本除了是给梅韵写的一个作业之外，唐尧潜意识里就是在通过它向梅韵表达自己内心的情感，是刘宏所说的让唐尧自己找梅韵表白感情的另一种方式。看来梅韵读过了剧本，也明白了自己的良苦用心。

"梅韵，你说得很对，长歌当哭，那就把它改作《歌》吧。其实，生与死真的很矛盾，很让人难以琢磨。人从生的那天起，死亡就随之诞生。人的一生，就是一个避免死亡的过程。能让人活下去的，是生的快乐和希望，而到了老年无法与死亡抗争的时候，死亡也就变得很美了，因为人们把希望寄托在了来生。就像崔健唱的'我想要离开，我想要存在，我想要死去之后从头再来'，从这个角度上，我宁愿相信佛学的真实性，希望轮回真的存在，那样的话，我们死去的亲人就不会孤单，我们也终有一天会和他们相见。"

唐尧没想到一不小心话题又触到了梅韵的伤心事，梅韵说话时哭声已起："可那是不可能的，那只是人们一厢情愿的幻想，我不可能和我妈再见面——"

从母亲去世，梅韵的眼睛就像泛滥期的黄河，不断地有泪水决堤而出。唐尧的一句话让梅韵在瞬间想到了母亲的现状：母亲不可能走入新的轮回之中，也没有什么天堂让母亲那样善良的人进入，现在的母亲所栖居的只是骨灰盒大小的空间，所拥有的也只是骨灰一把，不要说她现在孤孤单单，最可悲的是她连孤单的感觉都不可能有，她的生命已经结束，她已经死了……梅韵实在无法控制自己的感情，她感到周围的夜色紧紧地把她包围，挤压得她喘不过气来，她似乎听到有悲凄的狼嚎在夜色的操场回旋——隐约中她知道那不是别的，是自己不由自主的哭喊声在夜空飘荡。而那难以控制的哭喊让她再一次进入一种催眠状态，她感觉自己似乎脱离了靠在树上的身体，倏忽飘荡在夜色中，那夜色又像是无际的大海，黑色的海水将她拥着不知要漂向何处，风雨声击打在她的耳膜，无助的她浑身乏力，任由海水和风雨摆布。忽然，有一根粗壮的大树漂到她的跟前，她使尽最后的力气将大树牢牢抱住，抱得越来越紧……

唐尧紧紧将梅韵搂在怀中，梅韵哭得浑身抽搐无法自已，唐尧除了将她紧紧拥在怀中外，实在不知该怎么来安慰她。而梅韵倒在他的怀中，双手紧紧地将他的脖子搂住，脸贴在他的脸上，泪水在他俩的脸上交汇着，似乎要把他们粘得更紧。唐尧在那一瞬间，猛然感觉到那将是他们一世要做的事情，他们就是要那样拥抱着走过一生，他只有将她拥得更紧，才能感到生命的真实。渐渐地，唐尧的怀抱将梅韵融化，梅韵的哭泣声减弱，呼吸也趋平缓。唐尧想转过头看看梅韵，而在他一转的瞬间，他的嘴唇滑过与他的脸紧贴着的梅韵的脸庞，正好碰在了梅韵的唇上——一点滚烫的温柔迅速掠过唐尧的心头，唐尧浑身为之一振，那是他从未遇到过也从未想象过的温柔，是他二十年来从未有过的体验。他再也不愿放开。

夜色中有轻风徐徐拂来，风中裹挟着树木嫩芽的清香，那是春的气息。唐尧和梅韵在柔风的轻抚下，相拥着亲吻着，把他们成长了二十年的激情互相倾注着，交融着。生活中的一切苦和痛都遁入夜色的天空，他们像烂醉如泥的醉汉，陶醉在相互的拥有中。他们正是阿里斯托芬诠释的人，是两半合一的典范，他们互相拥有构成完整的人，他们将互相支撑着开始一种崭新的生活……

唐尧与梅韵相恋的事不胫而走，刘宏和陈清自是替他俩高兴。班上喜欢唐尧的几个女孩则失落至极。其中一个女孩曾拿着专门请上海同学翻录的罗大佑的盒带向唐尧深情告白，虽然唐尧恨不能立即打开录音机把带上的东西全复制下来，但他拒绝了。为了梅韵，他第一次拒绝了罗大佑：罗大佑的磁带只要发行，自己总可以找到，但梅韵不可替换。而另一个女孩甚至找梅韵单挑，结果被陈清挡了回去。唐尧和梅韵很快成了让人羡慕的一对：上课时唐尧总是先到教室占好座位，两人坐在一起听课，连枯燥的《训诂学》听起来也有滋有味；每天吃饭时，两人带着碗筷一起到饭堂，他们虽不像轻佻的学生情侣，你一口我一口地喂着吃饭，但两人一起进餐，就有了家的感觉。而每到晚自习之后或者没课的下午，总有罗大佑的歌在操场飘荡，那是唐尧为梅韵的专场演唱。从《恋曲1980》到《恋曲1990》，从《童年》到《光阴的故事》，从《爱的箴言》到《乡愁四韵》，从《将进酒》到《现象七十二变》，唐尧通过罗大佑的歌曲，倾诉着心中的情愫。半年下来，梅韵也成了半个"佑派"，而她失去亲人的伤痛也在唐尧的爱抚下渐渐好转。唐尧的执着和天赋也很让梅韵喜欢，不管是他读书之多、涉猎之广、学习之认真，还是从带子上扒罗大佑的词曲时的投入，都让梅韵感到唐尧的帅气且为之自豪。这样的日子过了一年多，学校里很多地方，操场、木香园、紫藤园甚至生物系做实验用的小植物园，都留下了他俩的身影。

时间到了 1991 年的秋天。

秋日的校园并没有萧瑟的感觉，路旁落满了金黄色的银杏树叶，操场旁边的小树林里更是落叶缤纷，空气中恬淡的清凉取代了夏日的燥热，天空清净而又高远，是"晴空一鹤排云上"的感觉。

对于唐尧来说，因为第一次来西安，第一次到西大报名就是秋天，所以每到秋天来临，那校园的秋景和散发在空气中的气息给他的还有一分新奇、一分神秘、一分憧憬的美感。他的手轻轻抚了抚梅韵的脸庞，心中更有美妙的感觉泛起："梅韵，每到秋天，我就会有刚进校时的感觉，一种全新的环境和氛围，似乎酝酿着一种新的生活。现在在西大已经待了三年多，这里的一草一木一凸一凹都非常熟悉了。但是置身这秋日的校园，依然有美好的憧憬在心头泛动——我想到了我们的将来，明年我们就毕业了，社会对于我们来说又是一个新的天地。梅韵，你觉得我们将来会是怎样一种生活？"

梅韵眼望远方沉思半晌，所答并非唐尧所问："唐尧，你唱首歌吧！"

梅韵要听歌，唐尧自然不会怠慢，这一年多来，他一直在为梅韵歌唱："唱哪首歌？"

"《恋曲 1990》吧！"梅韵依然眼睛凝望着远处的天空。

《恋曲 1990》从去年开始在校园传唱，现在早已风靡大街小巷，唐尧坐在旁边的石凳上，吉他一横，顺手便来，"嘣嘣——嘣——嘣嘣——嘣嘣——嘣——嘣嘣——嘣嘣——嘣——嘣嘣——嘣——"，过门之后唐尧深情吟唱：

　　乌溜溜的黑眼珠和你的笑脸
　　怎么也难忘记你容颜的转变
　　轻飘飘的旧时光就这么溜走
　　转回头去看看时已匆匆数年

　　苍茫茫的天涯路是你的漂泊
　　寻寻觅觅长相守是我的脚步
　　黑漆漆的孤枕边是你的温柔
　　醒来时的清晨里是我的哀愁

　　或许明日太阳西下倦鸟已归时
　　你将已经踏上旧时的归途
　　人生难得再次寻觅相知的伴侣
　　生命终究难舍蓝蓝的白云天

　　轰隆隆的雷雨声在我的窗前
　　怎么也难忘记你离去的转变
　　孤单单的身影后寂寥的心情
　　永远无怨的是我的双眼

永远无怨的是我的双眼

唐尧一气唱完《恋曲 1990》，梅韵坐在他的身旁，没像以前那样报之以深情微笑，而是若有所思地问唐尧："罗大佑这首歌的歌词有些奇怪，不知到底是为谁写的歌。第二段中的'你''我'的性别归属有些不明白，'漂泊''天涯路'一般多是男性的作为，'哀愁''长相守'多是女性的情感，但这首歌又是他的原唱，按说不应该是这样写的。"

唐尧放下吉他搂着梅韵的肩膀："你有所不知，这首歌是罗大佑为电影《阿郎的故事》写的主题曲。《阿郎的故事》由周润发和张艾嘉主演，分别扮演男女主人公阿郎和波波。波波不顾母亲反对，与没有正当职业的赛车手阿郎相好，就在波波怀孕快要分娩的时候，阿郎却在工地寻花问柳并对波波大打出手，波波不久生下一个男孩，却被母亲告知孩子已死，伤心之下出走美国，阿郎则带着孩子艰难度日。波波与阿郎这一别就是十年没有音信。十年中阿郎对自己的行为追悔莫及，对波波的思念也从未停歇，《恋曲 1990》正是写阿郎对波波的感情。波波在美国十年的生活，自然是'漂泊''天涯路'，而阿郎则是带着孩子'长相守'了。回头我们一起去看看这部影片的录像，边家村电影院旁的录像厅有这部片子。"

"为什么恋曲都是以曲终人散结局呢？"梅韵听唐尧讲完《阿郎的故事》，怔怔的一句发问让人感觉她似乎不是在说电影而是另有所指。

"怎么会都是曲终人散呢？我们就是完美结局！"唐尧伸出手指一勾梅韵的鼻子，显得自信且帅气。

"假设有一天我也像波波去了美国，你会有怎样的生活？"梅韵依然语气低沉，脸色阴郁，心事重重的样子不像在开玩笑。

"你说什么？"唐尧警觉地反问。

梅韵没有说话，只是眼睛直直地看着唐尧，有泪水要夺眶而出。

唐尧对突如其来的变故毫无准备，他预感到阿郎的故事要重演，但略一思索，觉得没有发生故事的根源，不过梅韵的样子让他实在有些疑惑："梅，发生什么事了？"

梅韵低声道："我也不知道该怎么说。"

唐尧一听心里倏然一沉：看来真的有事发生了！他手抚了抚梅韵的秀发，很镇静地看着梅韵说道："梅韵，不管有什么事，你说出来，没什么解决不了的问题。"

梅韵转脸看了看唐尧，手放在唐尧的手上，然后又转脸看着远处："其实这一年多来，我觉得和你在一起挺踏实的，我妈刚去世的时候，我觉得世界似乎坍塌了，你给了我重新站起来的勇气和力量。我和你一起度过的每一天，都感到很开心。我想就这样下去，我们可能会走完一生的——"梅韵说着话转过脸来看着凝视她的唐尧，眼泪终于从她的眼角流出，"可是，前几天，我哥跟我谈话，说了整整一天——"梅韵停顿一下，似乎说不下去，唐尧点头示意她继续讲下去。

"我哥从我妈去世，说到家里的现状，说到了——我的未来。他说有个机会挺好，让我考虑。"

"有个到美国去的机会？"

"嗯，可是——"梅韵的手紧抓了一下唐尧的手，头无助地靠在唐尧的怀里，把半截话又咽回了肚子里。

唐尧低头轻轻地亲了一下梅韵的脸："梅韵，没事，说下去。"

"我哥的研究所有一个同事，比他小七岁，比我大五岁，是他们研究所的博士后，明年他将结束研究所的项目，可能到美国一家研究机构开始新的工作。我哥说这人很好，没什么心眼，只知道他的科研项目。他想让我们见个面——"

唐尧低声说了一句："明白——"

"我不知道该怎么办。"梅韵有些愧疚地看着唐尧。

"你哥知道咱们的事吧？"

"他知道一点，一直以来，咱们的事我没给他说很多，他只知道你对我有过很多帮助。那天我给他说了咱俩的关系。"

"他怎么说的？"唐尧淡淡地问了一句，抽出一根烟点燃，和梅韵相恋以后他的烟已抽得很少。

"他说你明年大学毕业，连自己都不知到哪儿去，还怎么能给我立脚的地方。"

唐尧的嘴像烟囱一样，冒出来浓浓的一股烟，把整个脸都淹没在缭绕烟雾中。

"尧，我不去见他！我不会去美国的！我就喜欢西安，我就喜欢和你待在一起——"梅韵说着泪水夺眶而出，她伏在唐尧身上低声啜泣起来。

唐尧扔掉手中的烟头，一只手穿过梅韵的秀发搂着她的头，另一只手抚着梅韵的肩膀，他看着低泣的梅韵，心里乱极了。

一年多来，他对梅韵的爱有增无减，他从来没有想过他们会有分手的一天，他觉得刚刚梅韵说的一切似是梦中呓语，是自己的虚幻。他们不会分开的，他现在不正在紧紧地搂着梅韵吗？他

不会放走梅韵的，决不会的！梅韵是他的，生来就是他的！唐尧
紧紧地拥抱着梅韵，他的心急速地跳动，意念中净是抓住梅韵的
念头，他使劲地把梅韵搂在了怀里，似乎要将两人融为一个人。
梅韵被唐尧猛然一搂，一脚碰到了旁边的琴弦，"嗡"的一声，
激越的琴声在小树林里轰然回响……

第八章　光阴的故事

　　"嘿——陈清——"刘宏小跑着追上陈清,拿出夹在腋下的课本对着胖脸扇了扇,气喘吁吁地说道,"你这是干吗?不就那个什么一下吗,至于这样?"

　　"怎么不至于?谁让你这么放肆?"陈清噘着嘴气呼呼地瞪了一眼刘宏,眼中却有柔情闪动,"说好一起来读书我才来的木香园,谁知一不留神被你占了便宜!"

　　刘宏一个劲地向陈清赔不是,见陈清没有真的生气还媚态万千,才放下心来:"是我不对,我有罪!是我不好,我检讨!"

　　刘宏的油腔滑调让陈清扑哧一笑,刘宏趁机得寸进尺:"是这儿,清清,这不是又走到紫藤园了,木香园没读好书,咱再到紫藤园继续。"说着话没等陈清做出反应拉着她就进了紫藤园。

　　进了紫藤园,刘宏来到一个被紫藤遮罩比较隐蔽的地方,打开一张报纸铺在石条凳上,先让陈清坐下,然后自己挨着陈清落座。两人坐下来手捧着书本却再也读不进去。刘宏一拉陈清的手,将她一揽入怀,陈清一推刘宏:"又来了,不好好读书,净往歪处想。"

　　刘宏摇着大头竖起眉毛哭丧着脸说:"我都冤枉死了,追你追了两年多了，整天就只能拉着个手，别人看着咱俩倒挺亲热的，谁知我心中的苦啊？一年前我就给人吹说吻了你——"

陈清的手在刘宏嘴上轻轻一拍："就知道吹牛胡说八道！不考验你一段时间怎么知道你对我有多重视呢？"

刘宏斜看了陈清一眼说道："考验的时间也太长了点吧？唐尧去年春天才追的梅韵，才两个多月，人就那个什么了——"刘宏噘起嘴做出亲吻的样子。

"你怎么这么流氓？"

见陈清真有点生气，让刘宏赶紧收敛。

陈清："人家梅韵多纯情的，再说人家那什么关你屁事？不说唐尧还则罢了，提起唐尧我就生气，最近是怎么了，梅韵老是情绪低落心神不宁，也不见唐尧找她。"

"不会吧，没听唐尧说什么呀？难道他俩有什么事？"

"这两人一个比一个深沉内敛，会轻易跟别人说？不过梅韵是有什么事瞒着我，这几天她哥几次催她回研究所。哎，"陈清以命令的口吻对刘宏说道，"你回去问问唐尧怎么回事，他不去找梅韵还让梅韵找他呀？"

"微臣遵旨！"刘宏站起身对陈清一拱手，做出接旨的样子，然后嬉皮笑脸地凑近陈清说了声，"不过微臣有个小小的要求——"说着便亲到了陈清的嘴上，陈清没防着让他亲了个正着，有些恼怒，但却并没有反抗，两人相拥着陷入甜蜜之中。

大学南路是西大南侧的一条路，因西大而命名，也因西大而繁荣。路旁既有一个挨一个不断传来讨价还价声的服装小摊，更有一排"饺子""炒面""盖浇饭"吆喝声不断的小餐馆。大学南路的消费者有一半以上都是西大和附近几个高校的师生。尤其是西大的学生，更是给这条商业小街带来了一种文化的氛围和一份浪漫的情调，而大学南路也成了他们大学生活的一部分，凡是西大毕业的学生无不对大学南路情有独钟。

在胖嫂川菜馆最靠墙角的餐桌旁，唐尧和梅韵对面而坐。

胖嫂边炒着菜边热情地招呼着走进门的客人，不一会儿一个水煮肉片烧好，她端着送到唐尧和梅韵的桌子上。

"谢谢你了，胖嫂，劳您亲自给我们上菜。"唐尧看着满脸是汗的胖嫂顺口道谢。

"谢什么谢，都是老主顾了，我得特别照顾，外边吵吵嚷嚷，这个桌子靠里点清净，你俩也能说说话。招呼着梅韵吃好，俺！"胖嫂说完一转身又去炒菜。

唐尧把菜推向梅韵，餐馆的小伙计送来两碗米饭，又拿来一瓶啤酒。唐尧给梅韵的米饭上夹了些菜，自己则倒了杯啤酒。

"梅韵，这几天没找你，是不是有些生气？"

"为什么？是不是刘宏和陈清不给你说，你就一辈子都不见我？"梅韵没有吃饭，手拿着筷子，眼睛却直瞅着唐尧发问，她对唐尧这几天的躲而不见无法理解甚至难以接受。

"梅韵，"唐尧喝了口啤酒，咽得很艰难，似乎喝的不是酒而是药，"说实在的，那天在小树林分手之后，我有些不能接受，我从来没想过我们的故事会出现这样的转折，我当时想我无论如何都不会放弃！我一定会说服你哥哥，我一定不会放你走！我还有半年多的时间去争取！那天回到宿舍我很长时间难以平息，我考虑着应怎样面对和处理好我们的事情。而我越是深思熟虑，越是背离我的初衷。我后来甚至觉得你哥哥的想法是对的。"

梅韵稍有吃惊地看着唐尧："你说什么？"

"我说你该去美国！"

"你愿意让我走？"

"我一万个不愿意，但是你得走！到哪儿都比西安好，跟博士后在一起，怎么都比和我在一起好。"

"你说什么呀！"梅韵"啪"的一声把筷子一扔起身就走，唐尧一伸手把梅韵拉了回来。

"就有天大的事咱把这顿饭吃完好不好？就当这是咱俩最后的晚餐！"

听唐尧说了"最后的晚餐"，梅韵的眼中有泪水盈眶，她重新坐下来，拿起筷子夹了一个肉片拌着一团米饭塞进嘴里，鼓着嘴使着劲慢慢地嚼着，好把眼中的泪水挤压回去。

"来了，蘑菇肉片——"胖嫂又端上一盘菜，"唐尧，怎么不吃啊？菜不可口？"

胖嫂待人极其热情泼辣，她看了看梅韵又看着唐尧说道：

"你欺负梅韵了！得，唐尧，别到手就不珍惜，煮熟的鸭子还会飞呢！"

胖嫂觉得有些失言，转而说道："看我说什么呢？三句话离不开烧烤蒸煮。别闹别扭了，快吃吧，嗯！"

胖嫂这一搅和，倒缓和了气氛。唐尧一杯酒下肚，又拿出一根烟点上，他深吸了一口烟对梅韵说道："梅韵，我并不是说气话。说实在的，我一开始很想不通，博士后怎么啦，学位高就该抢我的女朋友？一个书呆子怎么能和你这样气质超凡美丽飘逸的女孩共同生活？我下定决心决不会让你哥的'阳谋'得逞！可是如果我们在一起的话将来会怎么样呢？要不是有这档事，我们可能还会像以前那样美好而无忧地生活在我们的浪漫之中，而现在我必须正视我们的未来。毕业后我会做什么工作，你又会做什么工作？我会不会留在西安，你能不能不回大庆？我们能不能分在一个地方？这些都是十分现实的问题，而面对这些现实，我们是何等无能为力！就算我们能分在一个地方，我们在一起会有怎样的生活？到那时候浪漫可能会变得软弱无力，我们所要面对的只是柴米油盐。而我找遍我全身的细胞，也没见有财富的源泉，没有经济基础，我们的浪漫将会成为空中楼阁。我不愿想象十年之后，在生活的重压之下的我们的状况，不愿看见你对我的失望和代替你笑容的满脸沧桑……而如果你和博士后结合，这一切问题都会迎刃而解，并且会解决得非常漂亮，这对谁来说都是一个非常好的机会，我是你的话我决不会放弃，你当然更不应该放弃……"唐尧说着话抽着烟喝着酒，说话间，一瓶啤酒吹了喇叭，烟已续了几根。

梅韵只是低头听唐尧说着话，一双筷子只在碗里捣来捣去，就是没见吃下去饭，搁平常，水煮肉片这样她喜欢的菜早就囫囵下肚了。见唐尧有所停顿，她对着唐尧挤着牙缝说了句话："你自欺欺人，你在逃避！"说完起身就往外走，白色的衣裙在唐尧眼前一晃，唐尧只感觉有一道白光一闪而逝，他来不及抓住它就化入云霄……

唐尧跟胖嫂结了账，独自走在大学南路。夜晚的大学南路灯

火闪亮，来往的人流熙熙攘攘。而他却陷入了极度的孤独之中，
没有梅韵在身边，他似乎成了这个世界的弃儿，让他无法接受的
是他可能将永远被这个世界遗弃——他将最终失去梅韵！他移动
着脚步却不知所之，他睁眼看着周围的一切却一片茫然，他不知
道自己要干什么，一切都离他那么遥远，他要找刘宏——要与他
一起继续"将进酒"，喝它个烂泥一团，"莫再提起那人世间的
是非，今宵有酒今宵醉"……

　　这是一段难熬的日子，唐尧与梅韵虽能见面但形若路人。
　　上课时唐尧只远远地看着坐在前排的梅韵，近在咫尺，却远
若天涯。在路上有时遇到，梅韵视若无人，没等唐尧打招呼就已
如风逝去。唐尧课余要么与刘宏喝酒，要么抱着吉他歌唱。时而
是抑郁如诉低吟《亚细亚的孤儿》，时而是吼叫如狼高唱《现象
七十二变》。而不管《亚细亚的孤儿》如何"在风中哭泣"，却
依然"没有人和你玩平等的游戏"。倒是生活真如《现象七十二变》，
岁岁年年风水都在改变，改变了你的悲哀你的笑脸……
　　随着日子一天天地过去，刘宏不断地向唐尧报告着从陈清那
儿得到的关于梅韵的消息。梅韵的宿舍里，人们之间多了一个话
题，就是对天天来找梅韵的博士后的品头论足。渐渐地，博士后
成了这个宿舍不可或缺的一员，成为梅韵生活中一个新的起点，
据说博士后并不像唐尧想的那样书呆子气十足，相反言语中还时
不时地幽上一默……唐尧知道梅韵在离自己越来越远。而他则在
自己挖就的坑中越陷越深，黑暗和死寂紧紧束缚着他的身体，矛
盾的思想扭曲着他的灵魂，他是一只苟延残喘的饿狼，气喘吁吁

地，只是在等待着死亡。

这是一个不得不面对的现实，大学毕业的东飞伯劳西飞燕，让每一对挚友都难分难舍。唐尧失去梅韵早成定局，也是班上同学们共知的事实。半年多来，梅韵找过唐尧几次，刘宏也几次鼓动唐尧再度出击，但唐尧只是躲而不见淡然处之。表面轻松无谓的唐尧只有自己清楚内心的感受。长时间以来，他到处搜集罗大佑的专辑，《闪亮的日子》《告别的年代》《爱人同志》《昨日情歌》等盒集都被他收集在手，而这些专辑中的所有歌曲都被他连曲带词地扒下来。正是在罗大佑的歌声中，唐尧释放着灵魂深处的孤寂和伤痛，他把对梅韵的思念，把自己对梅韵的欲进不能欲罢难休的痛苦，全都倾注在对罗大佑歌曲的反复吟唱中。然而毕业在即，他不可能不见梅韵最后一面。

这一天阳光明媚。

在图书馆前的草坪上照完毕业合影，大家便觉着似乎是吃了顿散伙饭，此后就要各奔东西了。在大家如鸟兽四散的时候，唐尧叫住了梅韵，梅韵也一直等待着这一刻的到来。

梅韵今天穿着一件白色的衬衣，黑色的裤子，头发柔顺至极，有一股淡淡的清香沁人心脾。唐尧站在梅韵身边，那种久违了的感觉倏然泛上心头："下午没事吧？"

梅韵没有说话，抬头看着唐尧，眼光中有些柔情又有些矜持，她轻轻地摇了摇头表示下午没事。

"再过几天，我们可能就再也没有见面的机会了，"唐尧看着远处奔走的同学们，相见时难别亦难的失落油然而生，"我们下午一起聊聊？"

梅韵依然没有说话，她点了点头表示同意。

"快 12 点了，我们先去吃个饭吧？"

"还是去大学南路'胖嫂川菜'吧。"梅韵终于开口说话，她与唐尧都知道对方的心思，他们今天既是分别，也是对他们一起走过的日子的回顾，所以应该去那些他们曾经共同心动的地方。于是他们走出校门，走向大学南路。

这顿饭吃得两人都有点心情沉重，毕业分别之后，一切都将远离他们。梅韵按分配方案应是回大庆，不管她将来是否随博士后远走美国，而西安，梅韵是不会留下的。而唐尧算是幸运，留在了西安，因为他的音乐特长，又是中文系，有着剧本写作的基础，被"兴秦社"录用。兴秦社是西安历史悠久影响深远的秦腔剧团之一，曾编演了许多脍炙人口的秦腔剧目，也出了不少家喻户晓的秦腔名角。进入 20 世纪 90 年代，为了使秦腔这个古老剧种在新的时代氛围中继续发展，有识之士充分认识到给秦腔队伍注入新鲜血液已刻不容缓。于是唐尧这个不属于西安的学生，便因振兴秦腔事业的需要，将可以变成真正的西安人。

"秦腔事业需要像你这样的人。"梅韵稍带玩笑地打破了沉默。

"嘿嘿，"唐尧咧嘴一笑，"留在西安倒是权宜之计，振兴秦腔恐怕是力所难及。还是刘宏和陈清好，刘宏分到银行搞宣传，陈清留在学校给留学生教汉语——你将来更是前途无量，许多人绞尽脑汁的事对你来说只是举手之劳。"

梅韵知道唐尧所指，虽然能听出来话中多少含有些讥讽，但说的也是事实。这半年多来在哥哥的不断说服下，在博士后锲而不舍的追求中，特别是因为唐尧的躲而不见主动退隐，梅韵渐渐接受了哥哥对自己未来的安排。

"我知道你觉得我这人有点势利——"

"那不是势利，那只是每个人都要面对的现实，"唐尧打断了梅韵的话，"我早就给你说过你应该怎么做，我也支持你做出这样的选择。"

梅韵低头不语，看着桌子上的残羹冷炙，她觉得今天的饭吃得倒挺香，不过天下没有不散的筵席，这几天她得回大庆办一些手续，这顿饭吃完他们就要天各一方，想到此她心中有些黯然神伤。

唐尧看着梅韵的样子心中也很不是滋味，他叫来胖嫂结了账，两人便走回学校。

走在校园里，唐尧和梅韵沉默无言，这里的每一寸土地都留有他们的记忆，他们肩并肩慢慢地走着，一寸一寸地丈量着他们走过的路程，一点一点地品味着他们共度的时光。

他们感觉到，这一段路程太短太短，他们徘徊着不愿走向结束，但却不能不走向结束。他们一起走过了紫藤园，走了图书馆前的草坪，走过了木香园，最终走到了 8 号宿舍楼，梅韵该走回宿舍，他们该分手道别了！

站在十字路口，唐尧看着梅韵，眼睛似乎要把梅韵的心灵穿透，要把她最后的瞬间刻在自己的脑海。梅韵也看着唐尧，朦胧的眼神中有难以掩藏的忧伤。他们互相对视着，站在宿舍楼的十字路口，站在寂静得有点空旷的校园的午后，谁也不愿说再见，他们也不知道什么时候还能再见，更不知道现在该怎样再见。

　　"梅韵——"唐尧轻轻唤着梅韵的名字，声音有点发颤，"要不再到我们宿舍坐坐？他们都去忙各自的事情，下午宿舍就我一个。"

　　学校规定男生不可以进女生宿舍，但女生可以到男生宿舍。梅韵看着唐尧点了点头，便随着唐尧走向与 8 号楼相对的 5 号楼，两人依然默默无语地走着，但心中都稍有宽慰，因为两人在一起的时间加长，道别不再是眼前的事情。

　　男生的宿舍不像女生的那样整齐，但在唐尧和梅韵的眼里，此时任何环境对他们来说都是天堂。两人坐在唐尧的床边，又陷入沉默之中，这种空前的沉默酝酿着一种强有力的爆发，凝滞的空气中有一种躁动和不安在飘浮，两人身置其中，有些局促不安。

　　"唱一首罗大佑的歌吧！"梅韵打破了沉寂。

　　唐尧"哎"了一声便转身拿下了吉他，琴弦一拨，声音洪亮，把刚才凝滞的气氛一扫而光。唐尧抱着吉他，从来没觉着像现在这样沉重。他开口演唱《光阴的故事》，从来没有觉着像今天这样让他心潮澎湃、五味杂陈：

春天的花开秋天的风以及冬天的落阳
忧郁的青春年少的我曾经无知地这么想
风车在四季轮回的歌里我轻轻地悠唱
风花雪月的诗句里我在年年地成长
流水它带走光阴的故事改变了一个人
就在那多愁善感而初次等待的青春

发黄的相片古老的信以及褪色的圣诞卡

年轻时为你写的歌恐怕你早已忘了吧

过去的誓言就像那课本里缤纷的书签

刻画着多少美丽的诗可终究是一阵烟

流水它带走光阴的故事改变了两个人

就在那多愁善感而初次流泪的青春

遥远的路程昨日的梦以及远去的笑声

再次的见面我们又经历了多少的路程

不再是旧日熟悉的我有着旧日狂热的梦

也不是旧日熟悉的你有着依然的笑容

流水它带走光阴的故事改变了我们

就在那多愁善感而初次回忆的青春

……

《光阴的故事》是罗大佑早期作品之一，创作于1980年。凡听过这首歌的人无不为之打动，没有谁能够如此行云流水般地把光阴的流逝写得如此凄美感人。

罗大佑如诗的长句不但朗朗上口，意境更是精彩绝伦。

开始第一句如电影中的蒙太奇，不着痕迹白描而就的三个情景，排列在一起就产生了更深一层的意义：

"春天的花开秋天的风以及冬天的落阳"。

不同季节的三种自然现象搁在一起，时光流逝一去不复返的伤感油然生于心头，再无须任何词语来画蛇添足。

后两段开始的"发黄的相片古老的信以及褪色的圣诞卡"和

"遥远的路程昨日的梦以及远去的笑声"，与此异曲同工。

　　而后面的几句自然而又深刻地深化着第一句所显现的主题。从第一段中的"一个人"的"等待"到第二段中"两个人"的"流泪"，再到第三段中"我们"的"回忆"，更是把人们一生的光阴，把光阴中人们的感情故事演绎到了极致。

　　最耐人寻味的是这首歌你既可把它看作是一个饱经沧桑者对流逝的青春的追忆，又可看作是一个正在抛掷光阴的青年对未来的光阴流逝的预知，对自己老来再回顾青春的状态的一种心理描绘，有李商隐"何当共剪西窗烛，却话巴山夜雨时"的妙境。这样一来，无法留置的光阴，无法永恒的感情，所带给人的伤感更进一层。

　　《光阴的故事》是唐尧在学校演唱得最多的罗大佑的歌曲之一，他每次演唱这首歌时，台下的学生无不忘情欢呼，往往是连唱几遍才能下台。而当唐尧今天演唱这首歌曲，对于他和梅韵来说，感觉更不同于以往。他们这一次分别，不知何时才能相见——

　　当"再次的见面"时，他们又"历经了多少的路程"？

　　那似水的光阴是否已将他们的信念磨平，唐尧是否已不再有"旧日狂热的梦"？

　　梅韵满是皱纹的脸是否还会有着"依然的笑容"？

　　"年轻时为你写的歌恐怕你早已忘了吧"？

　　当翻出那些"发黄的相片古老的信以及褪色的圣诞卡"，能否让你想起在逝者如斯的光阴中演绎的感情故事，想起我们一起欢乐美好一起"流泪的青春"？

《光阴的故事》的旋律简简单单，简单得就像一条溪水流过我们的身旁，没有惊涛骇浪，没有雨骤风狂，而那淡然而又刻骨的忧伤谁能够抵抗？

今天宿舍只有唐尧和梅韵两人，唐尧现在只为梅韵演唱，只为自己演唱。

唐尧一气演唱完毕，他的心情沉重至极，他把吉他放在桌子上，伸手摸出一根烟，正准备点上，猛一扭头，见一直静静坐在身旁的梅韵泪水潸然！

唐尧放下手中的烟，仔细打量着梅韵，这张曾经笑容灿烂醉人心田的脸，现在木然凝滞，没有表情，只有泪水滑落，那是为了将一去不复返的大学生活，为了将一别难见的初恋情人，为了那忧伤的光阴的故事……

唐尧手指穿过梅韵的黑发，抚着她的头轻轻一搂，梅韵就势躺在了唐尧的怀里，随之失声痛哭。

唐尧紧紧搂着梅韵，这种久违了的相拥相偎在就要分别的时候更是让他心如潮涌，他的两只胳膊把梅韵紧紧地搂向自己的身体，他真切地感受到梅韵身体散发出的轻颤，那种颤激荡着唐尧无法克制的欲望，他一转身，一使劲，把梅韵压倒在他的小床上。

然而就在这一瞬间，身下的梅韵猛然一使劲，哭声中带着狂啸，一翻身，摆脱了他的压迫。

梅韵坐在了床边，快速地整好衣服。唐尧跟着坐了起来，还有些喘息未定。两人低头不语，出现了短暂的尴尬，梅韵定了定神抬头静静地看着唐尧说道："尧，到此为止。我既然要嫁给他，就要给他一个完整的……"唐尧看着梅韵有所明白，其实他从来也没有想着苛求梅韵什么，刚才的情况谁也没预料到。他毫无责怪地对梅韵点了点头，两人同时站起来，紧紧地相拥在一起，泪水从两人脸上肆意落下……

曲终人散——坐在空荡荡的宿舍，看着窗外扛着大包小包三三两两走出校园的人群，唐尧心中泛起难以名状的悲凉。

一起生活了四年的同学，朝夕相处的室友，更有那让人魂牵梦绕的梅韵，几天之间就四散而去。宿舍的架子床上没有了被褥，光秃秃的，像曲终人散的舞台，空洞和荒凉的感觉油然生于唐尧心头。

曾经活力四射的宿舍现在死寂得有些恐怖，那把吉他靠在唐尧打好的包裹旁，孤独无奈一如他的主人。同学们从一周前就开始陆续离校，唐尧这几天先去"兴秦社"报了到，暂时还住在宿舍。今天宿舍楼就要被查封，他无法再在这儿待下去，收拾好东西，再看看这生活了四年的地方，他也准备着离开学校。

唐尧坐在自己的床沿，冰冷的床板上似乎有余温尚在，他似乎还能感觉到他和梅韵在这张床上的偃仰俯卧。然而梅韵从那天之后已经离校，就连这留有他和梅韵影子的地方，他也将要离开。

那天和梅韵分手的时候，还在心中坚定地对自己说：没什么大不了的，太阳照样出，地球照样转，谁离不开谁？可是当她真正走后，他心中空荡荡的，真是失魂落魄，不管是去单位报到还是与其他同学道别，他心中浮现的都是梅韵的身影，他不知道梅韵此刻身在何处，也不知道是否还有机会再见到她……

"嘭——嘭——嘭——"

　　一阵敲门声把唐尧从沉思中惊醒，现在还会有谁来？唐尧起身走过去开门，他似乎感觉到了门外梅韵的呼吸。

　　门开了，站在唐尧面前的是陈清。唐尧稍有些失望，不过，在这个时候能有朋友到来，总是让他心中升腾起了温暖。

　　"唐尧，你还没走？"

　　唐尧一指床上的东西说道："这不，东西已收拾好，待会儿就走。"然后递给陈清一张报纸示意她坐在对面的床板上，"学校给留校的安排好住处了吗？"

　　"好了，三个人一个单间，今儿早上我去房产科拿的钥匙。刘宏说中午帮我搬东西，谁知他野哪儿去了，半天不见露面。我想着他会不会先到了你们宿舍，便过来看看。"

　　"哦，那他应该一会儿就到。"唐尧特别羡慕陈清和刘宏，在同学们已各奔一方的时候，他俩现在还能一如既往，不日可能就会共结连理。陈清肯定知道一些梅韵的消息，他想问，又怕结果会让自己承受不起，不问又觉得心中不甘："梅韵可能已经准备着和博士结婚了吧？"

　　陈清听了唐尧的话有些吃惊，她看着唐尧问道："你不知道？梅韵昨天举行的婚礼！"

　　唐尧闻言骤然如五雷轰顶，虽然他早有思想准备，虽然他知道梅韵与人结婚是早晚的事情，但当他猛然确切得知梅韵与人洞房花烛时，他太不能接受这个事实。

　　本想着梅韵结婚还有些日子，她还是一个自由的人，是一个"没人占有的姑娘"，自己还有些时间去在心中思念她，回想她和自己走过的时光，没想到在自己牵肠挂肚的时候，她已与人走向婚姻的殿堂！

　　这个消息来得太突然，让他有些回不过神，他的脑子瞬间一片空白，他愣愣地坐在床边，突然放声大哭，泪水如雨注，声音似狼嚎——

　　陈清没想到唐尧的反应会如此强烈，她不知该怎样安慰唐尧，只说了句"我想着你知道的"，便跟着哭了起来。

　　唐尧没有因为陈清的哭泣而停止哭泣，他实在无法控制自己，他嘴里念叨着"她为什么不告诉我"，脸却已被泪水扭曲……

　　空旷的校园里死一样的沉寂，偶尔有不午休的低年级的学生在校园里走动。

　　唐尧背着包裹走向校门口，他这次是真的要离开西大，离开这充满知识与浪漫的伊甸园，离开这有着丝丝缕缕剪不断理还乱的痛苦与幸福的所在，他不愿再回头，也不敢回头。

　　走到图书馆前的草坪时，见不远处的树荫下有三四个低年级的学生围坐在一起，抱着吉他，轻声吟唱，唱的竟然是罗大佑的《光阴的故事》：

　　遥远的路程昨日的梦以及远去的笑声
　　再次的见面我们又经历了多少的路程
　　不再是旧日熟悉的我有着旧日狂热的梦
　　也不是旧日熟悉的你有着依然的笑容
　　流水它带走光阴的故事改变了我们
　　就在那多愁善感而初次回忆的青春
　　…………

　　听着这些学生的歌声，唐尧刚刚拭干的眼睛又有些湿润，在《光阴的故事》歌声中，唐尧走出了西大……

第九章　你的样子

"后来呢？"

尹菲听唐尧讲了一个晚上，听了唐尧那么多的过去，她最初心中的不解和愤懑逐渐消解。

"后来，我开始上班，他们不久就去了美国。我致力于秦腔的'振兴'，利用剧团的便利条件，一头扎进秦腔的浩瀚历史和雄浑悲壮的艺术长河之中。那段时间，我了解了秦腔的许多知识，知道了秦腔最早可以追溯到远古，半坡的先民们吹埙作乐'屈伸俯仰，缀兆舒疾'，就是秦腔的雏形，而到了隋唐时逐渐成形。秦腔绝对可以说是中国最古老的剧种，许多地方戏的形成，都受到了秦腔的影响。乾隆年间，秦腔艺人张银花、魏长生等人入川，数十年间，为四川培养了大批的艺人，对川剧的形成起到了不可忽视的作用。而魏长生带秦腔入京，更形成了戏曲史上著名的'花雅之争'，让秦腔雄踞天下威震神州。现在被我们尊为国粹的京剧，就是秦腔在成功挑战昆曲之后，与昆曲、徽调结合而产生的。从这个意义上讲，秦腔完全可以说是'京剧之父'。而除了文学史上的康海、王九思，近代的范紫东、刘毓中、任哲中等秦腔剧作家和表演艺术家外，我还知道了李十三、魏长生、润润子、陈雨农、李芳桂、李灌、周元鼎、崔问余、张梓等表演艺术家和秦腔剧作家。有时候我还能吼上一句'这半晌把人的肝胆裂碎'……那一段时间我沉溺于秦腔，除了刚参加工作，希望能够对自己的本职有所了解之外，就是为了使自己从梅韵的事情中解脱出来。然而要做到这一点何其难也？那时我在剧团有个五六平方米的小房子，实际是利用楼梯下面的空间改造而成，仅能容身。在贾平凹的《废都》出版后，我竟提笔写了'废屋'两字贴在斗室门沿，现在想起来有些可笑，但那时我的心情确实颓废到了极点。要说真正走出阴影，是因为后来遇到了你。"

尹菲听唐尧终于讲到了自己，稍微有些动容，她倒要听听自己在唐尧心中到底是怎样的形象。

"在我毕业后的三四年间，也交往了几个女孩，大都是与梅韵在某些地方有些相像。因为总把她们当梅韵看的缘故，自然也就长久不了。那几年我在极度的孤寂中度过。秦腔虽然我也能听得有滋有味，但真正要振兴秦腔我却难以投入，因为我觉得不只是秦腔，包括被视为国粹的京剧在内，整个戏曲的走向没落是难以改变的事实，是历史发展的必然。新的时代，21世纪，计算机多媒体、数码音像，这些高科技的新事物才是未来的趋势，我们没有理由把住陈旧的东西不松手，该成为古董的就把它作为文物珍藏起来。并不是它不好，而是因为它太古老，它的时代已经过去。最起码我是承担不了振兴秦腔这个重任。我后来和剧团的领导也闹翻了，便渐渐地想着出走。那几年刚好下海风刮得厉害，我就辞了职，跳进了茫茫无际的商海。

因为没什么本钱，我加入练摊的行列。我打着'大学生练摊'的旗号，从康复路进一些小东西来卖。那时候，练摊成风，我跟着练摊的人们在马路边、城墙下甚至莲湖公园里都摆过摊。一开始我对这种漫无目的的生活觉得还不错，挺有意思的，慢慢地就有些烦，因为那样的生活对我来说太闷太单调。我整日和各色人等吵吵嚷嚷，而根本没有了弹吉他唱罗大佑的时间。甚至有时我会产生一些恐慌：我要是一辈子练摊，我还上大学干什么？特别是想到了梅韵人家已高飞到了美国，而我却越走越低，真是无颜见人。

时间是最好的良药，可以治愈你心中的任何伤痛。那段时间的忙忙碌碌疲于奔命倒让我对梅韵的思念渐渐淡了，或许也是没有可能再见她，没有了指望的缘故。而心里没了个挂念的东西，也就空空地没有了支柱，没有了目标，孤独与无助的感觉便时时笼罩着我。有一天我实在无聊至极，什么事都不愿意做，就想找个人聊聊，想找刘宏，但一想刘宏一则银行的事比较多，二则他的心情比我好不到哪儿去。一直以为可以和他共结连理的陈清和她的日本学生去了日本，对他的打击很大。他是新伤，比我还痛得厉害，找他只能痛上加痛。于是我一个人坐在路边的饭店喝了很多酒，我走出饭店的时候就有些昏昏沉沉，走在马路上，我感到前路漫漫不知所之，恍惚中特别想放声高歌，便磕磕绊绊地唱起了《现象七十二变》：

……

都市高楼盖得越来越高

我们的人情味却越来越薄

苹果价钱卖得没以前高

或许现在味道变得不好

就像彩色电视变得越来越花哨

能辨别黑白的人越来越少

…………

现实生活不能等待奇迹

这是个非常简单的道理

如果你要生存非常容易

只要你和人保持一点距离

但是生活不能像在演戏

你戴着面具如何面对自己

或许你将会真的发现一些奇迹

只要你抛开一些面子问题

或许你将会真的发现一些奇迹

只要——你抛开一些——面子问题

我嘴里唱着奇迹，但心中根本不敢奢望有奇迹出现。僵硬的舌头和混沌的大脑，使我越唱越磕绊，最后歌不但唱不下去，人也倒在了马路边。就在我倒下的瞬间，我听到了一个女孩的尖叫声，我睁开眼睛向上一看，见一个长发飘飘的女孩站在我的身旁。模糊的意念中，我粲然一乐：我这是遇到仙女，是奇迹出现了？！

我挣扎着想站起来，看看这个女孩，道个歉什么的，然而我实在没了力气，也没了意识——我醉成烂泥睡死过去。而当我再次醒来时，那个女孩竟然还在我的身边，她手中端着一杯热茶。

我这时终于看清了女孩的脸，那么漂亮，而且是非常时尚的那种。当时我的心中既有感激又有兴奋，在那一刻，这个女孩继梅韵之后，又一次刻在了我的心中，这个女孩——姓尹名菲！"

听唐尧如此煽情地讲到自己的出场，尹菲一直凝视着唐尧的眼睛活泛了些。她想起当时见唐尧的样子就觉得好玩，她嘴角微微一翘，轻笑了一声说道："那天我做完节目下班晚，走回到离我住处不远的那条路时，看见了前边晃晃悠悠的你。当然引起我注意的不是你的跌跌撞撞，而是你唱的那首罗大佑的歌。我认识你之前对罗大佑并不是很了解，只是在北广上学时我们班的男生经常唱那首《现象七十二变》，所以听有人唱那首歌感到特亲切。我一路走着一路听你磕磕绊绊地唱那首歌，没想到你猛然跌倒在我的前面。我凑上前去，一股酒味直冲我的鼻子，刚好你跌倒的地方离我的住处只有几步路，见你醉死过去，我便回去泡了杯茶水给你，没想到从此让你缠上再也离不开你。"

关于与唐尧的第一次相见，尹菲每次想起时，都有甜蜜的美好在心中泛起。但一想到唐尧对梅韵的感情，尹菲心中还是有些不快。梅韵的事唐尧藏得太深，几年来竟只字不提。她看着唐尧冷冷地问道："长时间来你都把梅韵藏在心里？就是因为梅韵，所以你老是一提我们的事就躲躲闪闪？"

"不，这是两回事！梅韵是给过我刻骨的记忆，但那是过去。她已不可能影响我现在的生活，所以我觉得没有必要告诉你她的事，让你心中留下阴影。她从美国回来探亲，只是想让我陪他到学校转转，你知道美国并不是我们想的那样是人间天堂，华人在美国的生活有时很压抑，所以就会经常想到祖国，想到过去。梅韵回到西安就是想看看自己的家人，看看过去的朋友。你的录像只拍到梅韵靠到我肩上的镜头，却没有继续拍下去，因为在那一瞬间我们都觉得不合适，所以很快就分开了。"唐尧说到关键处有些激动，他知道这些事很难说清，但他和梅韵那天在西大确实没做任何事情。

"你能说你现在对梅韵已没有什么？记得你给我唱过一首叫《过程》的歌，当时我就怀疑你是写你自己的事。你能把你这首歌再唱一遍吗？"

"那是以前写的，就不要唱了吧？"唐尧显得多少有些尴尬，尹菲却不依不饶，声音冰冷如铁，坚决地说道："唱吧，我现在想听！"

唐尧唱歌从来都是被人捧着演唱或者是要以歌声征服对方的，这次拿起吉他时却尴尬得有些狼狈，看着尹菲生气的样子他只好硬着头皮演唱：

　　我们都曾痴迷过一种东西叫作爱情

　　憧憬浪漫历经苦痛那是一个过程

　　与你别后我想我们的故事已是剧终

　　谁知它竟要延续你我整个的生命

　　说了千遍的祈祷承诺海誓与山盟

　　早如秋叶在风雨中点点飘零

　　蓦然回首想起那段已逝去的真情

　　好像重历那个过程让我依然感动

　　现在的生活美好恬淡也是景和春明

　　我却总是在脑海重复经历那个过程

未来的日子里我可能会有新的里程
真正的爱情我想一生只有那一种

没有想到会在这个冬季与你相逢
校园未变你已显老我觉得你还是那个学生
恍惚中我感谢上帝给了我们白日里一个梦
我们真的是倒退了岁月重复经历那个过程

没有想到会在这个冬季与你相逢
我们已各有心事但都痴心重温那个过程
遥远的未来我们不知还能不能在这里相遇
那个过程却不能抹去永远延续在你我生命中
噢——噢——噢　那个过程　是我心醉的憧憬
噢——噢——噢　那个过程　是我永远的梦境

　　"唱得不错，听听多浪漫！"尹菲略带挖苦地向唐尧挑衅。
　　"不是不是——"
　　"不是什么？现在你还说这不是写你和梅韵的事？"
　　"不是，我的意思是它是写梅韵，但不是那个什么——"唐
尧真觉得有些难以言表，他定了定神，双手捋了捋头发，又低头
按了按太阳穴，抬头看着尹菲说道，"尹菲，你听我说，这首歌
是 1994 年写的，那时我才毕业一年多，我还是一个人，还沉溺
在我与梅韵的故事中，并且常幻想我们毕业多年之后校园相见的
情形，便写了那首歌。可是有了你之后就不一样了，梅韵只是存

活在我的记忆和虚幻之中，就像我歌中所唱的只是一个梦境。而你不同，你是我实实在在的生活。人是活在现实中的，有了实在的生活，梦自然会少。人可以不做梦，但不可能没有真实的生活。再说，我和梅韵的事是认识你七八年前的事，虽然有时我想到梅韵就觉得似乎对你有些不公平，但时空是无法超越的，和梅韵认识七八年后才认识的你，七八年是多么漫长的时间啊！在认识你之前我的任何选择都是合乎常理的。我也常想如果你和梅韵同时出现在我的生活中，我会做出怎样的选择，但那是不可能的。尹菲，我只希望你能理解我，你是我现在真正的生活，我和梅韵是有过刻骨铭心，但那已经过去，是不会影响我们的生活的。也正因为这样，我以前没有告诉过你梅韵的事。现在我只请你相信我，我一是没那个心思，二是没那个必要，和一个远在天边的梅韵发生什么，因为我不缺什么，因为有你在我身边！"

唐尧一席话虽然不能立即让尹菲转忧为乐，但起码心里有些踏实。一开始她怀疑唐尧和萧雨晨在一起，没想到扯出个从未听说过的梅韵来。唐尧的话也有道理，他和梅韵的故事发生在认识自己之前，不能强求于他。但猛然之间知道他以前还有这么一档子浪漫爱情，自己心中怎么都不是滋味，她看着唐尧问道："你保证你和梅韵之间不会再有什么联系？"

"联系可能会有的，但仅仅是同学之间的联系，决不会有其他什么的。"

"什么同学之间的联系，我要你和她断绝一切，能办到吗？"

唐尧稍一迟疑说道："可以。"

"我们会永远在一起，是吗？"

"是，当然了。"

尹菲虽然觉得唐尧回答时稍有犹豫，但听着这样的回答还是能让她心中得到些慰藉。从昨天晚上 6 点多看录像开始，他们就展开了马拉松式的交谈，直到现在两人竟前后对坐了四个多小时。而她自己也不明白，梅韵的事并没有让她对唐尧的感情疏远，相反更让她觉得拥有唐尧的重要，更觉得他的珍贵。见唐尧此时对自己言听计从，尹菲心下感到坦然，也感到了困意。于是他们也不洗漱，便上床休息。

刘宏难以抑制自己内心的兴奋，站在候机大厅，他不住地看着航班时刻表，屏幕上航班班次的不断更替似乎可以缓解他焦躁的心情。他想象着陈清出现在他眼前的样子，一想起来就心绪激荡。老天真是在捉弄人，1996 年陈清就是从这里离开他的，那时刘宏躲在机场大厅一侧，看着陈清和她的山本太郎登机。当时的心情既痛苦又无可奈何，他责怪自己不该在舞会上认识那些乱七八糟的女孩，本想着在几个同事面前炫耀自己，没想到却把陈清推向了山本太郎的怀抱。他很不甘心，那一段时间心情极糟，倒是唐尧的一句话让他心下有些慰藉。有一天唐尧弹着吉他为他演唱罗大佑的《小妹》，唱到"小妹小妹，我们有温暖的过去，我们有迷惑的现在，和未知的将来。小妹小妹，该去的会去，该来的会来，命运不会更改"时，唐尧突然停下来说道："其实一切是上天造就好的，你不要太伤感。命中注定陈清这个宿舍的人就不是在国内待的，先是梅韵去了 USA，再是齐月嫁给大使去了非洲，接着是刘婷婷去了俄罗斯，现在陈清又去了日本，中文系哪一级出去过这么多人，更别说是在一个宿舍了，这些人一定不是汉人，是投错了胎，和我们一起投到了这片土地上，现在人家是回自己的家去了。"刘宏知道那是唐尧自欺欺人，人在最无助的时候，就把不幸归咎于命，他们也不例外。那时刘宏从没想过陈清还会回来，现在看来日本鬼子的命也不怎么好，自己还未抗日，他就自行灭亡了。

"刘宏——"一串清脆的笑声之后，一个女声突然叫出了刘宏的名字。

刘宏心头一紧，扭头一看，见一个女孩短发齐耳，青春靓丽，一件白色长大衣更衬得她丰姿绰约，美丽动人。刘宏见不是陈清，心下有些失望。他走上前去问道："萧雨晨，你来机场接谁？"

"我爸爸去广州，我来送他，刚刚上的飞机。"萧雨晨一指旁边刚才和她说笑的女孩，"我们同学陪我一块来的，看你的样子一定是接人了？"

刘宏又瞥了一眼显示航班班次的大屏幕说道："对，是接我的朋友，从日本回来。"

萧雨晨惊羡地问道："你朋友在日本？"学生的稚气显露无遗。

刘宏不无骄傲地摆了摆胖头："是我大学的同学，这次回来是要和我洞房花烛的。"

萧雨晨双手一拱："恭喜恭喜！结婚时一定跟我说一声，好吃你们的喜宴。哎，唐尧大哥最近怎么样？他是不是也该结婚了？"

刘宏眉毛一竖："他结婚？鬼知道他什么时候结婚！"

萧雨晨闻言粲然一笑："过几天我们班上新年晚会，我还说请唐尧大哥给我们唱几首歌呢。"

"恐怕不行，"刘宏一摆手说道："迎接新千年，'爱人同志'要搞一个'佑派迎千禧'晚会，到时候唐尧是担纲人物，他就是心里想到你那儿去也分身乏术啊！你们倒是可以去'爱人同志'热闹热闹。"

"各位旅客请注意，东京至西安的飞机已经抵达……"

刘宏一听广播里通知东京的飞机抵达，连忙对萧雨晨说："我得去接机了，你们待会儿不行就坐我车一块回去，我们单位的'2000'在外边停着呢！"

萧雨晨对转身奔向接客厅的刘宏说道："那我们跟你一块去接人，还能帮你拎个行李。"说着她便和同学跟着刘宏走了过去。

过了近二十分钟，下了飞机的人们陆续走出来。随着刘宏的一声"陈清——"的呼叫，萧雨晨看见一个身着牛仔服的瘦削女孩推着行李车走了过来。

刘宏疾步走上前去又呼了一声"陈清"，两人四目对视，陈清嘴角一翘，露出笑容，轻轻叫了声"刘宏——"刘宏心潮澎湃，真想与陈清相拥而泣，想着身后站着萧雨晨，便把准备好的大衣给她披在身上，萧雨晨和同学赶过来帮着来拿推车上的行李。

"这是西大的学生萧雨晨，和同学来机场送人。"刘宏把一个手提箱递给萧雨晨并向陈清做介绍。

陈清看着萧雨晨点了点头，脸上有一丝不快掠过。

他们四人提着行李走出大厅，来到外边的停车场，坐上一辆白色的桑塔纳 2000，向西安市区方向疾驰而去。

刘宏带陈清见了自己的父母，在家吃完饭之后便来到了他们的新房。这套两室一厅的房子地处闹市，是刘宏来银行不久就分到的。盼着刘宏早日娶妻生子的父母，早已对房子做了装修。刘宏最近把原来的卧室做了重新布置，改作榻榻米。

虽然刘宏一直对陈清说这就是他们的家，但陈清一进房间，很是感到陌生。刘宏的跑前跑后像是酒店的服务生，最多让她有了宾至如归的感觉。几年的东瀛生活让她对西安有了一定的距离，对刘宏也有些歉意。不管怎么说当年是她弃刘宏而去的，现在自己处于逆境，说一声回来，刘宏竟如大海之于孤舟，那样宽阔地包容自己。但是对刘宏这几年的变化她心中也没底。所以当刘宏介绍完房间，按捺不住心中的激情，将她紧紧拥抱时，她也热泪盈眶，但很快就把他推了开来。

"刘宏，我们虽然只分开三四年的时间，但让人感觉晃若隔世。"

"是的，实际上从你告诉我要回来的时候起，我就感觉好像在做梦，因为自从你走后，我从未奢望过你还能回来。说实在的，这几年我也和许多女孩接触——但只有想起你才会产生那种感觉。"刘宏一见陈清，平日的粗鲁一扫全无，斯文而又有深情无限。

"你和女孩都是在这房子里接触的吧？"陈清一如原来的心直口快毫不留情。

刘宏闻言脸色骤然一红，很快恢复原样坚决说道："怎么会呢？"

陈清却穷追猛打："刚才在机场见的那个女孩也是你接触过的吧？"

刘宏哑然失笑："这哪儿跟哪儿呀？萧雨晨是我和唐尧吃饭

时认识的，人家是冲着唐尧的。我哪——"刘宏正要说我哪有那福分呀，看到陈清的脸色赶紧把话刹住。

陈清稍一停顿问道："唐尧还是那样喜欢招惹女孩？"

刘宏猛然有些醒悟：你到日本几年回来，我还没问你半句，倒是你对我等严刑逼供。他口气一变对陈清说道："陈清，你这几年在日本是怎么过的，日本人也待你不薄吧？"

陈清见刘宏提起日本，心中一沉，脸色忧郁了许多。

"好了好了，怪我提起了伤心事。刚见面我们应该高兴点。你不知道我今天在机场见到你有多高兴，你那身牛仔服一下子就让我回到大学时代。"刘宏轻轻握住陈清的手，将陈清拥在怀里，"以后我们再也不会分开，在一起的日子长着呢，不提伤心事。这几天和唐尧他们去见个面，噢——"

第十章　游戏规则

"中国人每天都在这家银行存一千日元，并且不多不少就一千日元。这让银行的日本老板很是奇怪：日本就是满地黄金也没这个捡法！有一天他终于忍不住问起这个中国人：

"'劳驾，请问您做什么工作，每天会不多不少挣到一千日元？'

"'打赌。'中国人很不在意地回答道。

"'你每天打赌准赢？又怎么只赢一千日元？'

"'我天生神赌，只赢不输，妈妈教我做事要有节制要细水长流，所以我每天只赢一千日元。'

"日本人听了之后很不以为然。

"中国人眼睛一眨看着日本人说道：'不信？咱俩打个赌？'

"日本人：'赌什么？'

"'赌你明天早上起来你的蛋蛋会少一个。'中国人说话时用手指了指日本人的下身。

"日本人一听心中懊恼，刚想发作，又一想，我的东西我不知道它有几个，这赌我准赢。于是冷笑一声看着中国人说道：'一

言为定！'

"第二天一早日本人就站在银行大厅等待中国人的到来，他自己手伸到裤子口袋不时地隔着裤子摸一摸自己的东西，心里恶狠狠地说：'傻瓜，你死定了！'

"中国人走进银行老远就冲日本人笑了起来：'怎么样，变成一个了吧？'

"'对不起，很让你失望，它还是原样。'日本人充满自信地准备收钱，并想着收钱之后要把中国人奚落一番。

"中国人却一直微笑着看着日本人：'不会吧？我是从来不输的。不成，我得摸摸。'说着中国人的手伸到了日本人的裆下，稍一使劲，日本人'嗷'地叫了一声。

"中国人缩回手无奈地摇了摇头：'毕竟是日本金融界的精英，输给您我心服口服。'说完话中国人拿出一千日元递给日本人，没等日本人开口便一转身扬长而去。

"日本人捏着一千日元，心中正自得意，却见刚走出银行的中国人又走了回来，并且到柜台前存进了一千日元。日本人惊诧不已便拉着中国人要问个究竟，中国人说出个中缘由，把日本人气了个半死。'我刚进银行大厅之前和你的保安打了个赌，我可以在大庭广众之下摸你的那玩意儿，赌金是两千日元。'"

李飞的段子引得办公室的同事哈哈大笑，李飞也纵情狂笑，他从来没有像今天这样高兴过。他想起昨天尹菲拿到那盘录像带的样子心里就有希望在燃烧，他期待着尹菲今天的到来，期待着那盘录像带带给他新的转机。就在他笑声刚落的瞬间，尹菲推门走了进来。李飞脸上的得意之色即刻收敛。见有女孩进来，讲段子暂告一段落，其他几个同事也各自散去，李飞再次与尹菲对面而坐。李飞快眼看了一下尹菲，见尹菲脸现疲惫之色。想起前天晚上在何家村与尹菲相对无言自己差点将她相拥入怀的情形，李飞脸色骤红，也幸福无比。他看着尹菲问道："尹菲，没事吧？"关切的样子俨然尹菲已是自己的人。

尹菲抬眼看了看李飞，对李飞的问话不置可否，打开抽屉拿出她的采访本开始她每天上班的必修课，清了清嗓子之后便开始朗诵。李飞见尹菲没有搭理自己，心里有些失落但并不灰心。他猜想尹菲一定是和唐尧大吵了一架，保不齐她以后再也不去"爱人同志"了。想到此李飞心中又热血沸腾。

尹菲今天读的是罗大佑的《游戏规则》：

你对我笑一笑我跟你握握手

每个人都有一套游戏规则

脸上你看不出手中你抓不紧

心里头心照不宣游戏规则

恋爱中的人会无法自抑地自作多情，尹菲随手翻到一页便开始念，在李飞听来则是她心声的体现。他从《游戏规则》中听出了尹菲与唐尧曲终人散的前兆。

最高原则自知之明又最少投资一点努力

最后不免伤了和气最少学点做人道理

这两句让李飞有点费解，似乎却是在说自己。一颗敏感的心便打鼓似的咚咚地响了起来。

尹菲念了一半停了下来，昨晚和唐尧交谈的时间太长，睡的时间太短，今天精神很差，另外她也感觉到了李飞的情绪变化。虽然前天晚上在何家村她和李飞的距离似乎有所拉近，但他们之间绝不能再往下发展，她知道自己的芳心所属，她不能害了李飞——她决定戳破这层纸给他说个明白。

"李飞，谢谢你这次帮忙。"

李飞闻言心潮澎湃，顺嘴说了声："咱俩谁跟谁啊，用不着客气。"

"你的录像带解开了我和唐尧之间的一个迷。也消解了——"尹菲本来要说也消除了我对唐尧的误解，但话到一半，办公室有人推门进来，后半句话便打了个绊儿咽回了肚里。

李飞则顺着自己的心思往下想，全然没注意到尹菲的表情变化。等办公室又剩下他俩尹菲准备接着往下说的时候，他打断了尹菲："尹菲，不用说了我明白。"他想这件事虽不能说会马上使尹菲与唐尧的关系彻底恶化，但"消解"他们之间的激情则是意料之内的事情。

"尹菲，还是那句话，你的事就是我的事，两肋插刀在所不辞。今晚我的几个朋友去蹦迪，当然不是去唐尧的'爱人同志'，是要去一个专门蹦迪的地方，咱一块去吧！"李飞按着自己的思维开始实施自己的计划。

看着李飞投入的样子，尹菲有点不忍心伤害他，她把准备戳破窗纸的手指又缩了回来。

"晚上没什么事，能去吧？"李飞紧追不放。

尹菲心想即使不捅破纸说透也不能任这件事继续发展，她稍有迟疑对李飞说道："哦，不行。晚上唐尧好像要去见他一个刚从日本回来的同学，要我帮他招呼着工作，我去不了。"

李飞略有失望但并未灰心，他想只要照现在的势头发展下去，总有一天他会收获爱情。

唐尧这几天一直心情不太好。

虽然尹菲对梅韵的事表示理解，但两人之间总好像是有了层隔膜，缺少了以前的默契。尹菲每天上班早出晚归，中午吃饭时也很少打电话回来。刘宏说晚上要带陈清过来，但现在已快 6 点，却还没有和尹菲联系上，唐尧心里直犯嘀咕，他反复玩着手中的成人玩具，两个铁杆一分一合，铁球在他的惯性作用下由一边滑向另一边。

"汤米李，帮我再拨尹菲的电话。"唐尧对吧台的汤米李喊了一声。

"好，老板！"汤米李放下手中的酒水，刚拿起电话，却见尹菲从门外走了进来，"尹菲，回来啦！"他故意提高了嗓门儿，好让唐尧听见。

唐尧放下手中的玩具，走过去和尹菲打招呼："回来啦！"

尹菲点了点头独自走到里边的房间，她把包往桌子上一放，唐尧跟了进来。

"待会儿刘宏带着他的'日本媳妇'过来，一块坐坐。"

"就是与梅韵同宿舍的陈清？"尹菲显得很随意地问道。

"提梅韵干什么？"唐尧本能地反问。

"你心虚什么呀？"尹菲轻轻一笑。刚知道梅韵的事时，她心中很不是滋味，但那些毕竟是过去，是唐尧在不认识自己以前的事，况且自己现在拥有唐尧，所以经过几天的调整，她的心情已归于平静。倒是唐尧这几天一直显得不自在，好像她多么想不开似的。

"别以为自己跟宝贝似的，我会吃你以前的醋？我对自己还有几分自信！"

听尹菲这么一说，唐尧心里倒有些不好意思，看来是自己想得太多了。他给尹菲倒了杯水递过去说道：

"洗把脸收拾一下，第一次见刘宏的女朋友，咱也得精精神神。"

尹菲对着唐尧媚眼一笑："美死你！自己也刮刮胡子，别光想让我给你撑面子。"

"丁零丁零。"唐尧的手机响起，他一手拽开领带，一手打开手机，看了眼手机上显示的电话号码说道："刘宏这小子就要过来了还打什么电话？喂——刘宏！怎么？你说什么？怎么会？"

尹菲听着唐尧的语调有些不对，她转头一看，见唐尧脸色煞白，满脸诧异和惊愕："唐尧，发生什么事了？"

唐尧合上手机，看着尹菲急促地说道："陈清出事了，赶快过去看看！"

"出什么事啦？"尹菲急切地问。

唐尧一手抓过大衣穿在身上，拉着尹菲就往外走："边走边说。"

陈清这几天和刘宏一起在西安到处走了走，心里感觉好极了。

熟悉的城市、熟悉的人群和那迎面吹来的熟悉的风，让阴郁多年的心头蓦然有了一片晴朗的天空。

罗大佑在《光阴的故事》中写两人最后见面："不再是旧日熟悉的我，有着旧日狂热的梦。也不是旧日熟悉的你，有着依然的笑容。"

而陈清与刘宏这次重聚，刘宏一如当初的狂热，而陈清似乎也没老得见不了人，彼此还都有着青春的心态，这对于他们来说是莫大的幸福。人生其实就是在绕圈，走了很远才发现，最初离开的地方才是最值得留恋的所在。陈清从来没觉得西安这么美，这几天就是想让刘宏带她到处走走，要把西安看个够。她对"爱人同志"很是感兴趣，想看看唐尧怎样为罗大佑筑堂建殿，更想见见唐尧和他的主持人女朋友。他们坐车路过西大时，陈清非得下车，要站在那熟悉的学校门口，被那熟悉的夜色环绕，看进进出出的莘莘学子，回忆当初的大学生活。

"陈清，明天我不上班，专门陪你到西大，到我们待过的犄角旮旯，找找我们过去的海誓山盟。"

"讨厌！我现在就站这儿看一眼，'爱人同志'离这不远，咱们走过去得了，**こうすればいいですか**？（日语：行吗？）"

"嘿，富士山小姐。"刘宏听陈清说了一句日语，立即以效忠天皇的姿态回敬，气得陈清直捶他的肩。

冬日的天黑得快，还不到7点，夜色便如浓雾，从天上落了下来。路上的行人依稀只见轮廓，暗淡的路灯下，像幽灵游动。刘宏搂着陈清慢慢往前走，似乎回到了以前的时光。这时，影影绰绰有四个人迎面走来，一人手里一根烟，像鬼火明灭。他们走到刘宏和陈清跟前时竟不躲不闪，直往身上撞。刘宏和陈清来不及躲闪，其中一个小伙身子往刘宏身上一碰，手中的烟便掉到了地上。

"咋走的路？眼瞎了？烟撞坏了是要赔的。"撞到刘宏身上的瘦高个儿粗鲁地对着刘宏号叫。

刘宏知道是遇到小混混儿了，看着两个人把陈清夹在了中间，他强压着火气说道："不就根儿烟？在前边商店给你买一条去。"

"那是自然，不过是一人一条，要'555'。"瘦高个儿说着话站到了刘宏的身后，刘宏感觉到一个刀尖顶在了他的腰间。刘宏早就听说过这些小混混拦路抢劫的事，他从未把他们放在心上，没想到今儿自己给遇上了。对这几个小马仔和他们手中的小刀他并不害怕，但看着陈清夹在两个人中间着实让他心疼。他对瘦高个儿说道："四条'555'没问题，不过先把我朋友放了。"

"嘿，你倒来劲啦！说得轻巧，钱呢？"瘦高个儿伸手抓住刘宏的头发，学着香港电影中的样子，把刘宏的脸转向自己的脸，看着刘宏恶狠狠地说道。

借着微弱的灯光，刘宏看到了一张还有些稚嫩的脸，但那脸上竟满是贪婪和恶意，左面脸颊上的一个刀疤更是让刘宏感到一阵恶心，要不是今天有陈清在，他真想夺过顶在身后的匕首给这小王八羔子脸上再补一刀。但看着陈清瑟瑟发抖的样子，刘宏咽了一口唾沫说道："我左手口袋有五百五十块，都给你们，你自己伸手去拿。"

听了刘宏的话，瘦高个儿便伸手到刘宏的口袋去拿钱。破财消灾，这一场意外眼看就要结束。就在这时，陈清那边却出了事。

陈清本来高高兴兴，与刘宏一起走在西大到爱人同志酒吧的路上，趁着夜色，真的好像回到了大学时代。而蓦然出现的情况让她惊慌失措，这几天以来西安和刘宏所带给她的温馨与美好在一瞬间荡然无存，在日本时那种恐怖阴森的感觉又袭上她的心头。而当身后的男孩用刀子顶着她时，她更是六神无主，吓得全身哆嗦。她这一哆嗦却引得挟持她的男孩起了邪念，就在瘦高个儿伸手到刘宏的口袋准备拿钱时，这个家伙却腾出一只手抓向了陈清的屁股。本就受到惊吓的陈清猛然一声尖叫，她这一叫吓坏了四个小痞子，刘宏也在那一瞬间一挥手挡开了伸向他口袋拿钱的手，不顾一切扑向了陈清这边。瘦高个儿见状急忙跟了过来，刘宏已经一拳打在了抓着陈清的男孩的脸上。陈清却一直惊叫不已，瘦高个儿没能抓着刘宏，迅疾扑到了陈清面前，陈清的尖叫让他胆战心寒却又恶意陡生，他手一用劲，那把尖刀便捅进了陈清的左胸。见陈清一声惨叫摔倒在地，刘宏狂吼一声，和几个痞子拼上了命。见杀了人，四个混混没了命地跑了开去。刘宏赶紧跑过来抱起陈清，见她已气息奄奄，刘宏大声哭泣。路上行人过来帮他打了120，刘宏则在恍恍惚惚中给唐尧拨通了电话。

唐尧和尹菲赶到时，120急救车也刚赶到。刘宏瘫坐在地上似乎没有了思维，只知紧紧抱着陈清不放。

"刘宏，来，松开手。"唐尧弯下腰伸手试图把陈清抱起来，但刘宏对唐尧的话没有任何反应。

"唐尧大哥，让120的医生来。"唐尧一回头，见萧雨晨和任睐峰不知什么时候站在自己的身后。120的人走过来问了唐尧一声"你是家属",唐尧一点头,他们示意唐尧把刘宏扶着,便把陈清送上了救护车。唐尧转身掏出一千五百元钱对尹菲说:"你跟着120先走,我把刘宏安顿好很快就到。"

随着120车的启动,警笛声"呜呜"一响,刘宏蓦然醒过神来,他喊了一声"陈清——",见没有了陈清便又失声痛哭。

"刘宏,陈清已送到省医院,大夫说没事的,你先到'爱人同志'休息一下。"

刘宏闻言噌的一下站了起来:"去省医院——"

唐尧上前一扶刘宏:"我来叫车。"

"我来!"萧雨晨上前一步向对面开过来的出租招手,任睐峰迅速跑到萧雨晨前面,叫停了出租车。出租车掉头停在他们身旁,待唐尧和刘宏上车之后,萧雨晨也跟着上了车:"唐尧大哥,我跟着去帮帮你。"然后回头对任睐峰和杨阳说道,"不好意思啊,胖子,改天我们再一起看电影!"

"没事的,大夫正在紧急抢救,刘宏你就放心吧。"当唐尧和刘宏来到医院时,陈清已被送进了急救室。尹菲嘴里安慰着刘宏,自己心中却没底。从刚才几个大夫的表情上看可能情况不太好。刘宏几次扑着要进去被唐尧按着坐了下来。

等待,这是最让人难熬的等待。

他们几个坐在那儿,静静地等着急救室里的消息,就像在法庭旁听的亲友,等着法官对亲人的宣判。生与死就在那一瞬间,从病房进出的任何一个人都成了他们的救命恩人抑或夺命的死神。这是一个让人心碎的场景:刘宏是直接的主角,唐尧也有些手足无措，尹菲一直护送陈清来到医院，第一个和大夫接触，所掌握的情况最接近真实，她的脸上只有静默的哀伤，萧雨晨和陈清不熟悉，所以她更关注的是唐尧的表情。

就这样，他们如同雕塑，凝固在急救室外面的空间里。

没有人有回天之力，当上帝要对一个生灵发出召唤时，医术再高明的医生也无济于事。陈清没有对刘宏说话，没有来得及看刘宏一眼，就离开了人世。

事情突然得让人无法接受，每个人都无法相信这个事实，刘宏对大夫大吵大闹，说陈清明明是睡着了，是从日本刚刚回来，舟车劳顿太累了，大夫竟然说她死了，这简直是草菅人命，是误诊，是庸医，是江湖骗子！任唐尧怎么劝说，他都不理，大夫见惯了这种情形，并不以为然，但不能让刘宏这样没完没了，唐尧冷不丁一个巴掌扇在了刘宏的脸上，刘宏像是被凉水当头一泼，终于放声大哭起来，让人闻之动容。尹菲泪流满面，萧雨晨泪眼迷离。唐尧则强忍着不让泪水流出，不能都哭晕过去，没一个主事的不行。他让尹菲和萧雨晨陪着刘宏，自己去和大夫办各种手续……

第十一章　恋曲 2000

日近黄昏，西大的校园里却弥漫着活力和热情。

旧的一年就要结束，新的一年就要来到。

而这次的新旧交替不同往年。

因为今年最后一天和明年的元旦之间相连接的，是人类历史上的第二个千年！

一个人的生命不过百年，能有幸从 20 世纪走向 21 世纪，做跨世纪的一代，已经深感荣幸，再赶上千年一遇的跨千年，真是千载才逢的良机，人们心中的躁动和兴奋可想而知。

萧雨晨走在长长的游行队伍中，深切地感受到了同学们心中的激动。站在她前后的是她们宿舍的林雯和刘亚轩，走在她旁边的胖子任眯峰俨然是她的保镖，眼睛不停地环视周围，偶尔会偷偷而紧张地瞄上萧雨晨一眼。本来他们班上是要举行一个迎千年的晚会，但因为学校要组织学生到南门外的广场上参加全球直播，于是班主任便把他们都编排到了学校的游行队伍中。

迎接新千年是地球人的一件大事。

千年虫和世纪末的种种预言曾经给世界带来了惶恐和不安，

但却从来没有让人们丧失希望和憧憬。世界各地的人们决意为这千载才逢的一天进行一次同步的全球狂欢，西安作为中国文化的重要代表，被列为与世界同步的城市之一。陕西电视台在西安古城墙的大南门广场上进行电视直播，西安人要和全球一起迎接新千年的到来。

游行队伍走出西大，一条长龙便在太白路上缓缓前行。同学们手中的各色小旗密密麻麻，缀成五彩的龙麟，队伍最前头印有西北大学的红旗迎风飘展，如昂扬的龙头，充满了生气。萧雨晨第一次参加这样的游行，内心非常激动。她感觉自己似乎被裹在激流之中，身心都经受着激烈的涤荡，青春的感觉膨胀了每个细胞，只要有一点火光，她都会轰然烧起！就在萧雨晨不经意回头的瞬间，那一点火光倏然闪耀在了她的眼前——她看见迎着游行队伍走来的唐尧。

她喊了一声："唐尧大哥——"便走出游行队伍。

"唐尧大哥，你一个人？"

"萧雨晨？"萧雨晨的一声呼唤让唐尧从沉思中惊醒。

"你没事的话和我们一起去南门广场迎接新千年！"

唐尧刚"哦"了一声，就被萧雨晨拉着走进了游行队伍。站在萧雨晨前后的林雯和刘亚轩见唐尧走进队伍也是兴奋非常，唯独胖子任睐峰满脸的不情愿，唐尧站在萧雨晨的旁边，把他挤得靠后了一排。"保镖"了半天，不但没防住"杀手"，还让他占领自己的有利地形，这让任睐峰心中大为不快。

自从陈清出事后，刘宏基本上不上班了，他大多时间一个人待在自己的新房里发呆。时而呼唤陈清的名字，时而拳脚并用，向墙而击。唐尧几乎每天去看一次刘宏，对于"爱人同志"的经营便心不在焉，原定的"佑派迎千禧"的事情也就搁置起来。其实在唐尧的心里，已经没有了千年的概念，最好的朋友出了这么大的事情，自己只恨不能为他分担痛苦。看着刘宏的样子，他的眼前不断地闪现出那个脸带刀疤的小痞子，在刘宏描述的几个人中，这个是特征最明显的，唐尧暗自发誓，要想办法寻找到这些痞子，虽然不能像刘宏所想的那样亲自手刃凶手，但绳之以法却是必须的。他到派出所去过几次，人家说已经备案，已经在排查，有消息会立即通知。但是唐尧和刘宏等不及，关键时候还是要靠自己。他和刘宏一起在西大门口连续蹲守了十几个晚上，但是没有任何收获。

要刘宏精神好起来，必须让他走出来，老是沉溺其中，只能越陷越深。唐尧非常同意刘宏父母的想法，让刘宏到深圳他大伯的公司去上班，换个环境，就可能换个心情。他费尽口舌，并答应在他走后，自己一定会想办法找到凶手，才最后说动了刘宏。今天他把刘宏和他父母送到机场，等回到西安时，已经晚上7点多，他在城墙西南拐角就下了车，他要走着回"爱人同志"，要路过西大，再在那里瞅瞅，看会不会遇到目标。

当那长龙一样的游行队伍迎面而来时，他才想起来，今天已经是20世纪最后一天了。萧雨晨的一声喊叫让他感到意外而亲切，尹菲今晚在台里直播"百年电影猜猜猜"的特别节目，"爱人同志"既然取消了特别活动他也就不用太多操心，于是在萧雨晨的一拉一拽下，他便走进了大学生的游行队伍。

　　唐尧走在游行队伍中，那些学弟学妹的热情感染着他，身旁漂亮洒脱的萧雨晨紧挨着他，他手里拿着萧雨晨递给他的旗子，像其他同学一样挥舞着，跟着一起呼喊着口号。他感觉似乎回到了大学时代，一股青春之气发乎于心，而激荡全身，一扫最近以来悲痛伤感的情绪。

　　游行队伍来到南门广场，广场上已经有各大高校和一些机关单位的队伍按序集结。广场外围警察一个挨着一个围成了一堵墙，在墙的正南方，开着一个口，唐尧、萧雨晨他们的游行队伍就由此进入广场。广场的东南角，停放着陕西电视台的转播车，今天这里的活动将要通过这台转播车传向全世界。在转播车后边马路对面的高处，有一个大屏幕，现场的人们可以通过这个屏幕看到世界各地的庆典盛况。而在广场中央，具有陕西民间特色的"千人千面鼓"已准备就绪。南门城楼灯火辉煌，比平日里更多了几分色彩，一派节日气氛。唐尧和萧雨晨走在队伍的前列，在老师的带领下，在广场的东侧坐定。整个活动于晚上 8 点 30 分开始，先是在陕西电视台直播，等到 0 点新千年到来之际，活动将到高潮，直播信号也会在那时与全球同步直播。

　　萧雨晨今天高兴极了，没有想到会和唐尧一起迎接新千年。

　　"唐尧大哥，今天是 20 世纪最后一晚，应该和最心爱的人一起度过，你怎么不和尹菲姐一起？"

　　"她们频道今晚搞一个百部电影迎千年的活动，她既是主持人又是编导，今晚得在电视台跨年。"

　　萧雨晨闻言，心中轻轻一动刚想说"那我们今晚玩个通宵"，突然感到肚子作痛:"不好,我有点闹肚子! 这儿哪里有厕所啊?"

"得走出去,到广场旁边的城堡酒店去。"唐尧见萧雨晨猛然痛得手捂着肚子,他不假思索便拉着萧雨晨,穿过正在进场的游行队伍,走出广场,俨然旁边的胖子任眯峰他们都不存在。任眯峰想追上去,走了两步又退回了原地,脸上写满了失落与颓丧。

等唐尧陪萧雨晨上完厕所,再回来时,广场上已经人满为患,警察封住了门口,唐尧和萧雨晨无法回到西大的学生队伍。他们只好和广场外边围观的群众一起,眼巴巴地瞅着里边。

在广场南侧有一个花坛,人们纷纷站在花坛的边沿上以增加高度。萧雨晨和唐尧便也挤着要上花坛。六十厘米高的花坛,要站上去并不难,但在已站满人的情况下再挤上去,就得费点事。唐尧让萧雨晨先把一只脚在花坛边沿找个空处,然后,自己双手扶着她往上挤。虽然和萧雨晨认识时间不短,但是两人从没有过肌肤之亲,当唐尧双手扶着她的腰往上一使劲儿时,他感觉到一种软得销魂的温柔握在双掌之间。他心头一颤,但很快就清醒:想什么呢,我?

偏偏就在此时,广场里的千面锣鼓骤然敲响。萧雨晨刚刚一只脚搭在花坛边上,在唐尧的扶持下斜着身子用力向上,震天的响声瞬间袭来,犹如晴空霹雳,让她心下一惊浑身一颤,正向上用劲儿的身体突然软成一团倒向唐尧。唐尧本能地张开双臂迎接,于是萧雨晨端端地掉在了唐尧的怀里。

突如其来的变故,让两人都有些措手不及。萧雨晨躺在唐尧的怀里,双手搂住了他的脖子,头埋在唐尧的肩膀上,丰满的胸脯起伏在唐尧的胸口间,一幕激情戏就要上演。

"5——4——3——2——1，开——始——"

导播倒数的声音通过耳塞传到尹菲的耳朵，就在倒数到"1"时，尹菲的右眼猛然一跳，耳朵也嗡的一声，像是有个鼓槌蓦然捶击她的耳膜。她的心骤然慌乱了一下，但迅速调整好了状态，因为她面前摄像机的红灯已亮，她的形象已经走出演播室，传向了千家万户：

"观众朋友，现在是晚上 8 点 30 分，再有三个半小时，我们就要跨入 21 世纪，走进新千年。我们影视频道为您特别奉献的《百年电影猜猜猜》直播节目马上就要开始了。在这段时间里，我们将剪辑播放百年来电影发展中的经典片段，并在屏幕下方打出相关问题，只要您知道答案就赶紧拿起手边的电话，把答案传到我们的电话平台，我们将每三十分钟揭晓一次答案，并抽出获奖的幸运观众，离千年钟声敲响越近，奖品的价值就越高，在钟声敲响前，我们将揭晓今晚，也就是 20 世纪最后一个晚上的大奖，一台三十五英寸平面直角彩电。好，现在，就让我们一起把目光投向电影历史的长河，回望那百年来电影的沧桑与悲壮，三十分钟后，我回来为大家抽奖。"

尹菲走下演播台，才发现自己头上竟然小有冒汗，她掏出纸巾擦了一下额头，随即轻轻地咳了一声。把控摄像机的李飞迅速固定好机位拿下头上的耳机，即刻走向尹菲，关切地问道："尹菲，不要紧吧，是不是不舒服？"

"哦，没事的。"尹菲走到演播室外边的休息室，坐在椅子上，从包里拿出小镜子，检查自己脸上的妆。

"从来没见过你在演播室会有那样瞬间的跑神！"作为摄像的李飞刚才与尹菲近在咫尺，加上他全神贯注于尹菲，所以对尹菲的每一个细节，比导播还要看得清楚。

"我也不知道，猛然我有点心慌。胸口一闷，就跑神了。"尹菲抬眼见李飞正深情款款满眼关切地望着自己，她的眼神很快地移开。

李飞："你的杯子呢？喝点水。"

"刚从办公室来的时候忘带了。"李飞一问，尹菲才想起来今天没带水杯。

"我去给你拿。"李飞说完就转身走出演播室，跑向办公区。

尹菲打开手机，想看看是不是唐尧给他打电话了。除了移动的一条公共信息外，什么也没有。她清楚地记得刚才跑神的瞬间，是因为想到了唐尧，他会不会出什么事情？于是她拨通了唐尧的电话，听到的只是移动小姐的道歉声："对不起，您拨叫的用户暂时不在服务区。"

"来，尹菲，赶紧喝点水。"李飞气喘吁吁地把水杯递给了尹菲，从演播室到办公室十分钟的路程，他不到五分钟就跑了回来。

尹菲接过杯子，发现李飞已经给她接满了热水。

尹菲近来总是有点疑神疑鬼。

陈清的事情让她第一次经历了朋友死亡的过程，虽然她和陈清并不熟悉，但因了唐尧和刘宏，陈清在她心目中也是有了亲人的感觉。本来在见面之前对她的形象在心中进行了各种勾勒，没有想到第一次见到的，却是她的尸体。这让尹菲心理上很难接受，总感觉有一股抑郁之气积压胸中，像是一块刚刚退潮的湿地，被潮湿和阴晦笼罩着。人生的无常、生命的脆弱让她怯于思考活着的意义，灾难的不可预知突如其来让她无法面对纷繁的现实。生命尚且如此不堪一击，那感情呢？在看似春和景明的爱情世界里，谁能料定，什么时候会出现一道闪电、一声炸雷，谁敢保证爱情可以永远存活在两个人的心中？更何况他们的爱情并不纯粹地只有和风细雨春光明媚，唐尧不是曾经有过梅韵吗？而现在的唐尧，则面临更难抵挡的诱惑。80后的浮出水面，一种完全区别于传统的价值观和爱情观冲击着人们的道德底线，也诱惑着男人心中从不安分的欲念。而萧雨晨不正是80后的新生代吗？在刚才直播开始倒计时的时候，她脑子里蓦然浮现的就是唐尧和萧雨晨，那冥冥中的一闪念，扰乱了她的心境。

2000年就要到了，21世纪就要来了，一切真的要变了吗？

见尹菲心神不静，李飞更是关心备至。自从录像带事件之后，他一直处于亢奋之中，觉得机会已经向他走来，他厉兵秣马，时刻准备着开始战斗，将两人的感情进行升级。而尹菲遭遇陈清的事情，一下子陷入到哀伤之中，也让李飞的总攻计划搁浅。他知道在这个节骨眼儿上，温暖的渗透比强硬的进攻更有战斗力。所以最近以来，李飞对尹菲的照顾更是细心周到。虽然如此，李飞知道不能长此以往贻误战机。新千年，新世纪，每个人在这个千年一遇的辞旧迎新之际，对未来都有新的憧憬和规划。李飞憧憬的只有一个，就是爱情。在频道制订今晚的直播节目计划的时候，他就开始了自己的爱情计划。因为这个直播要持续到凌晨2点多，他将因为工作而堂而皇之地和尹菲一起迎接新千年。他们将一起度过最长且最有意义的一个夜晚，所以这一切对于他来说，是天时地利人和。他把尹菲直播和休息的时间算计得精密准确，当然这是他的分内工作，他要做到知己知彼可以说不费吹灰之力。总攻的发起就在今晚，就在尹菲直播休息的瞬间。现在他只是一如既往地关心尹菲，表面上风平浪静，看不出有什么计划在进行，其实他内心一直惊涛骇浪，准备着发起总攻。

就在李飞正思绪激荡时，尹菲的手机猛然响起。

尹菲打开手机放在耳边，未加思索就说了声："唐尧你在哪里——"李飞心下一惊，真是人算不如天算，唐尧怎么会这会儿打电话来？

"哦，对不起，那你是谁？有什么事吗？"

一听尹菲不是和唐尧通话，李飞才放下心来。不过尹菲此时的情绪明显有所变化，走出了刚才的低落忧愁，倏然柳暗花明。她对着电话说道："哦，你在我们台门口？好，等一下我马上下来。"

尹菲挂了电话转身就往外走，李飞见状紧追其后。

尹菲下楼走向台门口，远远就看到门口哨兵的旁边，有一个人影。她径直走出门，向左一转，见离哨兵不远处的路灯下有一个人拿着一捧花。

李飞站在大门内，向外偷偷张望，见尹菲从那个人手里接过花之后，又在他递过来的一张纸上签字，然后，那个人转身骑上小摩托一溜烟儿地走了。

尹菲拿着花站在那里稍有迟疑，见花上有一个留言信笺，便就着昏暗的灯光看了一眼，看到落款的名字她心头微微一惊，这时，李飞已经站在了她的对面。

"李飞，是你？"

李飞声音微颤地说道："是我，尹菲。"

尹菲没有想到会是李飞。刚才接通电话时，起初她以为是唐尧的来电，结果是一个鲜花店的说要送花。她自然想着是唐尧订花给自己，唐尧经常会出乎意料地给她惊喜。结果拿过花一看，才知道是李飞的杰作。而就在她一抬头的瞬间，见李飞竟然站在了眼前，吃惊之余稍有些紧张。

李飞刚才一听尹菲在电话里说是送花，就知道是自己的计划付诸实施了。他跟在尹菲后边下楼走向门口时，心就开始激烈地猛跳。虽然对于尹菲收到花后和自己面对的瞬间自己将该怎么做，他在心中已经排演过几十遍。但当真的身临其境时，他除了心跳加速声音发颤之外，好像再也不知道干什么。

"谢谢你！李飞——"虽然不是唐尧送的花，但在新千年即将到来时，收到一束意外的惊喜，尹菲心里还是有些兴奋，也有些感激。

不知所措的李飞，听到尹菲一句"谢谢"，他似乎得到了鼓励，迅速调整了自己："尹菲，最近以来，因为你朋友出事，你一直情绪低落。说实在的，看得我心疼。所以我总是希望自己能够为你做些什么，希望能够早日看到你阳光的笑脸。你高兴了我就高兴！"

听着李飞的话，尹菲的眼中渐有光亮。她一心想着唐尧的时候，似乎从来没有认真注意过身边的李飞。虽然李飞最近一直给她忙前忙后，但她只是把他当作一个追随者的殷勤表现而已，似乎从未感觉到其中的爱意。这个时候，在茫茫夜色中昏暗路灯下，拿着李飞送的那一大捧玫瑰花，听着他的表白，她猛然发现，自己太忽视了这个同事，有一分歉疚，有一分感激，也有一分动情。

李飞见尹菲目不转睛地看着自己，漂亮的大眼睛穿越了昏暗的灯光，把他的内心倏然照亮，那种温暖迅疾传遍全身，并且点燃了他的欲望。他觉得已经身不由己，似乎处于催眠状态，于是在浑然不觉的情况下迈出了一步。

其实就那一步，两个人的身体便紧紧挨在一起，李飞一伸手把尹菲拥在了怀里，长久以来积压的激情在瞬间爆发，他把尹菲越抱越紧，隐隐地他感觉到身体变得坚硬无比，干渴的嘴唇也开始了急切的寻找……

在唐尧的眼里，一直把萧雨晨当小妹妹看，而落入唐尧怀中的萧雨晨其实从来没有把唐尧当成大哥哥。萧雨晨从第一次在高老庄见到唐尧，见到他果断阻止那一场即将爆发的"战争"，听到他动情演绎罗大佑那首《穿过你的黑发的我的手》，就从心底喜欢上了这个大自己十二岁的男人。一直以来她只把那种喜欢放在心底，因为她知道，唐尧有尹菲。

而当天公作美，让她落入唐尧怀里的时候，她在瞬间便模糊了思维，恍惚跌入铺满阳光的海滩，那种温暖让她浑身燥热。她双手搂着唐尧的脖子，双脚一踮起，嘴唇便也挨到唐尧的脖子，她听到了唐尧的呼吸，感觉到了他身上特有的男人的味道，这让她心中更涌起一股激流，让她把唐尧搂得更紧。恍恍惚惚中她嘴唇离开唐尧的脖子，一抬头，便贴到唐尧的嘴唇上，深深地咬住了对方。

　　河堤终于决口，被岸束缚了太久的洪水，瞬间狂泻千里。

　　唐尧没有料到会发生这样的一幕。一开始当萧雨晨跌入怀中，他感觉得到搂在自己脖子上的胳膊，并没有因为萧雨晨已经站稳而松懈，而是随着她胸口的起伏搂得越来越紧。当时他心下一乱，但很快调整了自己，就在他正想着该以怎样的方式让两人分开而又不至于让萧雨晨尴尬时，萧雨晨的唇已势不可当地贴了上来，一团异样的温柔瞬间包裹了自己，让他蓦然抵抗乏力，恨不得更进一步融入其中……

　　唐尧毕竟比萧雨晨理智得多，他知道自己必须结束这场美丽的战斗，虽然他的嘴唇被萧雨晨紧紧吸吮，他的双手却准备用力，要把萧雨晨推开，只是在萧雨晨的紧紧相拥下，他的手显得软弱无力。

　　就在这时，有一张熟悉的脸从唐尧眼前闪过，他的脑子迅速旋转，知道了让他熟悉的，不过是那张脸上的那道刀疤！

　　没错，正是刘宏描述的那个特征。唐尧来不及更多思索，一把推开怀中的萧雨晨，向那个刀疤脸追去。

　　萧雨晨见唐尧蓦然离去，先是一怔，以为自己吓着了唐尧，再一想不对，一定是发生了什么事情。她继而奋起直追，向唐尧的方向跑去，只是因为人太多，她的速度远不及唐尧，只看见唐尧似乎很着急地追一个人，很快就消失在人群中。

　　萧雨晨急坏了，直觉告诉她，唐尧一定会出事的，她不知道该怎么办，眼泪便哗哗流了出来。她猛然看见组成人墙的警察，便过去哭诉事情经过，一个高个警察便和她一起向唐尧的方向追去。

在广场外边的一个巷子口，被唐尧追赶的刀疤脸突然停住脚步，回身对着唐尧喊道："小子哎，你少管闲事，老子又没有拿你的钱包。"

唐尧一听，即刻明白刀疤脸刚才是下手偷了钱，以为自己发现了他才追的："没拿我的？今儿你是没拿我的，你是不是老在西大那块碰瓷抢东西？"唐尧想再证实一下。

"老子想在哪里就在哪里，你管得着？识相的话就赶紧滚，要不让你吃不了兜着走！"

"你在西大……"唐尧一句话还没说完，猛然听到远处有人在喊："唐尧，小心后面。"随即听到身后有风声袭来。唐尧本能地身子往下一缩，一个长棍便蹭着头皮，"呜——"的一声扫了过去，就在身子缩下的瞬间，唐尧转身回头，看到了一个人手执长棍刚刚扫过，另一个则手拿尖刀准备扑向自己，嘴里说着：

"给这厮一刀子算了。"

拿着长棍的说了声："先别下狠手。"便第二次举棍向唐尧打来，这个时候，刀疤脸也走到了唐尧身后，他被三个人围在了中间。

就在这时，有人边跑边喊道："唐尧——警察来了。"

一听警察来了，刀疤脸说了声："今天便宜了这小子，撤——"于是三个人瞬间扔下唐尧，向巷子里跑去。

喊警察来了的人跑到唐尧跟前，拉了唐尧一把问道："没事吧？"唐尧一看，原来是任眯峰。

任眯峰刚才见唐尧带萧雨晨出去，心里老大不高兴，自己近水楼台，忙活了半年多，对萧雨晨还是处于暗恋阶段，而这个唐尧才认识几天，萧雨晨见了他就换了一个人似的。唐尧带萧雨晨去上厕所，过去了有半个小时，还不见回来，任眯峰心里就犯了嘀咕，再也待不下去，便挤出人群，想看个究竟。他刚一出来，便见唐尧追着一个人跑。他第一反应是萧雨晨出了什么事情，不假思索便跟了上去，没想到，关键时候倒给唐尧解了围。

唐尧站起来，对任眯峰说了声"谢谢"，然后转身道："咱们回去吧，萧雨晨还不知道我这儿发生了什么事呢！"

这时候萧雨晨带着一个警察也走向这边，看见唐尧和任眯峰，萧雨晨急切地跑过来，直奔唐尧："唐尧，没事吧你？"

唐尧看着萧雨晨微微一笑："没事，咱们回广场去。"

尹菲没有想到李飞会突然猛攻，她来不及防守便被李飞拥入怀中。她想挣脱，但隐隐地似乎并不想逃离，她竟然在李飞的相拥下也感觉到了温暖，于是在李飞用力抱紧她时，她的一只手拿着花搂在李飞的背后，另一只手也不自觉地轻轻地搂着了李飞的肩膀，将头贴在李飞的胸前。当李飞突然一手捧起她的脸，要将嘴唇贴上她的唇时，她感觉到了李飞心中的汹涌澎湃，欲火在她心中也被瞬间点燃。而就在李飞用力寻找的时候，尹菲被他一使劲儿，拿着花的手一松，"啪"的一声，花掉在了地上。

对于李飞来说此时根本意识不到花的存在，却让尹菲醒过神来，她把头往一边一错，躲开了李飞的强吻，双手一用力，把李飞推了开去："李飞，直播时间快到了，我们得马上回去！"

"当——当——当……"

2000 年的钟声终于敲响。

南门外的广场和世界各地在同一瞬间沸腾。

古老的城墙上，瞬间有如银河落九天，整个城墙被飞瀑似的火花覆盖，那种壮观与瑰丽和着骤然震天响起的千面锣鼓，刺激着每个人的视听，让人们分明感受到了新世纪新千年的到来。

当迎接新千年的喧嚣渐归平静时，唐尧和尹菲，分别从南门广场和电视台回到"爱人同志"。

尹菲一见到唐尧便靠在他的胸前，她紧紧抱着唐尧，似乎唐尧随时可能从她的身边溜走。其实更准确地说，是李飞在她心中埋下了阴影，让她差点从唐尧身边溜走。此时此刻她紧紧拥着唐尧，像是被大水冲走的溺水者抓住了一根可以救命的木头，她再也不会放手，她绝对不能失去唐尧。

唐尧拥着尹菲，心中也五味杂陈。迎接新世纪新千年没能和心爱的人在一起，虽然不是自己的原因，但心中总感愧疚。而自己和萧雨晨竟然跨越了鸿沟，有了肌肤的接触，这让他心中颇为不安：难道新世纪到来后，一切就要变了吗？

其实唐尧心里明白，所谓新世纪新千年，不过是人们的纪年方式而已。明天一早，太阳一如既往，不会和过去的千年有任何区别。新与旧、变与守，只是人们一种唯心的意念，他只有搂着尹菲才感到真实。

而当唐尧和尹菲紧紧相拥时，却真的似乎是千年未见。互相熟悉的身体，经过千年的变迁，又多了太多的惊奇与新鲜。尹菲漂亮的秀发遮掩不住美丽的双眸，起伏的胸口涌动着激情的暗流。唐尧双手不由得将尹菲搂得更紧。他把嘴移向尹菲的耳边。说了一声：

"尹菲，我们结婚吧！"

新年的第一天，新世纪的第一天，新千年的第一天。

人们并没有感觉到一夜之间，世界有什么变化。太阳依旧，天空依旧。千年的交替，世纪的转接，只不过是一个概念。人们只记得昨夜的那一场狂欢，但那只是昨天，并没有和今天有世纪之隔。提起上世纪，人们自然会想到 19 世纪，而不是刚刚过去的 20 世纪。虽然希望让人们走向新世纪，但记忆却让人们无法隔断昨天和今天的联系。

但对尹菲来说，却完全不同。

在新世纪新千年的第一天的凌晨，唐尧说出一句话："我们结婚吧！"

对于这句话的期盼，尹菲感觉真的是等待了一个世纪，等待了一千年。

等遍了千年终于见你到达
等到青春终于也见了白发
…………
久违了千年即将醒的梦

古老得像个神话

我不能让自己与千年挣扎

让我揭晓这千年问答

让这恋曲有这种说法

…………

音响中缓缓流出的，是罗大佑的《恋曲 2000》。

"你曾经对我说，你永远爱着我。爱情这东西我明白，但永远是什么？"这一句颇具哲理的反问，是罗大佑的《恋曲 1980》对初涉感情者关于爱情思考和期望的传神抒写；"你不属于我，我也不拥有你，姑娘，世上没有人有占有的权利！"在 20 世纪 80 年代初期，喊出这样的声音，是对传统爱情观让人大跌眼镜的颠覆；而那首广为传唱的《恋曲 1990》，对爱情回来的动情呼唤，曾让多少热恋之后又失去恋情的年轻人流泪伤神，"人生难得再次寻觅相知的伴侣，生命终究难舍蓝蓝的白云天"以及那句"永远无怨的是我的双眼"都使这首歌成为等待爱情的经典；在新世纪新千年到来之前的 1994 年，罗大佑推出了《恋曲 2000》的专辑，主打歌曲《恋曲 2000》是恋曲三部曲的最后一部，是对爱情的一次富有禅意的总结：

远攀入云层里的喜马拉雅

回首投身浪影浮沉的海峡

北望孤独冰冷如西伯利亚

传情是否有这种说法？

等遍了千年终于见你到达

等到青春终于也见了白发

倘若能摸抚你的双手面颊

此生终也不算虚假

久违了千年即将醒的梦

你可愿跟我走吗

蓝色的太平洋

隐没的红太阳

是否唤起了

你的回答

缠绵的千年以后的时差

你还愿认得我吗

我不能让自己再装聋作哑

沉默的表达代价太傻

远似孤独冰冷的西伯利亚

远到今生飘零浪迹天涯

远到了千年后的恩情挥洒

传言恋曲有这种说法

久违了千年即将醒的梦

古老得像个神话

我不能让自己与千年挣扎

让我揭晓这千年问答

让我揭晓这千年问答

让这恋曲有这种说法

《恋曲 2000》以喜马拉雅和西伯利亚开篇，似乎是从高空对红尘世界的俯瞰，在这种超然视点的凝望下，我们再回望走过的千年，回味那些刻骨的守望和爱恋，终究发现，任时光如水流逝，任人生历经多少磨难，感情才是生命活力的源泉。"我不能让自己再装聋作哑，沉默的表达代价太傻……我不能让自己与千年挣扎，让我揭晓这千年问答。"《恋曲 2000》是罗大佑恋曲的终结篇，也是爱情揭晓答案的瞬间。

　　唐尧起来后就拿出这盘碟播放，说是 2000 年到了，自然要听《恋曲 2000》。而这首歌的意境正好符合尹菲此时的心境。她与唐尧的爱情之路，走得很顺利，很浪漫，但也很艰难。一直以来，地老天荒终生厮守是他们之间毋庸置疑的默契。但尹菲一提到结婚唐尧就闪烁其词，顾左右而言他，让她心里没着没落。而李飞的殷勤奔忙无不是一个潜在的威胁——她和唐尧不名正言顺地结婚，就无法让别人退避三舍。她没有想到在新千年的第一天，唐尧竟主动开了金口。

　　唐尧其实从内心并不拒绝和尹菲结婚。只是长久以来，自己总感事业无成，有尹菲和自己相依相守，已经感恩上苍，而要以现在的境况草草结婚，他觉得实在对不起尹菲，也对不起他自己——他们总不能在"爱人同志"这方寸之地成家立舍。他希望将来有自己的房子，让尹菲拥有一个温馨快乐的小窝。当然这种希望和现实的落差也时时折磨着他，让他总觉得亏欠尹菲。

　　昨天他把刘宏送到了机场。刘宏的离开，其实只是到深圳去换一个环境，但机场分别的场面，大有"风萧萧兮易水寒，壮士一去兮不复还"的悲壮激昂。最让唐尧想不到的是，刘宏竟然要把自己房子的钥匙给唐尧。他说自己去了深圳房子就闲置了，他再也无法走进那个房子，他知道唐尧和尹菲之所以迟迟不能结婚的原因所在，所以把房子给唐尧是他想了很久的事情。唐尧坚决推辞，觉得房子事大，怎么可能就随便接受朋友的馈赠？刘宏却毫无商量余地："没人说要把房子给你，这房子是借给你们结婚用，等我回来你们再自己搬出去就行了嘛！"刘宏一急便大声喊叫。他的父母见状便也劝唐尧收下钥匙，于是唐尧便接过刘宏手中的钥匙和刘宏紧紧拥抱……

尹菲听唐尧说了房子的事情，虽然觉得接受刘宏的房子不妥。但由此了解了唐尧长久以来不结婚的原因，心中如阴霾许久的天气，蓦然有太阳露出笑脸，快活得阳光灿烂。她像是十八九岁的姑娘，抑制不住内心的喜悦，她走上前去紧紧拥抱着唐尧并左右轻轻摇晃，嘴里快意地哼哼着不断笑出声来。唐尧被尹菲紧紧搂着，感觉到她心中的兴奋与快乐。唐尧本没想着今天说结婚的事情，但与萧雨晨的千年之吻，让他下定决心，不再犹豫。必须和尹菲尽快结婚，才能让自己义无反顾，拒绝一切诱惑。看到尹菲兴奋的样子，唐尧也迅速激情燃烧……

第十二章 梦

萧雨晨这几天烦躁到了极点。

和唐尧认识几个月了，虽然第一面就对唐尧印象非常深，但毕竟尚有距离，只是偶然会有他的影像在心底泛起。千年交替的夜晚，当她跌入唐尧怀中，搂住唐尧的脖子，热吻了唐尧之后，在她心中，两人的关系便有了质的飞跃。于是她对唐尧的思念，便如紫藤园里的青藤，缠缠绕绕在她的心中，让她一刻也难安宁。任眜峰虽然一直向她大献殷勤，但他们之间差距实在太大，她从来没把他们俩搁到一起。但任眜峰却从没有把萧雨晨和自己不放到一起。就在萧雨晨对唐尧的思念日复一日、愈演愈烈的时候，任眜峰干出了一件让人意想不到的事情。

迎接千年的那夜，任眜峰对萧雨晨和唐尧的关系进一步明晰，也感到了前所未有的危机。时不我待，他觉得自己必须采取措施了。

元旦过后，天气更冷。这天下午没有课，任眜峰便买了一个热手宝来到萧雨晨的宿舍，宿舍里林雯、刘亚轩都在，唯独不见萧雨晨。

"下午没课，她没午休就出去了。"林雯边晾衣服边对任眯峰说。

"她没说干吗去了？"因为宿舍的人都知道任眯峰在追萧雨晨，所以任眯峰和她们说话从不绕弯子。

"没说干吗，好像去太平洋音像了。"

"她昨晚谈了很多罗大佑，应该是买罗大佑的碟去了吧。"刘亚轩跟着补了一句。

而这一句恰如一把明晃晃的小刀，在任眯峰的心上拉了一下。他知道，萧雨晨谈论罗大佑，其实是心里念叨唐尧。这再次印证萧雨晨的心已经离他越来越远，和唐尧越走越近。刹那间，他心底对唐尧升起一种仇恨，要让萧雨晨走近自己，必须斩断唐尧这条线。一想到此，他便起身要走，林雯问了一句"要留什么话不"，才让他想起怀揣的热手宝，便拿出来放在了萧雨晨的床上，转身离开了她们宿舍。

唐尧走在东大街，步履轻松，如凌风驾云。他的心情好极了，感觉浑身酥酥的痒痒的，整个世界都很美。周围的人行色匆匆但却如电影中的慢镜头，环绕穿梭在自己的周围，像光影照射在水面，有涟漪泛起。就在涟漪划过的瞬间，有一个熟悉的身影定格在他眼前：萧雨晨！

他蓦然醒悟，那种酥痒可能来自眼前这个女孩。千年之夜的拥抱亲吻，让他们之间的距离倏然成零，虽然唐尧很理智地抵制着这种暧昧的滋生，但那种魅惑总会在不经意间扰得他心神慌乱。

萧雨晨显然也看到了唐尧，他们对视的瞬间，周围的人群便忽然不见，如《黑客帝国》中的特技：空旷的东大街只有他们两人，于咫尺之间对视。唐尧思维恍惚，萧雨晨身上似乎有巨大的磁场，他身不由己像滑冰时的惯性一样，扑到了萧雨晨身上，萧雨晨的呼吸急促如莺燕呢喃，不由分说，两个人的嘴唇便黏在一起。就在那种美妙的感觉冲击波般从心底向全身扩散时，唐尧感到猛然一把刀砍向自己的后背，他一个趔趄便倒在了街上……

"老板——"汤米李一拍唐尧的背，侧身而睡的唐尧身体猛一颤抖，终于翻过身来。他睁眼看了一眼汤米李，埋怨道："干吗啊拍拍打打，我刚刚睡着。"

"刚喊了半天你都不醒就在你背上拍了一下。"汤米李歉意地说道。

"你倒是轻松，拍了一下，我还以为有人用刀从背后砍我呢。"

睡眼惺忪的唐尧对汤米李不依不饶，汤米李从来没见他这样过，赶紧告诉他，叫他是因为有客人来找他。

"什么客人，这不是午休时间嘛，离开门营业还早着呢！"

"说是你的朋友，一定要现在见你——"

"哦，那好，让他等一下，我洗个脸就过去。"

中午时分的爱人同志酒吧空无一人，因为没有营业，灯全关着，虽然是中午，但偌大的大厅显得幽暗迷离。

唐尧和任睐峰坐在大厅中央，桌上放着一碟花生米、一盘凤爪，身旁放着一打啤酒。任眛峰一进来便满脸阴霾，迎面说了一声：
"唐尧，我想和你比比酒量。"唐尧一听话味不对，知道来者不善，
又见其腰间鼓鼓囊囊，想着那里藏着的，说不准就是梦中砍向自
己的那把刀。

两个人对面而坐，任眛峰不说一句话，只是和唐尧一杯接一
杯地喝酒。唐尧虽然喝着酒，心里一直盘算着该有什么样的结果。
只是这个任眛峰只喝酒不说话，倒搞得他有些无计可施。千年之
夜他与萧雨晨的肌肤之亲让他后悔不已，觉得自己没能阻止萧雨
晨的冲动，让他们竟然唇齿相亲，实属已经越轨。事后他非常清醒，
知道自己对萧雨晨没有任何想法，他的心思只在尹菲身上，然而
刚才梦中的自己，显然是没有拒绝萧雨晨，还欣然与她相拥相亲，
这实在不是个好兆头。面对着任眛峰，他还能底气十足地说一句
"我和萧雨晨没有任何关系"吗？

不一会儿，桌上的花生米下了半盘。一打啤酒剩了两瓶。任
眛峰猛然从腰间拔出一把刀往桌上一拍，远处的汤米李和一个服
务生吓了一跳，唐尧向他们挥挥手，示意他们没事，让他们下去。
而任眛峰并不拿刀，却双手一拱，说道："唐哥，求求你，离萧
雨晨远点！"

唐尧定了定神，很认真地说道："我和萧雨晨只是朋友。"

任眛峰咕嘟又是一杯酒下肚，杯子往桌子上一撳："你敢把
这句话连续说三遍吗？"

唐尧把手中的酒杯转了转，看着任眛峰说道："我们之间不
是你想象的那样。"

"那是哪样？"任眛峰步步紧逼。

　　唐尧本来想以怀柔方式化解任睐峰的情绪，他不想和任睐峰之间有任何冲突，对于萧雨晨本来就有些悔意，更不想和她的同学再结怨。所以从一开始任睐峰进来要比酒量，他就尽量地顺从敷衍，并想趁着酒意让任睐峰掏掏心窝子。没有想到任睐峰心窝子没掏，却掏出了一把刀，且步步紧逼。这让唐尧倒有些心里腻烦，加上他也有几分酒意，于是凛然反问一句：

　　"你觉得是哪样呢？"

　　"我觉得？我觉得你一定对她做了见不得人的事情，她现在一门心思地就是想和你好！没准她一会儿就会来找你！"

　　"她怎么可能会来我这里？"

　　唐尧话音刚落，"爱人同志"的门被推开，萧雨晨走了进来。

　　萧雨晨一看屋内的架势，吃了一惊，但马上明白了事态。她厉声对任睐峰喊道："任睐峰，你干吗呢？"

　　任睐峰突然拿起桌上的刀指着唐尧说道："我说得没错吧，你们是不是约好的？"

　　唐尧说："你误会了——"

　　萧雨晨见状走上前喊道："任睐峰，你把刀放下！"

　　任睐峰却猛一起身走到了唐尧身边，把刀对准了唐尧："萧雨晨，你今天就说清楚，你和他到底是不是有什么？"

　　萧雨晨愤然说道："我和他有什么和你有什么关系？你把刀放下！"

　　任睐峰转而对唐尧说道："你还敢说和她没有什么？你凭什么吃着碗里的看着锅里的？"

　　唐尧见任睐峰有些冲动，忙对准备冲过来的萧雨晨说："雨晨，你先别过来——"

　　没想到任睐峰闻言大怒，唐尧的一声"雨晨"让他更感觉到了他俩之间的纠缠不清。一瞬间，他脑中竟然闪现出了两人亲热的情景，一想到此，他大脑嗡的一声，随即手起刀落。

　　唐尧见任睐峰神色突变，便心下一紧，眼见其举刀砍向自己，他迅疾往旁边一闪，但是因为任睐峰来得太快，躲闪不及，左胳膊上被刀刃擦过，瞬间有鲜血流出。

　　任睐峰见唐尧胳膊被砍中，猛地一惊，乱了方寸，刀咣当一声掉在了地上。

　　萧雨晨扑上前去扶着唐尧，转身对愣在一旁的任睐峰大喊一声："你还不滚！"任睐峰此时酒劲倒醒了不少，一转身便走出了酒吧。

　　汤米李和服务生赶过来扶唐尧，说赶紧去医院。

　　唐尧摇摇头说不用了，只是皮外伤，扶我到房间就可以，那里有纱布和药。

　　唐尧其实并无大碍，只是胳膊上被刀刃滑落时擦破了皮，他回到房间，汤米李找来药和纱布，萧雨晨迅速进行了包扎。唐尧知道那点伤不算什么，只是刚才他和任睐峰你来我往，一打啤酒各消耗了一半，多少有些晕晕乎乎，所以躺在床上，倒是有些昏昏欲睡。他示意他们几个出去，汤米李转身走了，萧雨晨却没有动，只回身对汤米李悄声说了句："我再陪会儿他。"

　　萧雨晨今天中午到太平洋音像转了一圈，买了一盘罗大佑的CD《恋曲2000》，这其实是罗大佑在1994年就出版的专辑，因为 2000 年刚到，所以依然卖得不错。萧雨晨本来是想买了 CD 回宿舍听，想多了解了解罗大佑，但走到学校门口时，便忍不住想去告诉唐尧自己也开始收藏罗大佑了，她希望看到唐尧因多了一个人喜欢罗大佑而流露出的欣慰之情。没有想到一进门，却看到了那样的一幕。尽管唐尧伤得不重，尽管自己和这件事没有直接关系，但怎么着都是因自己而起，所以心里的愧疚无法排解，她不知道自己该怎么做，只知道此时就是要留下来陪着他看着他。

看着唐尧半醉半醒躺在床上，萧雨晨心中更生出一分怜爱，她伸手轻轻抚摩了一下唐尧受伤的胳膊。

唐尧知道自己的伤无大碍，又加上酒意上来，想自己躺着休息一会儿。萧雨晨一动他胳膊，他才知道旁边还坐着个人。他睁开眼看着萧雨晨问道："你怎么还没走？"

萧雨晨听着唐尧的声音绵软无力，更生出一份爱怜："我再陪陪你，你睡着我就走。"

"不用，我没事。"唐尧稍微有些清醒，"你早点回学校吧，任眜峰喜欢你，他因为你才闹事，你待在这儿岂不是更不合适？"

萧雨晨本来只想着唐尧，一脸的温顺。唐尧一提任眜峰，她马上脸色阴沉："跟他有什么关系啊？我和他之间本来就只是同学，我们之间从来没有任何瓜葛，他今天竟然行凶砍人，刀就在外边放着，回学校我就交到学校公安处——"

唐尧打断萧雨晨："别——，刀就先收起来，你别再多事了，这件事我自己来办，和你也没关系，好吗？你可以走了。"

萧雨晨见刚才还昏昏欲睡的唐尧突然说出这样的话来，一下子感到从未有过的委屈，眼泪倏然冒出，涌满了眼眶，她强忍着不让泪水流出。

　　唐尧见萧雨晨的样子倒觉得自己有些过火，便又换了语气："其实这件事我不怪任眜峰，都是我没处理好——"

　　"和你有什么关系啊！"萧雨晨突然打断唐尧，眼泪随即像泉水涌出，"你怎么没处理好？没处理好他还是没处理好我？你是不是觉得千年之夜犯了大错了？"萧雨晨越说越伤心，她转身背对唐尧，眼泪顺着脸颊溪水样流淌。

　　唐尧见状心下不安，赶忙拿了一张面巾纸递给她说："别哭了，擦擦眼泪。"

　　萧雨晨头也没抬，说声"我不要你管"！用手顺势挡一下唐尧伸过来的手，却没料到唐尧拿纸时为了够到桌上的纸，用右手撑起身体，用左手拿的纸，所以伸过来的是受伤的那只胳膊，萧雨晨猛力一碰，竟然碰到了他的伤口，唐尧"哎呀"一声，萧雨晨一惊之下赶紧转身低头，想看看伤口要紧不要紧。结果转身过快，竟然一个趔趄倒在了唐尧的身上。她没有立即从唐尧身上起来，而是头贴在唐尧胸前，一手放在唐尧的肩上，一手抚摸着唐尧受伤的胳膊："你没事吧？对不起啊！"

　　唐尧对突如其来的变故毫无防范，萧雨晨无意碰到伤口，其实并不是很疼，他只是本能地喊了一声，现在见萧雨晨瘫软在自己身上，丰满的胸脯压在自己的胸前，像两只受惊的兔子突突颤抖，他知道再不阻止，便又要出事。于是右手轻轻地把放在自己肩膀上的手拿开，他一松手，萧雨晨的手又放在了他的胸前。他左手想从萧雨晨的手下拿出来，却使不上劲儿，见萧雨晨泪水洗面，他想发脾气却实在有些于心不忍。便轻声说道："我没事的，本来这点伤就不算什么，你刚也没碰着伤口。"唐尧本来接着要说"我这儿没事，你起来"，话还没出口，萧雨晨就接话说道："没碰着你哎呀什么，吓人家一跳，你讨厌！"说着手轻轻地在唐尧身上捶了两下，看着唐尧体贴入微的神态，她破涕为笑，满是泪水的脸又满是温柔。她伏在唐尧的身上，感觉到了唐尧的心跳，她嘴唇一抿，心下生出一种强烈的欲望，于是头稍一抬，便含住了唐尧的嘴唇。

唐尧没想到自己的宽仁鼓励了萧雨晨。他还没来得及再次推开她，便感觉到一袭醇香突然灌入，他来不及躲闪，便含进了嘴里。萧雨晨的舌头软得让人销魂，一旦触到，就没了意识，只是将她使劲儿地吮吸，并与自己的舌头交缠在一起，一股电流袭击全身，加上刚才的酒劲，唐尧大脑瞬间模糊，完全忘记了自己之所在，更别说那只受伤的胳膊。

没有人想到会出现这样的状况：刚才还是刀光剑影，转瞬便成侠骨柔情。

萧雨晨突如其来的热吻让两人都快速进入了另一种境界。萧雨晨忘记了自己为什么留下来，忘记了唐尧受伤的胳膊，只觉得自己像是掉入了一个不能自拔的泥沼，越陷越深。而那些将她紧紧包裹的泥沼倏忽间又化作一潭清澈湖水，让她浑身清爽。她如一条被搁置在岸上太久的鱼，纵身一跃，终于跳进了渴望许久的湖水。

在萧雨晨刚刚趴在唐尧身上双唇咬住他的唇时，唐尧还曾举起胳膊要推开萧雨晨，而当那一点狂热的温柔突然闯入到唐尧的意识中时，那感觉实在是太过美妙，让他浑然忘我……

第十三章 家

　　唐尧的受伤，让尹菲很是心疼。

　　尹菲那天一回到爱人同志酒吧，见到唐尧胳膊上裹着纱布，便急切询问缘由。唐尧刚准备解释，提了一打啤酒正往酒吧大厅走的汤米李顺口说道："下午服务生给客人打酒时不小心把一瓶啤酒打碎了，洒了一地，老板急着过去给客人道歉，结果自己滑倒在地，胳膊蹭到玻璃碴上了。"汤米李圆谎圆得很自然，唐尧一颗悬着的心侥幸放下。下午萧雨晨走后，唐尧给汤米李他们几个叮嘱过，不要让尹菲知道任眯峰和萧雨晨下午来过，以免无事生非。汤米李这么适时地过来帮腔解围，让唐尧一下子轻松了许多。

　　尹菲听后埋怨道："这些具体的事你就不要管，汤米李出面足够了，人家怎么也不会像你这样毛手毛脚，没怎么着自己先跌了一个大跟头，亏得地上是玻璃碴，要是两个顾客吵架动了刀子，"听尹菲说到"刀子"，唐尧心里咯噔一下，以为她觉察到什么，"你再扑上去，可能浑身现在都是刀伤该躺到医院了！"

　　见尹菲只是打个比方心疼自己，唐尧心下一热，更为下午和

萧雨晨的事情愧疚不已。虽然萧雨晨给了唐尧一次空前的体验，
让他感觉到了和尹菲在一起从未有过的感受，但是在唐尧看来那
只是一次意外，事后他很快调整了自己，面对尹菲继续他们的生
活是唯一的目标。千年之夜他已经答应尹菲要给她一个家，而今
天尹菲见自己受伤后的近乎唠叨的关心，也让他猛然发现了尹菲
细微的变化，尤其她后来说自己明天要去买鸡买鸽子煲汤给自己
补充营养等一系列婆婆妈妈的话，让唐尧觉得她不再像以前那样
是自己的一个浪漫情侣，她是在向一个妻子转变。而与萧雨晨这
次的接触让他们彻底跨越了朋友的底线，虽然唐尧在迷迷糊糊中
得到了身体上的快感，但是他知道自己已经走到了最危险的边缘，
必须当机立断——他要和尹菲结婚。

"尹菲，我们结婚吧！"唐尧看着尹菲认真地说道。

"千年第一天，你不是已经说过了吗？"尹菲嗔笑道。

"我是说我们确定个日子，2 月 14 日。"

尹菲闻言真的吃了一惊："啊？2 月 14 日！"

唐尧嘿嘿一乐："既是情人节，又是农历大年初十，难得的
好日子。"

尹菲脸颊一红，心中的幸福感跃然呈现："可是这时间也太
紧了吧，一个月时间，怎么来得及准备？"

"其实没什么准备的，刘宏的房子都是现成装修好的，我们
只需要照一套婚纱照挂上去，然后把床上用品准备好就行了。"

尹菲笑着捶打唐尧："你怎么老是这么流氓，净想床上那些
事情？"

唐尧轻轻一搂尹菲："其他东西我们都可以用刘宏原来准备

的，床上的东西总不能也用别人的吧？"

尹菲一抿嘴："那倒是。"

唐尧接着说道："这几天就抽空赶紧去把结婚证一办，那样你就名正言顺是我的人了！"

尹菲一听到领结婚证，心里倒油然而生出一种失落感。虽然千年之夜唐尧已经说过结婚的事情，但当今天他再次说到尹菲还是感到突然。本来一直希望两人能早日成家，但是当唐尧一提到领结婚证时，尹菲蓦然觉得自己将不再属于自己，一丝伤感便从脸上掠过，而那一丝不快没有逃过唐尧的眼睛："怎么了？尹菲。是不是不愿意？还是嫌我没有正式求婚？"

尹菲刚说声不是，唐尧便接着说道："你什么也别说，这个周末我们一起上街，给你选个钻戒。"

尹菲轻抚一下唐尧受伤的胳膊，欣然笑道："钻戒有没有不重要，我不在乎指尖的那个圆圈，只要你能像钻石一样，永久如影随形，陪伴在我的身边，停驻在我的心间。"尹菲说话间两眼含情，充满爱意。她轻轻靠在唐尧身上，感觉到唐尧的心跳，她好想抱紧唐尧，亲吻唐尧……

"老板娘，外边有人找——"

尹菲和唐尧的唇刚触到一起，汤米李在外边喊了一声。

尹菲走出来一看，见李飞站在大厅。

"李飞，有事吗？"

"哦，你走了一会儿，领导就过来找你，说是晚上有采访，我给你打手机你不接，打传呼也没见你回。"

尹菲打开手机和传呼，果然有几个办公室的未接电话，刚才一回来见唐尧出事，自己就忘记了一切，根本没有心思注意其他。

"采访谁啊？"对于加班采访，尹菲从来不觉得是额外的工作，但是今天唐尧出事，她实在不愿意离开。

"是姜文来西安了！"李飞说话间眼神有些飘忽，尹菲想可能是他站在爱人同志酒吧有些紧张，倒有些心疼他。一听说姜文到西安，她很是惊奇：

"《鬼子来了》不是可能放不了吗？"

"他这次来不是为了宣传电影，是私事过来，所以大家都不知道。"

"哦，那他现在在哪里？"

"他刚刚下榻在煤航宾馆。"

"啊？他怎么会住在煤航？"煤航宾馆就在电视台对面，是煤炭系统的招待所，虽比一般招待所要好得多，但顶多能达到三星的标准，尹菲惊异于姜文这样的大腕竟然会住在那里。

"他可能主要是怕大家知道，就专找普通宾馆住了，咱们抓紧时间过去吧。"

"好，你等一下。"

尹菲转身回到房间，给唐尧说明了情况，便和李飞一起赶往煤航宾馆。

到了煤航宾馆，李飞对尹菲说："姜文在三楼 305 房间。我们一起上去。"

尹菲问道："你不到台里拿摄像机？"

李飞一听稍有迟疑，旋即说道："我刚走之前已经给实习生说过了，让他把设备准备好，估计他已经上去了。"

尹菲便和李飞一起进电梯上三楼。

到了305房间门前，却见李飞并没有敲门，而是顺手掏出一把钥匙，快速打开房门，尹菲还没来得及反应，就被李飞拉进了房间。

房门"砰"的一声关上，而房间里空无一人。

尹菲惊愕地问道："李飞，怎么回事？"

"尹菲——那个……"李飞支支吾吾。

"姜文根本就没来西安？！你骗我？"尹菲怒道。

"我——"面对尹菲的质问，李飞一时不知所措。

"莫名其妙！"尹菲转身就要往出走。她刚一转身的瞬间，李飞从身后拦腰抱住了她。

"李飞，你干吗？！"

"尹菲！——"李飞紧紧抱住尹菲，喘气有些粗重，"尹菲，我——想你！"

"李飞快放手，我给你说过我和唐尧要结婚了！"尹菲的话没有让李飞有任何松懈。

"现在不是还没有结吗，只要你们还没有结婚，我就还有机会！"李飞把尹菲抱得更紧了。

"我们周日就去世纪金花买结婚戒指，然后就去登记，你别再这样了，李飞——"

尹菲说完，见李飞的手还是死死抱住自己，她便去掰李飞的手，李飞却抱得更紧。她感到李飞顶在自己的身后，硬邦邦地不断进逼，她必须尽快摆脱否则后果不堪设想。她用力一掰李飞的手，喊了一声："松手！"李飞的手瞬间松开，而就在同时，李飞闪电般从她身后站在了她的前面，再一次将她抱住，并且不由分说抱起她就往床边走。本来房间就不大，他们离床边也就几步，在尹菲还没来得及反应的情况下，她就被李飞拥裹着倒在了床上。李飞像是一个饿极了的狮子，狂吼着撕扯尹菲的衣服，而就在撕扯的过程中，尹菲只觉得似乎有支利剑穿进她的胸膛，她的胸前热乎乎似乎有热血流出！瞬间她明白了，那是李飞的嘴咬在自己的乳房上——李飞的疯狂几乎要让她投降。而就在她的脑海中闪现出自己胸前流血的瞬间，她想起了唐尧受伤的胳膊，想起了唐尧说的 2 月 14 日的婚期。而当李飞将尹菲丰满圆润的乳房含在嘴里忘情吮吸时，他放松了尹菲挣扎的双手，于是尹菲抽出手来，朝李飞脸上一抓，一只手拽住了李飞的耳朵，喊了声"起来"，李飞一松口刚抬起头来，尹菲另一只手"啪"的一声，给了李飞一个耳光。这一记耳光打醒了李飞，李飞稍一愣神，尹菲把他推到一边，站起身来迅速整理衣服跑出了房间。

李飞一个人坐在床边，半天回不过神来。

千年之夜，李飞和尹菲第一次有了肌肤之亲，对于尹菲来说，只是瞬间的感动，对于李飞来说却是无尽的销魂。

那一夜录完节目回家之后，他再也没睡着，虽然他那次只是搂抱了尹菲，但却是一次质的飞跃，让他激动不已。他感激于新千年到来时的那种氛围，感恩于那晚的电视直播给予他的机会。新千年对他来说有着不同寻常的意义，让他翻开新的一页，虽然那一页刚翻开便又合拢，但已经打开了希望的窗户。新的千年将会带来新的希望，他沉浸在美好的期待中，一直等到新千年的曙光升起他才有些困意，不过他不想睡了，他想早点到单位，早点看到尹菲。

那天上班李飞是全部门最早的。他在新千年第一个打开了办公室的门，一到办公室，就开始了漫长的等待。同事们一个个陆续上班，而尹菲却迟迟不见到来。每一次楼道响起脚步声，都会让他心跳加速。每一次办公室的门打开，他的眼中都会闪出亮光。他一次次的希望落空，但他总是又一次地满怀憧憬……

那天上午，尹菲一直没有来。

李飞整整一个上午都在等待中，他几次想给尹菲打传呼告诉她他想她，但迟疑了半天还是没打。他怕万一被唐尧看到会影响尹菲，他也怕打扰了尹菲的休息，因为昨晚直播结束太晚。主持人属于特殊人才，没节目的时候可以不上班，所以尹菲上午没来其实也在意料之中，但是李飞并不因此而不焦心地等待。

那天尹菲下午两点才来到办公室。

等了一上午的李飞见到尹菲进来，眼前豁然一亮，瞬间感觉心胸都要爆炸了，他恨不得立即上去抱住尹菲，只是办公室里大家都在，他只是站起来走到尹菲跟前，说了声："你终于来了！"

尹菲笑道："哦，终于？有急事吗？"

李飞笑了声："没事，就是你不来办公室就空空的。"

办公室的刘洋闻言喊了一声："李飞，你别肉麻了，我们在你眼里是空气啊？"

李飞对刘洋做了个鬼脸，然后和尹菲一起坐到办公桌前，李飞见尹菲的心情极好，他只道是尹菲因为见到自己心里高兴，他却不知道千年第一天"爱人同志"里尹菲和唐尧发生了什么。尹菲的情绪感染着李飞，让他更是有些飘忽。他想晚上约尹菲一起吃饭，以期再续昨夜的情缘。

尹菲一进办公室见到李飞，猛然也想起了前夜两人的"暧昧"，看到李飞见到自己的样子，她知道李飞已经陷入其中，她想今天得找机会给他说清楚，免得他越陷越深。

李飞上午一直等尹菲的到来，下午尹菲来了，他又开始了漫长的等待——他等着赶紧下班，好和尹菲一起独处。他越是着急，时间过得越慢，好在他可以看着对面的尹菲，让他的等待充满了甜蜜。他想今晚一定会吻到尹菲的。

像一夜未眠盼望天亮的人看到了晨曦，终于到了下班时间。人们陆续离去，李飞的心又开始咚咚地跳。当办公室的同事走完时，尹菲还坐在对面没动。李飞心下更是坚定了自己的判断：尹菲貌似在看《电影画刊》，其实是在和自己一样等着人走完后两人独处。这给了他莫大的鼓励，他对尹菲说："尹菲，想想一会儿吃什么，咱们一起吃饭！"

尹菲放下手中的《电影画刊》，说道："不吃饭了。"

李飞连忙改口道："不吃饭也行，我们唱歌去，那里也有吃的东西！"

尹菲看着李飞郑重地说道："李飞，我有事给你说。"

李飞蓦然心跳到了嗓子眼儿，浑身一热，他没想到尹菲会主动给他说，他充满了期待。

"我要和唐尧结婚了！"

晴天霹雳！

从万里晴空到雷鸣电闪的转变，毫无过渡。

李飞怎么都想不到，尹菲说出来的会是这句话，真的是一盆凉水从头顶泼下，浑身火热的他瞬间全身冰凉，他一时愣在那里。

"我为昨天晚上的事情感到很抱歉，李飞，我们还是好同事、好朋友，但是我们之间到此为止，不能再往下走了。"

李飞"嗯"了一声，其实根本没有听到尹菲后边说的话。

尹菲说着便站起身说道："我晚上还有事，先走了。"

李飞坐在那里没动，只是木木地点了一下头。

这一记响雷把李飞打蒙了。从天堂到地狱，他无论如何不能相信是这样的结果。而从那天后，尹菲就有意地和他拉开距离，两人基本没有独处的机会。

对于李飞来说，那几天非常难过，自己喜欢的人就坐在对面，却非常地遥远，真所谓咫尺天涯。尹菲对自己没有了热情，即使微笑，也让他感到很装。失败来得太快，他怎么都不能接受，他不能就这么认输，他必须得想办法挽回。那几天他反复盘算的就是如何能够让尹菲回心转意，他想起了一句话，"男人不坏，女人不爱"。他想自己以前对尹菲可能太过于单纯了，纯粹的感情投入一直让他们的关系不温不火，要升温必须得有性的介入。女人把身体给了你，心也就归了你，所以他必须行动，为了得到尹菲，他会不择手段。于是出现了上边的那一幕。

而现在怎么办？

李飞没有想到会是这样的结果：他们周日就要去世纪金花买钻戒，紧接着就要登记结婚。

自己是应该放手了？！不放手还能怎么样啊？

李飞像是一只掉入深渊的羔羊，看不到半点希望。他满腹郁闷，像膨胀的气球，瞬间就会爆炸。在单位，尹菲就是他的一切，他和其他同事虽春风满面，但很少倾心交流。所以，他连一个倾诉的对象都没有，他只能眼看着自己这个膨胀的气球越来越大。

他没有想到，这个气球今天会瞬间爆破。

他买了一箱啤酒，一个人坐在房间就着一碟花生米，最后只剩下了一箱啤酒瓶。其间他喝了吐，吐了喝，最后昏昏欲睡，他一闭眼就是尹菲和唐尧挑选钻戒的场景。他不想看到这些，于是便用烟头将自己烫醒，醒来后却还想喝酒……他就这样反复着，在他模糊的思维中，无法摆脱的就是尹菲和唐尧挑选钻戒的场景。为什么？唐尧怎么就能拥有尹菲？为什么不是我？我为什么要放弃？

是的，为什么要放弃？当这个念头在李飞的脑海一闪，他猛然似乎有了精神，有了盼头，只要不放弃，就还有机会！他们不是才准备买钻戒吗？李飞像是一个孤军奋战的战士看到了后援的大部队，很快斗志昂扬，准备着打一场硬仗。

世纪金花在钟楼和鼓楼之间的钟鼓楼广场的地下，是西安颇为豪华的购物场所。当尹菲和唐尧在首饰柜台前挑选戒指时，他们不知道，在不远的地方有人在注视着他们。

李飞在唐尧和尹菲之前就到了世纪金花。他俩从进入世纪金花就一直在李飞的视线之内。李飞早已经想好，就是要在尹菲和唐尧挑选钻戒时冲上去，让唐尧知道他的存在，自然也就会让他俩之间产生隔阂，即使不能离散他们，但起码可以减缓他们前行的脚步，为自己赢得时间。其实从唐尧和尹菲一进来，见到他俩相依相傍的样子，李飞就感到血往上涌，但他一直忍着，等尹菲和唐尧选定品牌，在柜台前开始挑选款式时，李飞一提气，终于发起了总攻。

李飞几乎小跑着冲向尹菲和唐尧。

那一刻，他只觉血脉偾张，周围的一切都不存在，他的眼里只有远处的尹菲和唐尧。

而就在他不顾一切向前冲锋时，就听"啊"的一声叫，他和一个女孩撞在了一起。这一撞让他清醒过来，一看眼前一个大眼美女。

他赶忙道歉："啊，实在对不起！我急——"

"你急什么啊？"女孩大眼一瞪问道。

"我女朋友和别人在那里买钻戒，我，我——"李飞自己都想不到会脱口而出这样的话，他只是想让对方理解自己的心情，而当他指着尹菲和唐尧的方向说完这句话之后，大眼女孩反问了他一句："她是你女朋友？"

李飞迟疑一下，点了点头。

"他们俩要买钻戒，要结婚？"大眼美女再次发问。

李飞这次肯定地点了点头："对！"李飞想着这下女孩应该可以理解自己了，准备给女孩再说声"对不起"就继续奔尹菲和唐尧那边去，却没想到还没等他开口，就见女孩一转身，直奔尹菲和唐尧走去。

大眼美女不是别人，正是萧雨晨。

萧雨晨自从和唐尧那天在爱人同志酒吧有了一次意想不到的

肌肤之亲之后，心彻底乱了，她不知道自己该怎么办。原来她对
唐尧是总想着见到他，而那天之后，她感觉自己恨不得天天都和
唐尧待在一起。而这种强烈的思念反倒让她清醒地意识到了一个
问题：她和唐尧到底算什么？唐尧和尹菲的关系她是非常清楚的，
他们不只是有着牢不可破的感情基础，最主要是即使在萧雨晨自
己看来，唐尧和尹菲，也比自己合适。所以这两天对于她来说是
最痛苦的。她一边急切希望见到唐尧，希望和他一直待在一起，
一边却告诫自己该直面他们之间的关系。她几次走到"爱人同志"
的门前，想进去找唐尧，但几次都是徘徊之后退了回来。她在进
行剧烈思想斗争的同时，她也想明白了一个问题：自己对唐尧如
此牵肠挂肚，唐尧对自己会怎么样呢？那天和唐尧的云雨之欢，
几乎是她主动进攻的，如果说她如此付出都换不回来唐尧的一次
主动回眸，那她自己到底算是干什么？所以她在紧要处力挽情感
狂澜，即使自己怎么度日如年，也要强忍过去。她给自己定了底线：
如果唐尧来找自己，她会不顾一切，投入唐尧的怀抱。但如果唐
尧不来找她，她就必须把这个人忘掉。其间任睐峰找过她几次，
她都没有见，和他之间不可能再继续任何同学友谊，要不然将会
出大事。有了上次的砍伤事件，任睐峰也不敢再冒昧造次。到了
周末，没有了课，萧雨晨心中更是没着没落。她干脆一个人上街
瞎转悠，结果一走进世纪金花，就被李飞撞了个正着。

　　萧雨晨一见唐尧和尹菲在那里买钻戒，心里犹如刀绞。但她
瞬间克制了自己：人家买钻戒，与自己何干？这说明唐尧对她完
全没在心上。但是一想到李飞说尹菲是他女朋友，萧雨晨觉得这
个问题比较严重，她必须让唐尧知道这个事情。于是她径直走向

唐尧和尹菲。

"唐尧——"

萧雨晨的一声呼叫，让唐尧一愣神，尹菲也闻声抬起了头，惊奇地说了一句："萧雨晨！"

"尹菲姐，你好！"萧雨晨虽然情绪激动，但没有忘记对尹菲的友好问候。然后继续转头对唐尧说，"我有话给你说。"

唐尧对萧雨晨的突然出现，感到很是诧异，但很快恢复了正常，他不能让尹菲觉察出他和萧雨晨之间有什么："哦，萧雨晨，有什么事，回头再说好吗？我这——"

"就现在说！"

萧雨晨毫不退让地步步紧逼，让唐尧心下有些忐忑，但话说到这个地步，他不能躲避，必须接招："好，你说！"

"咱们换个地方说吧？"萧雨晨说着看了一眼尹菲。

尹菲一听觉得似乎话里有话："有什么事，就在这里说啊！需要我回避吗？"

尹菲的话让唐尧不敢怠慢，赶紧说："没事，萧雨晨，你有什么事就在这儿说吧。"

萧雨晨稍微犹豫一下看着尹菲说道："算了，尹菲姐，我单独给你说吧！"然后看了一眼唐尧。

唐尧心中忐忑，但还是说了一句："那你俩单独说，我去上个洗手间。"

见唐尧离去，萧雨晨和尹菲走到离柜台稍远点的一个走道侧面。萧雨晨看着尹菲说道："尹菲姐，你是要和唐尧大哥结婚？"

尹菲认真地点点头："是啊！"

萧雨晨朝李飞站的方向看了看，然后转头看着尹菲说："那尹菲姐，你除了唐尧大哥还有没有其他男朋友？"

尹菲一愣，看着萧雨晨问道："你这话是什么意思？"

萧雨晨又看了一眼李飞那边："刚有个人说你是他女朋友！"

尹菲脸色一变："萧雨晨，你说什么呢？"

萧雨晨急忙说道："刚才我刚一进世纪金花大厅，一个男的撞了我一下，然后给我说他女朋友和别的男人买钻戒，他是急着过来拦截才不小心撞到我的！他一指女朋友，我一看是你。我过来本来是想给唐尧大哥说一下，刚才你这么一说，我觉得还是给你先说一下好！你如果真还有男朋友，和唐尧结婚这事你得慎重考虑啊！"

听完萧雨晨的话，尹菲一时愣在那里不知道说什么，她知道刚才撞萧雨晨的一定是李飞。她理了理思绪对萧雨晨说道："雨晨，我除了唐尧，再没有第二个男朋友，事情不是你想象的那样，更不是他说的那样，回头有机会我给唐尧讲清楚。这事你今天就先别给他说了，好吗？"

听尹菲这么一说，萧雨晨轻轻点了点头："好的，尹菲姐，我就当不知道这个事情，那我先走了！"

萧雨晨说完就向外走去，刚走出世纪金花，李飞从后边追了过来："哎，你好，刚才不好意思！"

"什么不好意思？"萧雨晨见李飞追过来，心里非常生气。

"你也认识尹菲和唐尧？"李飞急乎乎地问道。

"怎么了？你不是说尹菲是你女朋友，你要过去拦截吗？刚才怎么不见人了！"萧雨晨停下来看着李飞问道。

"我——刚看你猛然过去，我不知道是什么状况，所以就在旁边先观察着！"李飞见萧雨晨站定，又看着自己，一下子很是窘迫。

"你还躲旁边观察着，你是个男人不？"萧雨晨一句话把李飞说得满脸通红，无言以对。萧雨晨话锋一转，"好，那我来问你，你和尹菲到底什么关系？你叫什么名字？"

"我是她电视台的同事，我叫李飞。我很喜欢尹菲，我不能看着她和别人结婚！"李飞像是被审讯的罪犯，毫不保留地交代了罪行。

萧雨晨心下一乐：这倒好，唐尧和尹菲这两人是怎么了，如此魅力四射？我被唐尧弄得神不守舍，这位大哥又被尹菲迷得神魂颠倒，不过李飞同学你没什么戏，就别再瞎耽误工夫了。于是萧雨晨对李飞说道："你是单相思吧？"

"我——"李飞不知道说什么。

"我劝你一句，我和他俩很熟，你就收心吧，两个字：没戏！Bye！"

"可——"李飞话还没出口，见萧雨晨已转身离去。

李飞本来想着问问萧雨晨刚才和尹菲说了什么，他们现在是个什么状况，结果被她几句话问得晕头转向。见萧雨晨离去，他又走进世纪金花，走向唐尧和尹菲买钻戒的柜台。

柜台前空无一人，只有卖钻戒的女孩站在柜台内等待顾客。见李飞过来非常热情地招呼："先生您好，有什么可以帮你的？"

"哦，麻烦问一下，刚才在这里挑钻戒的两个人，男的个头挺高，女的长发披肩——"

"哦，他们已经走了。"

"他们买过钻戒了吗？"李飞急切地问。

"没有。"

一听售货小姐说他们没有买钻戒，李飞心下一阵轻松，说了声谢谢便转身离去。

唐尧和尹菲谁都料想不到，今天会发生这样的事情。高高兴兴去买钻戒，结果半路杀出个萧雨晨，一下让事情来了一个一百八十度急转弯，不但钻戒没买成，两人的感情也出现了从未有过的危机——尹菲决意要搬出"爱人同志"。

今天在世纪金花，唐尧上完厕所回来后，见尹菲一个人站在那里闷闷不乐。便上前问道："萧雨晨走了？"

尹菲轻轻地点了点头，直视唐尧，心下茫然。

对于萧雨晨的突然出现，唐尧心里很是不安。现在见尹菲这样看着自己，唐尧想一定是萧雨晨说了不该说的话。

"别听萧雨晨瞎说！"唐尧看着尹菲故作轻松地说。

尹菲一听唐尧的话心下一紧：他怎么会知道萧雨晨给我说了李飞的事？转念一想，这事隐瞒下去也不是个办法，其实也没有必要隐瞒。于是她稍作镇定准备对唐尧实话实说："萧雨晨没有瞎说！她说的——"

唐尧闻言心里咯噔一下，看来这几天没有顾得上和萧雨晨交流，她一定是一时意气用事，把什么都给尹菲说了。于是没等尹菲话说完，他赶紧说道："尹菲，你别那什么，我们那天纯属意外！"

尹菲先是一怔：唐尧说的不是李飞的事情？！继而脑袋嗡的一声：他们那天纯属意外？唐尧和萧雨晨之间有意外发生？

"意外？怎么个意外，你说来我听听！"尹菲看着唐尧反守为攻。

"这商场人来人往，也不是说话的地方，咱们先——"唐尧想把这事绕过去，先买钻戒再说。

"这里不是说话的地方，那我们就回去说！"尹菲说完就转身往外走。

回到"爱人同志"两人的房间，尹菲坐在床边脸朝向墙，唐尧站在她旁边有些手足无措。

"那天——"唐尧不知道萧雨晨给尹菲说了多少，"那天我喝了不少酒。"

尹菲头也没回，但是心中即刻想到：喝酒乱性，这是"意外"的开始。

"我有些意识模糊，加上我又受了伤，她觉得特别过意不去——"

尹菲依然没有回头，但从唐尧的话语中可以判断他们之间有事，就是在唐尧胳膊受伤那天。于是她反问唐尧："你不是说胳膊受伤是啤酒瓶划伤的吗，萧雨晨有什么过意不去的？"

唐尧便把任眛峰闹事的事情说了一遍。尹菲听着心里越来越吃惊，原来还有这些争风吃醋的事情，自己竟然一点儿不知道。

"怪不得，还有这么一出英雄救美！"尹菲不冷不热地说了一句。

"我没救谁，那只是个意外。但是因为毕竟这事和萧雨晨有
关系，所以她觉得过意不去，然后她就留下来陪我。"

"再然后你们就那个了？"

"没有——不是你想的那样——"

"那是什么样？你说说！"

"她不小心碰到我受伤的胳膊，我一疼喊了一声，她吓了
一跳。"

在尹菲的眼光追问下，唐尧不知道怎么说的时候，就下意识
地还原当时的细节。于是他说一句，尹菲追问一句，虽然唐尧说
得比较模糊含蓄，但对于他俩的作为，尹菲心里越来越清楚，也
越来越吃惊，到最后终于超越了她承受的底线。

尹菲哭了。

没有声音，只有泪水像起潮的海，冲刷着她的脸颊。

唐尧赶紧拿了纸巾，伸手过去帮尹菲擦泪水，手刚碰触到尹
菲的脸，尹菲一伸手将他的手拨了开去。

"你少理我！"

尹菲几乎是歇斯底里地喊了一句。

以往两人吵架，都是鸡毛蒜皮，唐尧一逗她，两人床头床尾，
很快就和好如初。这次却完全不同，任唐尧如何解释赔礼，都无
法让尹菲回心转意。最后唐尧终于意识到，这次是把镜子摔到了
地上，要再重圆是难如登天了。

尹菲不顾唐尧的拦阻，当晚就离开了"爱人同志"，回到她
在城中村租住的房间。

唐尧追到尹菲住的地方，任他如何敲门，尹菲都没有半点反应。

唐尧在门外等了一个多小时，听着屋里从啜泣到放声大哭，到最后悄无声息。

最后他对着尹菲的房间说道："我知道你难以接受，我也知道无法请求你的原谅，我先回去了，明天再来看你。"

唐尧离开了尹菲的住所，走向"爱人同志"。

他无论如何都想不到，明天再也见不到尹菲。

第十四章　错误

"我真没想到你会这样做事！"唐尧一脸怒气，让对面的萧雨晨惊恐而又无辜。

"唐尧大哥，我做错什么了？"

"你会做错什么？对于你来说，没有什么错，对于我来说就是错得不堪设想！"

见唐尧依然气势汹汹，萧雨晨委屈而又生气："我没有对你做错任何事，你有什么话说清楚！"

"我说过了那天晚上我们是个意外，你为什么还要告诉尹菲？"

"我没有给尹菲姐说过咱们的事情！"

"那她怎么会知道？那天在世纪金花你跟她说了半天，还能说什么？"

"我给她说的是——"萧雨晨差点说出尹菲和李飞的事，猛然想到那样一来，可能会影响唐尧和尹菲的关系，便紧急制动，话锋一转，"反正我没有说咱们的事情。"

"那你说的是什么事情？就是因为你一句话，尹菲现在人间蒸发！"

"人间蒸发？她不上班吗？"

"单位说她请了长假，但没人知道她去了哪里。"

萧雨晨一听，这闹哪样啊？事情这么严重，她必须得给唐尧说清楚。于是她把那天在世纪金花遇到李飞的前前后后说了一遍。

唐尧听完一愣，怎么还有这么一出？那个李飞以前来"爱人同志"找过尹菲几次，他从来没有往那方面想过。不过对于尹菲他非常了解，他坚信她和李飞之间不可能有什么。但萧雨晨这么一说，让他想到，李飞或许知道尹菲的去向。

李飞听说唐尧找他，多少有些吃惊。这几天上班一直不见尹菲，领导说她请了长假，他心如死灰，想着她一定是和唐尧旅行结婚去了。

唐尧一来找他，首先传递一个信息，尹菲的长假和唐尧没什么关系；而唐尧竟然来向自己打听尹菲的去向，这说明他们之间出现了难以化解的矛盾，这简直是峰回路转。在打发走唐尧之后，李飞开始找领导，找同事，了解尹菲离开前的每一个细节。功夫不负有心人，他终于从一个同事那里打听到，尹菲当时订的可能是去往成都的机票。

然而知道她去成都又如何？偌大四川，寻找尹菲，无异于大海之于银针。他再次追问那个听到尹菲订票的同事，她走之前说过什么做过什么。于是他又得到了一个信息，尹菲临走时还带走了一本关于佛教禅宗的书。

李飞脑中迅速闪回，想起了尹菲曾经和他说过峨眉山参禅的想法，他旋即明白，尹菲是去了峨眉山。

以秀美闻名天下的峨眉山，除山色青翠景色迷人之外，还是四大佛教名山之一，传说普贤菩萨东晋时骑着大象来到峨眉。海拔三千多米的峨眉山，一般游人都是坐车到洗象池，然后坐缆车到金顶，看日出，拜菩萨。然后再步行下山，走过峨眉山的洗象池、九老洞、洪椿坪等各个景点，走两天时间，才能到山底。而经常有六七十岁的老太太，背着香火，从山底步行爬山，到达金顶，海拔三千多米的高度，一路辛苦艰难地爬行，牵引她们前行的，是普贤菩萨的无边佛法。

李飞一到峨眉山，就用当地的公用电话给尹菲打电话，但一直不在服务区。李飞由此判断，尹菲已经上山。他便马不停蹄，坐车奔向金顶。

金顶是峨眉山的顶巅，李飞来到这里，就是从茫茫大海来到一个可以停泊的港湾，虽然较之大海，港湾已经是一个目能所及的区域，但是要在港湾的水域寻找一根银针，依然难如登天。但是当李飞改变思路直奔华藏寺时，惊喜来得让他意想不到。

他到华藏寺，问当值的和尚，有没有一个女孩来这里找大师参禅。和尚说我们这里都是佛家弟子，哪里来的女孩？李飞缠着和尚，继续说尹菲的特征，长发披肩，心情抑郁，他最担心的是她在金顶一时想不开寻了短见。和尚听他说到"寻短见"，猛然说道："今天有游客来华藏寺上香时，说是有个长得很漂亮的女孩要从金顶跳下去，被两个滑竿师傅救了，抬到旁边的宾馆去了！"

　　李飞一听大喜过望，跟和尚连说谢谢，然后转身跑出华藏寺，奔向旁边的宾馆。

　　尹菲来到峨眉山，一个人走过了万年寺、清音阁，最后来到金顶，拜了普贤菩萨。尹菲并不信佛，但平时喜欢看一些禅宗的书。那些参禅的故事，会让人顿悟生命的意义。尹菲从来没有想到自己会真的来参禅。与唐尧的相好，让她一直对生活充满了憧憬和期待。唐尧说2月14日就要结婚，让她感觉到幸福来得太突然。她绝对想不到的是，背叛比幸福来得还要突然。她一时陷入了茫然，不知道该如何面对生活，面对唐尧。她不愿意再看见唐尧，但在心中不断出现的又是唐尧的影像。她恨不得即刻走到唐尧面前，给他两个耳光，质问他怎么可以这样。但她不想听唐尧的任何解释，再美丽的说辞，也无法改变他和萧雨晨的事实。身体的出轨或是偶然，但唐尧再也不是完整的唐尧，不再是那个属于自己的唐尧。这让她时时感到钻心的疼痛。她在自己的房间睡了整整两天，一直半梦半醒，唐尧几次前来找她，门敲得山响，但只能让她更加激愤和痛苦。尹菲不是那种一哭一骂就能走出阴霾的女孩。她觉得自己需要一种环境来平复自己的心绪，于是便想到了禅宗，想到了峨眉山。

　　尹菲先是坐大巴上山，到了雷洞坪时，遇到两个热心的滑竿师傅。便坐滑竿到了金顶。滑竿师傅要价六十元，尹菲见两个师傅投缘，直接给了他们一百元，她潜意识里似乎有散尽钱财，一去不归的悲壮。

　　两个师傅见美女主顾如此慷慨，自然更是殷勤周到。他们一路上给她介绍峨眉山的风景，介绍负离子的氧气，讲白娘子修炼的传奇故事。一路下来，倒像是熟络的朋友，他们觉察到尹菲的情绪不佳，但又不好多问。

　　刚一到金顶，尹菲被一个叫卖同心锁的小伙子叫住。小伙子极力向她讲解峨眉山同心锁的灵验，说像她这么漂亮的姑娘一定追求的人很多，要选择自己喜欢的不容易，只要买了他的同心锁，锁在那个铁链上，就会避免其他人的纠缠，只和自己喜欢的人在一起。小伙子为了卖锁挣钱，说得天花乱坠神乎其神，殊不知他的每一句话，都在刺痛尹菲的心。

　　同心锁能锁住人的心，能锁住人的身吗？尹菲一毕业，就遇到唐尧，就把自己整个给了他，把一生的憧憬都安放在他的身上。喜欢他的从外到内的男人气质，也喜欢他对罗大佑的那种执着入迷。唐尧之对于尹菲，就像是罗大佑之对于那些虔诚的粉丝：空明练达，又神秘悠远。人们只听到罗大佑的歌声，却从来没有见过罗大佑本人，罗大佑从中国台湾到美国再到中国香港，办了音乐工厂，写了《东方之珠》《皇后大道东》，但就是没有到过内地。对于大陆的亿万歌迷来说，他依然遥远得像个传说。而唐尧在尹菲的眼里，虽然目前呈现的，只是一个罗大佑的狂热喜欢者，一个对音乐充满梦想的执着歌者。但她能从唐尧目前的落魄中，看到他未来的辉煌，看到他未来的成长，她知道唐尧的人生远远没有绽放，那些未知的未来也让唐尧在尹菲的心目中充满魅力。从他与自己这几年的相处，从他对在美国的初恋女孩的感情，她对唐尧的专一从未质疑。但是就在他们要结婚时，却和萧雨晨上演了这么一出，这让她根本就无法接受。同心锁，普贤菩萨再佛法无边，峨眉山的一把锁真的就能锁住唐尧吗？她自己用心和生命都锁不住的唐尧，一把锁会锁住？她顾不上基本的礼貌，喝退了那个卖锁的小伙子。但那个小伙子的声音却一直在她脑海环绕，同心锁，这世间，有真正的同心？同心锁没有给她希望，反而让她对这个世界更感失望。让她的心情更为低沉，心中的阴霾更为浓密。

尹菲站在金顶观看云海时，面对横亘在眼前茫茫无际的云雾，她一时更感到人生的渺茫无助。而云海的无边无际和随性变化，则让人产生一种美妙的幻觉。那种美妙如同仙境，从眼睛缓缓渗入尹菲的心灵。直让她觉得有一种恬静却强大的力量，吸引着她进入无际云海，走向空明美好。她面对着云海越久，那种吸引力就越强大。终于，尹菲身心飘忽，不觉间，她便一手抓着栏杆，一脚向栏杆上踩去，她要跨越将她与云海隔断的栏杆，她要融化于那缥缈无垠的天际……

就在她身子悬上栏杆，就要步入云海时，一个人迅速冲上去，抓住了她的胳膊，但因为她的一只腿已经搭上栏杆，那只抓她胳膊的手瞬间发力，一下子把她拽了回来，因为用力过猛，尹菲跌倒在栏杆里面，在石头上滑了一跤。

及时出手救她的，是抬她上金顶的滑竿师傅。滑竿师傅正在金顶找下山的乘客，猛然看到尹菲站在护栏边望着远处发呆。他们想到了尹菲一路的郁郁不欢，便在旁边悄悄留意着她，没想到她真的想不开，竟然要从金顶跳下，于是便及时出手将尹菲救下。

尹菲受了些轻伤，也受到些惊吓，他们便把她抬到了华藏寺旁的宾馆，让她稍作休息。

　　尹菲一睁开眼，看到了李飞坐在身边，她感到十分惊异："你怎么找到这里来了？"

　　"你的那本书出卖了你。"李飞指着尹菲旁边放的《禅语大全》，轻轻地笑着对尹菲说道。

　　尹菲的眼中飘过一丝感动。虽然尹菲从来只把李飞当作同事，即使李飞上次曾经让她差点意乱情迷。但在她孤身一人身处峨眉山巅，见到李飞突然出现在眼前时，本就有感动在心底涌起，一听说李飞只从一本书就判断到自己的去向，更感到李飞对自己的用心之深。

　　"你的伤势不要紧吧？"

　　"没事，只是有点头晕。"

　　"休息一下，咱们下山去，下边的条件好，好好调养几天再回西安。"

　　尹菲看着李飞，欲言又止。

　　"你不用担心，我可会照顾人呢！"

　　"不用了，李飞，你回去吧，我就在这儿待一段时间，旁边就是华藏寺，我每天可以去那里——"

　　李飞打断尹菲道："你每天要去华藏寺做什么？参禅悟道，不一定非要天天待在寺庙啊！"

　　"我在华藏寺里清静清静，很多世间想不通的事情，在那里或许就想通了。"

　　"到底出了什么事情？你怎么会突然想到要来峨眉山，还差点出事？"

尹菲躲过李飞的眼神，稍作思索，说道："我要留下来跟这里的师傅学习禅法。"

"什么？你要留在这里？这哪里是学什么禅法，这就是要出家！这里可都是和尚啊，你一个美女——"

李飞显然是被尹菲的想法刺激到了，他想即使尹菲有天大的事，到峨眉山来换个环境舒缓一下情绪就好了，谁知道她还要在这里常住。

"李飞，没那么严重，我只是想拜个大师，学习禅法。报国寺一百零八岁的通永大师就收过一个女弟子。"

"尹菲，你能不能告诉我到底发生了什么事情，让你突然要来峨眉山出家？"

"我没出家，我只是来这里参悟禅法。"

"好，不是出家，是参悟禅法，那你能不能告诉我，出了什么事，让你要来峨眉山参禅？"

尹菲转过头，不语。

"你和唐尧之间发生了什么事？"

尹菲闭上眼睛，不语。

"你们不是马上就要结婚吗？一定是唐尧做了什么事情，伤着了你。他有外遇了？"

"你有完没完？"尹菲突然睁开眼看着李飞，几乎是吼了一声，然后平和了一下语气说道，"李飞，你能来到峨眉山找我，我非常感动，但是我们只是同事，是普通的朋友，请你不要这么对我，我的事我自己会处理好的。你回西安吧。"

尹菲这样一说，李飞一时语塞。忙活了半天，自己依然是剃头挑子一头热，尹菲根本就没有把自己搁在心上，放在眼里。他想了半天终于说道："那好吧，我先走了，你自己保重。"

说完李飞起身离去。

唐尧和李飞见过面后，对李飞印象不错。从他得知尹菲不见时的表情，看得出他非常喜欢尹菲。只是他也没有任何尹菲的消息，看来尹菲真的是玩起了失踪。

尹菲会去了哪里？没有尹菲的日子，唐尧过得生不如死，他不知道从何处入手寻找尹菲，于是便胡思乱想，最后越想越害怕，便到派出所去报案。派出所做了个登记，说你自己先在她之前的单位再了解了解，有什么消息及时给我们说，这到底是谁给谁报案？唐尧走出派出所，正寻思着再去电视台打探消息，在派出所门口，却见一个警察在和一个人说话。

"你要是还狗改不了吃屎，就不是关两天那么简单了。"

"刘哥，我再也不会了，谢谢您！"

"赶紧滚，不要再让我看到你。"

唐尧本对这些小混混儿没兴趣，但余光到处，看见了那个小流氓离开派出所回头的那一瞬间，他脸上所显现的那一道疤痕。这正是迎接新千年的夜晚，自己追赶的那个杀害陈清的凶手！他赶紧过去对那个警察说："刚才那个人是个杀人凶手！"

唐尧的猛然出现，让警察有些莫名其妙，他看了看唐尧说："沃（陕西方言，这或那的意思）厮式子还能杀人，沃就是个小偷小摸的材料。"

"他杀了我朋友的女朋友，得把他追回来！"

"杀人犯可不是随便给人戴的帽子，你怎么知道他是杀你朋友的人？"

"他脸上有个刀疤。"

"脸上有刀疤的我每天都见几个，都是杀你朋友的？"

"你先把他抓起来再说！"

"我们刚把人放了，说抓就抓？"

唐尧见和这个警察说不清楚，转身追向刀疤脸。

刀疤脸走出派出所，正暗自高兴。在这条道上他也算是老江湖了，和派出所的警察都可以称兄道弟，昨天伸手时被人扭送到派出所，今天就又大摇大摆地走了出来。

他不知道厄运正向他靠近。

唐尧跟着刀疤脸，这次他没有打草惊蛇，而是尾随着想找到他的住处。但就在刀疤脸走出派出所的小巷，走到长安路大街上时，他突然拦了辆出租车准备上车。唐尧来不及多想迅疾赶上去一把揪住了刀疤脸的脖领子，刀疤脸一回头，一声"你妈干啥啊"，顺势一拳就打向唐尧。

唐尧早有提防，伸手一挡，架住了刀疤脸抡过来的手臂，然后右手一发力，将他按倒在地。出租车司机见这俩人打在了一起，就准备开车走人。而就在他开动车辆的瞬间，唐尧刚好把刀疤脸放翻在地，他这一倒地，一只脚恰好伸在车轮底下。于是就听一声惨叫，刀疤脸的脚被车轮结实地压过。

随着刀疤脸的号叫，唐尧和出租车司机都瞬间惊楞。

就在这个时候，唐尧腰间的手机响起。

电话是李飞从峨眉山下的公用电话亭打来的，他要告诉唐尧，尹菲在峨眉山上。

但是这个电话唐尧无法接听到，唐尧和尹菲错过了破镜重圆的最佳时机。

唐尧和出租车司机一起把刀疤脸抬上车送往医院。

还是省医院，还是当年陈清被刀疤脸刺伤后送往的那个医院。对于刀疤脸来说这样的结果，算是恶有恶报，但又报得不够彻底。刀疤脸只是右脚骨折，却生命无忧。但刀疤脸不死，是唐尧和出租车司机的幸运，否则，为这样的人渣偿命实在不值。

"小伙儿，你看这事弄的，你怎么就非把他往我车轮下面抢？"

刀疤脸一送进手术室，出租车司机就开始埋怨唐尧。

"这是个意外。"唐尧也已身心疲惫，他看着出租车司机，"你也不用太担心，我马上报警，这个人杀了我的朋友。"

出租车司机一听有人命案，倒是吃了一惊。

唐尧在报警的同时，给深圳的刘宏打了电话，让他赶紧回来辨认凶手。

李飞在峨眉山下给唐尧打电话，电话铃响了很久，却不见人接。他本想着和唐尧联系上之后，唐尧过来照顾尹菲，他就回西安。唐尧既然联系不上，李飞就改变想法，决定返回峨眉山金顶。

李飞买了很多吃的东西，想着尹菲在上边一定饿坏了。他买完东西，见旁边有个音像店，进去一看竟然有罗大佑的一盘专辑。

尹菲非常喜欢罗大佑，这个时候给她买一盘罗大佑的专辑，一定会让她感到欣喜。买来专辑还得能听啊，于是他又买了一个随身听，一起给尹菲带上金顶。

李飞返回金顶时，尹菲正在吃宾馆的泡面。见李飞返回来，尹菲心里很是高兴。刚才因为想到了唐尧的事情而对李飞发了脾气，心下觉得对李飞不公平。见李飞回来，她便换了脸色。

李飞拿出买的香肠、午餐肉，让尹菲就着泡面吃，尹菲心里一热，更与李飞近了许多。

等尹菲吃完饭，李飞拿出随身听和罗大佑那盘专辑 CD。见李飞如此用心，尹菲心里十分感激。她打开随身听，把 CD 放进去播放。尹菲半躺在床上屈膝而卧，戴上耳机，试听那盘专辑。李飞问："效果怎么样，CD 应该不是盗版的吧？"

尹菲抬眼看着李飞说："挺好的！"说着拿下一个耳塞递给他，"你听听。"

李飞便过去拿了耳塞，顺势坐在了尹菲的床边。李飞知道尹菲非常喜欢罗大佑，但他自己对罗大佑的歌并不熟悉。尤其是尹菲正在播放的这首歌，他从来都没听过。

"这首歌叫作《错误》，歌词是著名诗人郑愁予的一首诗。郑愁予是中国台湾当代非常著名的诗人，他的诗既有现代韵律，又具古典情怀，被称作中国的中国诗人。"

尹菲是在说给李飞听，又貌似在自言自语。在峨眉之巅，猛然听到了罗大佑的歌曲，对于尹菲来说是个意外，也是一份惊喜。

"这首诗本身就很有故事性，又非常细腻地把感情的抒写融汇于江南的景色之中，意境深远而又满是离殇。罗大佑的曲子，如泣如诉，把诗中女子的情感演绎得让人心碎……"

听着尹菲的解释，李飞顿觉耳朵里听到的歌曲有了鲜活的生命：

我打江南走过

那等在季节里的容颜如莲花的开落

东风不来　三月的柳絮不飞

你的心是小小的寂寞的城

恰似青石的街道向晚

秋雨不下　三月的春晖不减

你的心是小小的寂寞的城

还有每次你那如泣如诉的琴声

可曾挽住你那永远哀伤的梦

还有每次你那如泣如诉的琴声

可曾唱出你那永远哀伤的梦

我嗒嗒的马蹄是个美丽的错误

我不是归人是个过客

还有每次你那纤纤温柔的玉手

可曾挽住你那似铁郎君的心

还有每次你那纤纤温柔的玉手

可曾挽住你那似铁郎君的心

我打江南走过

那等在季节里的容颜如莲花的开落

歌曲的旋律低徊幽转，尹菲完全沉浸其中。李飞看着尹菲陶醉而又略带忧伤的样子，显得更加迷人，而那迷人的脸庞离自己只有咫尺的距离，散发出难以抵挡的魅力。

他的脑子瞬间空白，他没有了思维，只感到有力量牵引，在他毫无意识的情况下，他的唇碰到了尹菲的唇。他感到尹菲的唇轻轻地颤抖一下，但并没有拒绝他的到来。

尹菲沉浸于罗大佑的歌声中，几天来心中的抑郁似乎随风而逝，李飞给她带来的不是罗大佑，是一剂灵药。她陶醉其中，对于李飞的到来完全没有想到拒绝。双唇的咬合，似乎凿开了困守已久的壁垒，她一下子有了释放的快感。

于是在峨眉山金顶，在庄严的华藏寺旁的一个宾馆里，尹菲犯下了从未想过的错误。

当金顶再次迎来日出的时候，尹菲已经收拾好了行囊。

身体的释放清除了心底的抑郁之气，却让她陷入新的危机。昨夜对于李飞是非常不公平的，她无法原谅自己的错误，无法再面对这个同事，也无法再面对华藏寺的清静。

她必须离开。

离开峨眉山，离开李飞，离开西安，离开那些纷扰的爱恨情愁。

走下峨眉山的尹菲不知道，此时的唐尧也犯下让人心痛的错误。刀疤脸因为他而一只脚被车压成严重骨折，让他面临从未想过的惩罚。所幸，经过警察的审讯和刘宏的辨认，确定了刀疤脸就是杀死陈清的凶手，刀疤脸最终被判有期徒刑 10 年。凶手伏法，刘宏的心病终于消除，精神很快完全康复。

新的千年，21 世纪的第一个年头，唐尧的世界混乱不堪。

第十五章　稻草人

　　唐尧与尹菲朝夕相处两年多，尹菲已经完全成了他生活的一部分，像是须臾不可或缺的空气：在一起时只知道随意地呼吸，忽视了她的存在；没有她时，忽然发现自己已经窒息。

　　唐尧从来没有发现自己像现在这样，对尹菲的思念已经完全渗透在骨子里。他每见一个人，每做一件事，每想一个问题，和尹菲在一起时的相关情景便倏然再现。当别人跟他说话时，他"哦"地回应一声，然后猛然发现，那种语气完全是他对尹菲讲话时，尹菲应答他的方式；当身边有美女走过，看着对方的背影，他第一个反应就是尹菲的窈窕腰身，堪称中国好身材的尹菲，让所有的窈窕淑女都在唐尧的眼里失色；每次吃饭时，他都会想起尹菲在厨房烧菜的情景，只要他走过去在身后轻轻一碰，尹菲不管是在切菜还是炒菜，都会轻扭完美翘臀做出欢快的回应；更有当自己晚上躺在床上时，便想起来尹菲依偎在他身上的千媚百娇……这些关于尹菲的记忆时时出现在唐尧的脑际，让他根本无法和现实的生活同步，因为尹菲的出现频率太高，而且随机。

　　而因刀疤脸的事在拘留所待了十五天，不只让他对尹菲的思念更为强烈，也让他没有了寻找尹菲的机会。

从拘留所出来，唐尧做的第一件事，就是去了趟苏州。

说来惭愧，唐尧与尹菲相处两年，只知道她是苏州人，只知道她家就在唐伯虎的桃花庵附近，但是具体是在哪个小区，他根本不知道。苏州，他也是第一次来。

苏州的柔美与西安的厚重完全不同。唐尧在出租车上一路前行，苏州园林与他擦肩而过，他没有心思走进江南的精致与柔美，他心乱如麻。那曾经梦中的江南，因为尹菲的了无踪影，而变成了路边的风景。

在尹菲刚刚出走时，他从尹菲的一个本子上找到了她家的电话，他以尹菲同事的名义打过一次，得到的回复却是，那个号码不存在。看来尹菲妈妈要么是搬家了，要么是家里换了电话。电话无法联系，他只能凭着仅知的信息判断，他让出租车直奔桃花庵。到了桃花庵之后，唐尧根据尹菲平日和他闲聊时的话语，判断她家所在小区的方向。然后，又在居委会一个一个打听，两天下来，跑了十几个小区，简直就是大海捞针。那时网络离人们的生活还太遥远，人肉更是人们从未听闻不敢想象的天方夜谭。

最后唐尧彻底绝望，他走向车站，准备返回西安。

在走到唐伯虎桃花庵的门口时，见一群人围在一起，嘈嘈杂杂，人群中间，是一个女孩倒在地上——他的直觉那可能是尹菲。

他拨开人群，见一个二十来岁的长发女孩，靠在一个阿姨的怀里，口吐白沫全身抽搐。见不是尹菲，唐尧有点失望，但一看女孩的症状，他知道那是癫痫发病。小时候唐尧看到姑妈发病的时候，就是这个样子。

唐尧来不及思索，上前把那个女孩从阿姨身上移开，把她平放在地面上，然后，伸手解开她的衣领。紧接着他伸手到她的腰间，解开了她的裤带。

从唐尧解开女孩的衣服，就有人"呀"地喊了一声，现在看到唐尧竟然去解女孩的裤带，开始就有人喊了："小伙子，你是要干吗？"

唐尧看了一眼刚才抱着女孩的阿姨："阿姨，您相信我吗？"

阿姨看着唐尧，点了点头。

于是唐尧快速解开女孩裤带后，又伸手把裤子纽扣解开，然后把女孩的鞋带也解开，脱掉鞋子。

大家眼见着女孩的抽搐在缓解，又过了一会儿，女孩慢慢苏醒了过来。

大家这才松了一口气，才对这个救人的小伙子竖起了大拇指。

女孩的家人很快赶到，把女孩扶走。大家这才知道刚才抱着女孩的阿姨也是一个路人。

阿姨问唐尧："小伙子，侬是个大夫？"

唐尧笑了笑答道："哦，不是。"

唐尧只是小时候看到姑妈发病时，他奶奶每次都是这样做的。

阿姨看着小伙子，满是感激地说："今天多亏了侬啊！"

唐尧："啊，举手之劳。您也是，大家都以为您是女孩的家人。"

阿姨呵呵一笑："我过来时看她摇摇晃晃，就赶紧去扶她，结果她就顺势倒了下来，哎，和我女儿差不多大！"

唐尧一听心中一沉：也和尹菲差不多大。他这才从刚才救人的紧张中缓过神来，想起自己此次来苏州的目的是寻找尹菲。

"小伙子侬是来苏州玩啊？"阿姨看唐尧突然陷入沉思，关切地问道。

"啊，不是，我是来找一个人。"

"什么人啊？找到没有？"

"找一个女孩，叫尹菲。"

唐尧说完话，见那个阿姨脸色蓦然绯红："啊，我女儿也叫尹菲。"

唐尧听完心下一惊，不会是重名重姓吧？他试探着问道："您女儿是广院毕业的吗？"

"是啊是啊，毕业后就到了西安，在陕西电视台做主持人。"

真是踏破铁鞋无觅处，得来全不费工夫。唐尧一时不知道如何应对，不知道怎么面对尹菲的母亲。

"哦，阿姨，尹菲她最近还好吗？"

"唉，她就没在家里。"

唐尧听完瞬间崩溃：找了半天，只是找到了尹菲的妈妈，尹菲还是不知所之。

"哦，小伙子，侬找尹菲是什么事情？你和她——"

尹菲母亲的追问，让唐尧一时语塞。他不能将实情告诉尹菲的妈妈，给她平添一份心事，便说道："哦，我是她电视台的同事，我来苏州玩，想起她家在这里，就想着顺路看看。"

"她十多天前回来过一次，待了两天就走了。"

唐尧一听尹菲回来过，一下子兴奋起来："阿姨，那她没说她去了哪里？"

尹菲妈妈没回答唐尧，转而问道："哦，小伙子，你叫什么？"

"我叫唐尧，阿姨。"

"好，唐尧，你来到苏州，还遇到阿姨就是缘分啊，虽然尹菲不在，但是你一定要到阿姨家里坐坐，阿姨给你做好吃的。"

"阿姨，这多不好意思，就不麻烦您了，我——"

"别我呀你的，侬来到家门口，这样的缘分遇到，阿姨一定要招待你的，我还想听你聊聊尹菲在西安的情况呢！"

唐尧一听，也好。他也可以了解了解尹菲以前的情况，以判断她的去向。

尹菲的家在一个老式的多层单元家属楼里。家里还有一个比尹菲妈妈稍微年长一些的老头，是尹菲的继父。唐尧听尹菲说过，她上大学的时候父亲去世，也是早早地就适应了独立的生活。

"尹菲回家待了两天，我感觉她闷闷不乐，问她有什么事吧，又一个字都不说。"尹菲妈妈边给唐尧倒水边说。

唐尧环顾房间，客厅里挂着几张尹菲的照片，从小学到中学到大学，她也是从短发到长发，从豆蔻年华到窈窕淑女。

"哦，她走时没说去哪里？"

唐尧希望能够得到更多关于尹菲的信息。

"她说去上海。"

尹菲去上海，这是一个非常重要的信息。

"她去上海玩，那挺好。"唐尧接了一句，然后看尹菲妈妈的反应。

"不是去玩，她说不想在西安待了，刚好一个同学在上海办了一个影视公司，想请她过去帮忙什么的。"

这简直太让唐尧兴奋，他赶紧问道："是一家什么样的影视公司，叫什么名字您知道吗？"

"哦，好像叫什么派格什么，四五个字的名字。"

虽然尹菲妈妈说不清楚影视公司的名字，但能说出派格两字，已经是非常重要的线索，唐尧心下激动非常，他自觉稍有失态，赶紧平复一下心情，望着墙上尹菲的照片对尹菲妈妈说：

"尹菲小时候好可爱！"

"啊，侬说得对啊。她小时候可招人喜欢呢，我给你看看她小时候的影集。"

尹菲妈妈起身从电视柜下的抽屉里，拿出一本大影集，里边是尹菲从幼儿园到小学高中还有大学的照片。看得出来，这本影集经常被打开，尹菲不在身边，老人就以这本影集来感知女儿的存在。有女儿的同事远道而来，一起分享女儿的影集，女儿就好像又回到了身边。

唐尧翻看着影集，看到了一个小姑娘如何充满憧憬的成长，这些照片的终结，就是尹菲参加工作到了西安，就是遇到了他唐尧燃烧青春，然而现在他把她弄丢了……

在影集的最后，他看到了一张画，画面上远山之下，是茫茫的田野，有一个稻草人，孤独地站立在田野之中，唐尧一看画左的题款，顿时酸楚涌上心头：2000 年 1 月于苏州。这幅画是尹菲离开西安回到家里那几天画的，是罗大佑的一首歌曲《稻草人》的诗意。唐尧太熟悉《稻草人》这首歌曲：

终日面对着青山

终日面对着稻浪

午后的云雀背着艳阳

那样飞

那样笑

那样歌唱

清风吹在我的身上

雨珠打在我的脸上

午后的牛羊凝向远方

彩虹画出的希望

蓝蓝的天空在上

却有着云雀与彩虹的梦

多像不知足的云

四处飘荡

何处是我的归宿

是否在天际的那一端

奇怪着稻草的身躯如何飞翔

晨光　露珠　夕阳　星辰

春耕　秋收　冬藏

这是罗大佑的第二张专辑《家》中的歌曲。歌中的稻草人，在春夏秋冬的变幻中，在阳光雨露的交替中，在没有尽头的守望中，依然憧憬未来，憧憬着羽化，憧憬着飞天。然而这一切实在渺茫，只是它心中的想象，稻草的身躯似乎注定了它必孤独一生，注定了它无法像云一样自由飘荡……

尹菲画出罗大佑《稻草人》的诗意，可见当时她心中的茫然和无助。她像一叶孤舟，在茫茫大海上，不知所之地漂流。而让她陷入这个境地的，不是别人，正是唐尧。

唐尧看着尹菲的画，心里满是尹菲如稻草人一样孤单的楚楚可怜。他瞬间忘记了自己的所在，忘记了旁边还有尹菲的妈妈，心头一酸，泪水便在眼里打转。

"小伙子，你——"尹菲的妈妈发现了唐尧湿润的眼眶，顺手拿了一张餐纸递给他。

"谢谢阿姨，这几天在路上感冒了。"唐尧接过餐纸，"我去一下洗手间。"

"在那边——"尹菲妈妈指着客厅一端。

唐尧刚到洗手间，眼泪便忍不住地潸然而下。他洗了一把脸，以遮掩流过泪的眼睛。

走出洗手间，唐尧便向尹菲妈妈告别。老人再三地留唐尧吃饭，唐尧客气地回绝，他急着要奔赴上海，去寻找尹菲。

在国际大都会上海，寻找一个女孩，已经不是大海捞针，简直是在太平洋里捞针。

但唐尧别无选择，他一定要去寻找尹菲。

让他没有想到的是，在寻找尹菲的过程中，他竟有了一次意想不到的际遇。

去上海的路上，唐尧苦思冥想，该怎么来寻找尹菲。上海虽大，影视公司纵有千家，名字中有"派"有"格"的也应该没有多少吧？自己先去买个电话号码簿，然后在分类里找影视公司，再筛选相近的，挨个打电话，岂不是把太平洋变成了长江，继而变成了苏州河，再变成了小池塘了吗，潜进池塘去找一枚针，虽然依然难度很大，但总是希望大了许多。

等到了上海，买到一本电话号码簿，唐尧傻了，竟然有近千页之厚，只影视文化公司一类，就有一百多页，每页二十多个公司，他就把这一百多页齐齐看一遍就得大半天时间，用笔画线标注的就有近二百个公司。

其实在电话号码簿上找公司虽然枯燥，但并不难。难的是要挨个打电话。打到公司一听是找人，态度都极其冷淡，连续打了几十个，几乎没人理。后来唐尧灵机一动，他给自己做了身份定位：某国际饮料企业的广告宣传部工作人员，要投放广告，了解行情。这一下大反转，他瞬间成了香饽饽。不但态度都很好，也是有问必答。他和人家聊会儿业务就问：你们公司有没有个叫尹菲的，曾经为我们拍过广告，长得很漂亮，长发飘飘大美女……当然他得到的大多答复都是，啊，不好意思，没有叫尹菲的，不过我们公司长发美女多的是，我约着美女咱们一起见一下……就这样重复一个下午之后，唐尧的上下嘴唇已经互相摩擦得要起火了，宾馆的电话机的按键也被他按得越来越不灵光，却没有任何尹菲的信息。

就在唐尧心灰意冷准备鸣锣收金的时候，有了意外的收获。

终于有了一个公司说他们这里有一个叫尹菲的，长发飘飘大美女。唐尧说太好了，我们就是还要她来拍我们的广告片，您能把她电话给我吗？他听见对方捂着话筒和同事说话，声音虽然小但他还是听到了一点："现在的客户都明目张胆到这个地步，明火执仗借机把妹啊？"另一个说："甲方嘛，就是这么明目张胆不要脸，不过他越这样，越好搞定。"然后就听到对方松开了捂着话筒的手说道："哦，这样，您留下您的电话，我让她和您联系。"

唐尧赶紧把自己的手机告诉对方，然后开始了漫长的等待。他有些兴奋难耐，没有想到会这么快有尹菲的消息。但是两个多小时过去了，手机没有任何动静。

按说尹菲只要一看到他的号码，就会知道他的到来。一想及此忽然他觉得自己真是愚蠢。尹菲本来就是躲着他，要是看到是他的手机号码，怎么可能会和他联系？

于是他赶紧再次拨通那个电话，接电话的还是刚才那个女孩。

"你好，唐先生！不好意思，尹菲外出见一个客户，刚刚回来，把你们拍广告的事跟她说了，她说没有给你们拍过广告啊？"

唐尧早已想好应对："哦，那可能不是给我们拍广告的那个尹菲，不过不要紧，我还是想约见一下，如果形象气质适合上镜，我们也可以起用新人啊！"

"哦，好吧，我给她再说说，不过广告拍完之后，你能不能由我们来代理广告在各个电视台的播出？"

只要尹菲能来，唐尧一切都满口答应，当然答应不答应没任何区别，他本身就是个假冒。最后，他们约好了在电影主题餐厅吃饭。

唐尧早早地就来到吃饭的餐厅。所谓的电影主题和他没有任何关系，他只是需要一个吃饭的地方，只是要见到尹菲，他心里想的只有这一件事。他无视站在他身边要他点菜的服务员的存在，只是在脑海预演着见到尹菲时的情景。他坐的地方正对着大门，他瞅着门口，不错过进来的每一个客人。于是他便在不断的希望和失望中反复变换。进来的女孩，个个优雅共性感一色，漂亮与妖娆齐飞。但再妖娆，再漂亮，与唐尧何干？

过尽千帆皆不是，他要的只是尹菲！

终于有两个身材姣好长发齐肩的女孩向他的餐位走来。他赶紧起身迎接，两个女孩的确漂亮，但没一个是尹菲，虽然其中一个自称是尹菲！

唐尧尽量掩饰内心的失望，想着该怎样把戏演下去。只是他没有想到的是，一切都来得自然流畅，两个江南美女丝毫没有看透他的假冒身份，与他相谈甚欢。以至吃完饭后，提出一起去K歌。唐尧想方设法要逃脱，因为他知道对方殷勤的原因，只是为了要他的广告，如果处得久了自己必会露馅。奈何两个美女热情得让他无法拒绝。于是吃完饭后，唐尧几乎是被挟持着来到一个K歌的地方。两个美女先点一瓶黑方，又点一打啤酒，这个架势，唐尧是越来越看不懂了，隐约有不祥的预感在心头漫起。

该不会是遇到人体器官贩卖组织？

唐尧感觉自己的演技早已穿帮，两个美女却依然古道热肠，与他喝得越来越亲近。

随着酒意渐浓，三个人都越来越没有了界限，叫尹菲的那个细腰丰乳肥臀的美女便拿起一瓶啤酒要和唐尧仰脖子吹干。

她嫩藕一样的胳膊绕过唐尧的脖子，然后将酒瓶对着唐尧手中的酒瓶一碰，便嘴含瓶口，吹得香艳迷离。

唐尧被她手臂的柔软和香嫩紧紧围绕，几近窒息，分明又感到她的身体向自己步步紧逼，瞬间心跳加速，身体膨胀。

自从尹菲不告而别之后，唐尧从未接触过任何女性，也从来没有心思想过任何女性，两性之事也几乎全然忘却。今天突然有了如此际遇，沉积心底太久的欲望，瞬间被点燃，他恨不得将她一手搂过，平放于膝，然后把郁积全身的气息，排山倒海般地尽情释放。

唐尧很快把自己拽了回来。

他再也不会随意地放纵，他清楚地知道自己这段时间在干什么，自己此次到苏州来上海为了什么。这个世界上，没有比尹菲对他更重要的东西。他曾经暗自发誓，再也不会和尹菲之外任何女性有肌肤之亲。

唐尧轻轻把搂着自己脖子的嫩藕拿开，然后站起身，把叫尹菲的女孩扶正坐在沙发上，然后他对着两个女孩一鞠躬说道："对不起两位美女，我骗了你们！"

叫尹菲的女孩将瓶子里剩的酒一口喝完，然后瞪着唐尧说道："你骗了我们？骗我们什么？钱还是色？"

唐尧一窘："嗯，这个——"

另一个女孩一拍唐尧肩膀："你没骗我们，是我们骗了你——"

唐尧心下再惊：她们骗我什么？真的想把我醉翻，然后好大卸八块？

女孩盯着唐尧："怎么，害怕了，帅哥？"

唐尧看着女孩："你们俩温润玉洁，又不是斧叉钩戟，我怕什么？只是不知道你们骗我什么？"

女孩迷离微醉，看着唐尧说道："骗你什么？哈哈，你以为我们相信你是什么狗屁饮料公司的！"

唐尧一听，瞬间脸红："那你们还来赴约？"

叫尹菲的女孩坐直了身子一举酒瓶指向唐尧："将计就计！"

另一个女孩说道："今天是周末，我们也就周末找乐，见你不赖，还算帅，就和姐姐一起过个周末，不过买单，你是必须的哦！"

唐尧一听，倒放下心来。喝了几瓶啤酒的唐尧，也多少有些酒意，竟和这两个陌生美女敞开心扉，把自己如何寻找尹菲如何打遍电话无人接，然后冒充某饮料公司直到最后遇到她们俩，一气说完。然后想着就此结束，各回各家。

没想到两个美女一听，看着唐尧齐声说了一句："是个情种啊！"

叫尹菲的一把将唐尧拽回沙发："姐姐就喜欢情种男生！"

另一个女孩从另一边往唐尧身边一靠，两人便把唐尧夹在了中间："缘分啊，今晚姐姐给你来个雏燕双飞，如何？"

唐尧一紧张说了句实话："我身上的钱，可能就够付 K 歌的费用啊！"

叫尹菲的女孩伸手在唐尧脸上轻轻一拍："你把我们想成什么人了？"

另一个女孩趁着酒意，狠劲在唐尧胳膊上拧了一下："你以为姐姐是鸡啊！"

唐尧被夹在中间无辜地说道："可我也不是鸭啊？"

叫尹菲的妩媚一笑："你不是鸭就对了！我们无关乎金钱，没有什么交易，我们只是搭伴过周末，如何？"

另一个女孩道："怎么样？开房的钱总该有吧？哦，房不用开，到你住的宾馆就成！"

唐尧："两位姐姐，谢谢你们这么看得起我，可我实在消受不起。我去买单。"说完唐尧就要起身，就见两个女孩互相一递眼色，一个人一个胳膊，将他拽回了沙发。

"给脸不要脸啊，你觉得姐姐配不上和你玩？"

唐尧苦笑一声："二位姐姐实在太配得上了，我若能和两位有一场浪漫，那是三生有幸求之不得啊！"

"那你还矫情什么？"

"我心里有事，我在找人，除了尹菲之外，我不会和任何女性再有任何关系！"

叫尹菲的女孩一乐："好吧，那让你二姐一会儿歇着，你今晚陪我尹菲一人即可。"

唐尧："嘿，这——"

叫尹菲的女孩说着就要把嘴对上唐尧的嘴，突然手机铃声响起，她松开唐尧，拿起电话道："老大，一切不出你所料，是个冒牌，不过都很顺利，好的，我们马上收队。"

叫尹菲的女孩对另一个女孩眼睛一撩："老大发话，咱们撤吧！"

两个女孩随即起身，对唐尧道："姐姐撤了，你付账买单，好自为之哦！"

见两个美女起身离去，唐尧虽然感到莫名其妙，却终于如释重负。

有了这一出遭遇，唐尧知道，按大海捞针的方式，尹菲是再也找不回来了。该回来时，她自会回来；不想回来时，即使找到又能如何？

　　他按了一下服务开关，叫来服务员买单。

　　刚点的歌曲一个都没唱，只是在顺序播放。唐尧起身离开时，正好播放的是《稻草人》：

　　蓝蓝的天空在上

　　却有着云雀与彩虹的梦

　　多像不知足的云

　　四处飘荡

　　何处是我的归宿

　　是否在天际的那一端

　　奇怪着稻草的身躯如何飞翔

　　…………

第十六章　痴痴地等

唐尧从上海回到西安，便断了寻找尹菲的念头。

他小时候玩具找不到时，妈妈总告诉他："不要着急，不找的时候它自己就出来了。"

唐尧期望着尹菲能在他停止寻找之后，猛然有一天突然出现在他的面前。

只是他心里明白，小时候玩具找不到，是掉在了家里的某个角落，妈妈收拾房间时，总会意外地发现，给他带来惊喜。而尹菲的遗失，是因自己犯下了致命的错误。

要让尹菲意外回来，无异于痴人说梦。

痴人说梦也要等，痴痴地等。

唐尧这几天反复听的一首歌，就是罗大佑的《痴痴地等》。

痴痴地等　你让我痴痴地等

未曾让我见你最后一面　未曾实现你的诺言

痴痴地等　就这么痴痴地等

就让我俩过去的海誓山盟付诸睡梦中

　　我曾经幻想我俩的相遇是段不朽的传奇
　　没想到这竟是我俩生命中的短暂的插曲
　　也许在遥远的未来不知在何处我们会再相遇
　　可能你不会再记得我　而我还依然怀念着你
　　痴痴地等　就这么痴痴地等
　　就让我俩过去的海誓山盟付诸于睡梦中

　　《痴痴地等》收录在罗大佑 1982 年的专辑《未来的主人翁》中。这首歌不为一般人熟知，但熟知的人都痴迷得要死。"我曾经幻想我们的相遇，是一段不朽的传奇，却没想到，这竟是我俩生命中短暂的插曲"，对于沉迷在爱情中的男女来说，无不期望彼此能是对方永恒的传奇，但谁又能阻止突然出现的分离？罗大佑的歌词如行云流水，没有丝毫的装饰，只是真实的叙述，却把我们都曾有过的青春恋情，曾经刻骨铭心的失恋状态，写得精准透彻入木三分。加上哀伤的旋律和罗大佑深情的演唱，这首歌简直是情歌中让人落泪感伤的绝唱。

　　而尹菲的突然离去，唐尧的寻觅无踪，和这首歌恰恰契合。虽然唐尧坚信，他一定不会失去尹菲，但未来他们到底还有没有可能再次相见，都是未知的难题。

　　等待很是煎熬，唐尧尽量用工作来麻痹自己。

　　爱人同志酒吧原来只是晚上营业，现在每天早上 9 点，他就把汤米李叫来开会。他让服务生按过去时间下午上班，让汤米李干脆住在了"爱人同志"，于是每天早上 9 点两个人就开始研讨商业模式寻找发展方向。唐尧给汤米李说是大开脑洞开拓思维，但他自己心里很清楚，其实也就拉东扯西，更多的是排遣没有尹菲之后他心中的郁闷和忧愁。就这样过了十多天，他们倒是为"爱人同志"下一步的发展真找出了新的路子。

唐尧期望用工作把身体和大脑塞满，但尹菲却如风如水，会时不时地顺着他填塞的缝隙穿过，扰乱他的心思。他不知道尹菲还能不能回来，什么时候回来，他只是在内心里痴痴地等。

就在这时，梅韵又一次回到了西安。

梅韵回西安并没有告诉唐尧，唐尧是在大年初五那天晚上参加同学聚会时见到梅韵的。

唐尧当时一进包间，见一个超大圆桌周围基本都已坐满，正对大门的方向，坐着的正是梅韵。梅韵的旁边空了一个座位，唐尧一进来，就被刘宏拉着坐在了梅韵的身边。

唐尧转头对刘宏道："你光说聚会，怎么不告诉我梅韵回来了？"

刘宏一脸无辜："人家只让我通知你参加聚会，再说我也不知道你竟然不知道，嗯，啊……"说着话刘宏下巴往梅韵那边示意。

唐尧白了刘宏一眼然后转向梅韵点头打招呼："嗯，你初几回来的？"

梅韵微笑颔首道："腊月二十八。"

唐尧一听心下一沉，心想年前就回来了，也没和自己联系，多少有些不快，转而一想，梅韵现在和自己有多少关系？现在生活中缺失的是尹菲，关梅韵何事？

聚会开始，梅韵率先敬酒，因为今天是她召集的大家。

梅韵："20世纪90年代的第二个年头，我们天各一方，

2000 年的第一个年头我们又聚在一起，毕业时，我们都以为此生难再见面，毕业至今已经近八年，我和很多同学都没再见过，今年也是我第一次回国过年，所以太想和同学在一起聚聚，我先敬大家，龙年新春，万事顺意！"

同学们一起举杯，欢呼声一片。

待大家安静，梅韵对唐尧道："第二杯酒，你来提！"

唐尧刚想推辞，刘宏在旁边一推悄声道："赶紧的！"

唐尧端起酒杯不知道说什么，他还没有从尹菲的情境中转过弯来。梅韵曾经也是他生命中刻骨铭心的记忆，是他准备痴痴地等一生的人。梅韵离去之后，他曾经痛苦得不知所往，是尹菲的出现，让他涅槃重生。而现在尹菲又不知所踪，让他重复经历当年失去梅韵的过程。当年梅韵离去，他遇见尹菲可以重生；现在尹菲离去，他再见到梅韵，却只能痛得更惨。

唐尧发愣的瞬间，刘宏已经领着大家以酒杯敲击桌面，齐声喊着："唐尧——唐尧——"

唐尧瞅着起哄的同学们，站在那里稍微显得尴尬，刘宏见状喊道："安静！唐尧提酒了。"

唐尧来不及多思索，顺口说道："这个，今天的聚会，既是西北大学中文系的同学聚会，也是千禧年到来之后，中美之间的一次重要会晤。"唐尧鬼使神差地从同学聚会扯到中美会晤，大伙哈哈一乐。在梅韵心里，却感到了她和唐尧之间的距离。

唐尧继续说道："Welcome to xi'an, cheers！"

大家一声"cheers"，一饮而尽。

接下来刘宏提酒，标准的哪壶不开提哪壶：

"我这杯酒，要让大家瞬间回到八年前的西大校园，回到紫藤园，一端起这杯酒，我眼前就出现了长发的唐尧背着吉他走过草坪的身影，耳边响起了'乌溜溜的黑眼珠和你的笑脸，怎么也难忘记你离去的转变'，然后就是一袭白裙的梅韵进入了画面……"

唐尧一碰刘宏低声道："赶紧敬酒！"

刘宏赶紧举起酒杯："对，喝酒，为我们刚刚逝去的青春，干杯！"

提过三个酒，大家便开始一对一地敬酒。同学们其实不只和身在美国的梅韵见面很少，就是同在西安的，如果没有外地同学归来，也很难聚到一起。所以个个都觉得亲切，酒也便喝得痛快。酒喝得越痛快，便越要回到过去，回忆过去相处的细节，激发彼此青春的记忆。在来来回回此起彼伏的嘈杂声中，话题自然集中到鸳梦重温。刘宏酒一喝多，想起了陈清，然后便大哭，哭过之后更是狂喝，唐尧知道刘宏难受，就陪着刘宏一杯又一杯地喝。梅韵因为是今天活动的发起者，又是越洋归来，大家自然要轮番敬酒。不胜酒力的梅韵破天荒地喝了二两多白酒。

夜色渐浓，一桌人，沉醉不消残酒。

唐尧陪刘宏喝了不少，又和同学们走了几圈。他和刘宏一样，也是借酒浇愁，不过他的愁不是大学时光的难以追回，而是尹菲的不知所踪。同学聚会的气氛，本来是穿越回去，但酒到深处时，唐尧心中最底层的纠结却翻滚起来，于是模糊的大脑，便模糊了情境的界限，忘却了这是大学同学的聚会，只想起了稻草人样的尹菲。他像刘宏一样，越是心结难解，越是钻牛角尖，然后越是以酒麻醉。

于是唐尧成了第一个喝趴下的人，他趴在桌子上睡着了。

刘宏见状，对梅韵道："我先送他回去吧！"

旁边一个男同学带着酒意喊道："谁都不能走，尤其唐尧不能走！"另一个喊道："对，唐尧走了，我们这聚会还有什么意思？一会儿还等着听他唱歌呢！"

旁边又一个同学喊道："不醉不归，唱歌唱歌！"

梅韵见状对刘宏说："要不先别送他回去，大家好不容易聚一次，楼上开个房间让唐尧休息一会儿，大家吃完饭去唱歌，到时候再叫醒他。"

于是梅韵给大家招呼一声，她去开房，刘宏扶着唐尧上楼。

唐尧一进房间，便倒在了床上，喊了一声："水。"

梅韵把烧水壶插上电，将一瓶矿泉水倒入，开始烧水。然后对刘宏说道："你陪他一会儿，我先下去招呼大家。"

刘宏说："我去帮唐尧拿一下杯子，你先照应一会儿他。"

梅韵说了一声好，心里暗道：还是原来的洁癖，只用自己的杯子喝水。这时却听躺在床上的唐尧喊道："你在哪儿呢？"

梅韵赶紧过去坐在床边，对唐尧说道："水马上就烧好，刘宏给你拿杯子了。"

"要刘宏干吗？我只要你！"

唐尧猛然蹦出的这句话，让酒意朦胧的梅韵心里一热，脸色绯红："你胡说什么呢？"

没想到唐尧一伸手抓住了梅韵的手："你可知道，我一直想着你！"

梅韵猝不及防，本能地反抗，想要抽出手来，被唐尧一用力，却倒在了唐尧的怀里。

梅韵怎么都不会想到，会出现这样的一幕。

每次回到西安，梅韵便不由自主地想到西大，想到唐尧，想到他们的青春岁月。但是毕竟物是人非，去年回来，听唐尧说了他和尹菲的情况，心底多少有些醋意，但更多的是宽慰。唐尧能够走出过去找到自己的生活和归宿，是她最为高兴的。所以此次回来，没有告诉唐尧，是不想影响他的生活。同学聚会，也专门给刘宏叮嘱，不要说她回来。而眼前唐尧的举动，让她一时不知所措。虽然她不明就里，但因为被酒精模糊了意识，唐尧的伸手一揽，也让她瞬间回到了从前，再没有任何抵抗。

唐尧从伸手抓住梅韵的手，到将梅韵揽入怀中，身体都一直如一摊烂泥，无力地堆放在无际的旷野。眼睛更是一直紧闭，看到的却是旷野上绿草茵茵的勃然生机。当他正感到有欲望在心底膨胀时，猛然听到尹菲的声音，然后，就看到尹菲从远处向他跑来，一伸手，便将她揽入怀中。期盼太久寻找无踪，却突然出现在眼前，这是匪夷所思的奇迹，也让他隐忍许久的欲望如山洪暴发，势不可当……

刘宏下去给唐尧拿杯子，一去就被几个人围着敬酒。等他想起来从唐尧的包里拿出杯子走上楼来到唐尧的房间门口，一敲门没见反应，却听到房间有异样的响动。刘宏心里说了一句：靠，鸳梦重温！便走下楼去。

当唐尧如九天飞瀑千里奔袭抵达终点时，含含糊糊地喊了一声："尹菲，我再也不会放你走！"

身下的梅韵闻言，泪水瞬间模糊了双眼。

　　她想起来，大学毕业前，唐尧曾给她演唱罗大佑那首《痴痴地等》。从那首歌的意境，以及唐尧的演唱，她感受得到唐尧心里的无助和悲凉，感受得到唐尧没有她之后的缺失和迷茫。那时的唐尧一直担心的是远走美国的自己会很快忘了他，他们之间本来以为的"不朽传奇"只是两人"生命中的短暂插曲"，她也相信唐尧会像歌中唱的那样，即使自己不记得他，而他还依然怀念着自己。所以刚才尽管意识模糊，但唐尧的举动，让她感受到的就是他们青春的律动。而在他们的身体相互交融的瞬间，他却念的是另外一个女孩的名字，剧情反转得让她毫无防范。

　　第二天早上，当刘宏和唐尧在"爱人同志"对面而坐时，刘宏忍不住嘴角坏笑："风流倜傥真君子！"

　　唐尧一拳打在刘宏的胸口："你还笑！都是你干的好事！你说现在怎么办？我一个尹菲已经心急火燎，又惹得梅韵伤心，让我该怎么面对她？"

　　刘宏："你不用面对她，她今天中午的飞机，现在应该已经在赶往机场的路上。"

　　唐尧一听，心里说不上来的五味杂陈。

　　这是什么样的人生轮回？

　　大学期间，与梅韵除了感情上的依恋，对梅韵身体的渴望自然也是青春期最美好的向往。谁曾想到，真正拥有时，却满是愧疚与不安。再美好的物事，不在恰当的时间出现，一切便是枉然。他现在对不起的，不只是梅韵，更有尹菲。本来想着新年的到来，凌乱的生活或有改观，没想到同学的聚会，让生活更加凌乱。梅韵一句话不说就走了，可想而知她的心情。好在她有自己的生活，有自己的家，有自己的乐土，她自己应该会很快自愈，只是尹菲独自一人不知身在何处。自己曾暗自许下誓言，不再和尹菲之外的任何人有肌肤之亲，没有想到一夜之间，千里之堤，轰然坍塌。

"你就别再纠结了。该去的会去，该来的会来，命运不可更改。"刘宏见唐尧沉默不语，借用了罗大佑《小妹》中的一句歌词安慰他，没想到倒更引起了唐尧的伤感。

《小妹》是张艾嘉父亲去世后，罗大佑写给张艾嘉的一首歌曲，词曲伤感且充满无奈。最主要的是，那首歌所描绘的情境，和当年梅韵母亲去世时梅韵的心境恰恰相符。当年唐尧也专门给梅韵弹唱过这首歌曲，讲过这首歌的由来。本来唐尧刚刚把频道从梅韵调到尹菲，刘宏的一句话，又把梅韵回放过来。他瞅着刘宏狠狠说道："你个哈尿（陕西方言，大意为坏蛋的意思），大过年跑回来，净给我添麻烦！"

刘宏："我哈尿，就你和梅韵那点心思，那就是司马昭的心！我只机缘巧合，帮你戳破了那层窗户纸，这下好了，你们俩的感情历程算是有了一个完满的句号。我知道你现在一门心思在尹菲身上，这下正好，把梅韵这篇完完整整地翻过去了，挺好的——"

"好了，不说这个了，"唐尧拿出一把钥匙递给刘宏，"你现在回来了，尹菲也不见了，这个房子还给你！"

刘宏一摆手："别，我回来也就过个年，十五一过，我就回深圳了，房子你继续帮我看着。"

唐尧："你听我的，房价现在见涨，你不回来，把房租出去，也给你爸妈个零花钱。"

刘宏："别给我说这个，你为了我都进了局子了，咱俩这是什么交情？别说我爸妈不缺那个零花钱，就是缺钱，我也不会让你把房子还回来，除非你把尹菲找回来，结婚入洞房，然后你们爱到哪里到哪里，我那房子也不是送给你的，到时候我自然收回！明白？哥们儿就是想看着你和尹菲有情人终成眷属！你也把好自己的门，不要再和其他女的有染，当然，昨晚和梅韵是个例外哦，我主要说的是萧雨晨——"

"说我干吗呢？"

刘宏闻声一惊，抬头一看，萧雨晨已经站在唐尧的身后。

唐尧一回头："大过年的，你怎么来了？"

萧雨晨稍一迟疑："我来得不是时候？"

唐尧："不是，过年你不和家人一起走亲戚啊，有时间跑过来？"

萧雨晨："过来，是想告诉你一件事！"

唐尧和刘宏一听心里都一紧，萧雨晨来能有什么事？刘宏心想该不是你把人招惹得有了吧？唐尧看着刘宏的眼神就知道他的坏心思，但他清楚自己和萧雨晨之间不会有什么，他只是担心萧雨晨不能轻易放下。

没有想到萧雨晨说出的事情，让刘宏和唐尧惊得差点上天。

第十七章　新闻报道

刘宏见萧雨晨找唐尧，却欲言又止，便起身准备回避，没想到萧雨晨开口说道：

"罗大佑要在上海开演唱会！"

"什么？！"唐尧和刘宏都不由得喊了一声。

"罗大佑要来内地开演唱会，第一场是在上海！"萧雨晨郑重其事一板一眼地说道。她想到唐尧听到这个消息会惊喜，但没想到他和刘宏都惊喜得有些失态。

"我靠，怎么可能？"刘宏站起身来，直愣愣地看着萧雨晨，"罗大佑要来内地开演唱会？你从哪里听说的？"

唐尧没有说话，但是也随着刘宏站了起来，看着萧雨晨，充满了期望与迷惑。

萧雨晨："我上海的同学过年回来，我们聚会时他说的。虽然官方还没发布消息，但他说绝非空穴来风。"

唐尧和刘宏听萧雨晨说这句话的时候，两个人只觉得有热血上涌，当从萧雨晨的话语中得出确切的信息后，两个人眼里都释放出了难以自已的兴奋和紧张。

一般人很难想象得出此时此刻唐尧和刘宏的激动。

罗大佑在他们的心中已经存活了十多年，一直是教父教主一样地被在心里供奉着，本想着这一生就那样，罗大佑只是一个遥远而神秘的图腾，只在心中膜拜，永远不可企及。猛然说他要来到你的身边，那种感觉无异于神仙下凡。

"行，事说完了，我走了！"萧雨晨见唐尧和刘宏已经兴奋得完全忘记了自己的存在，转身便要走。

唐尧回过神来："来，一起喝点东西，一会儿一起吃饭。"

萧雨晨摇摇头："不了，我还要去我外公家。"

唐尧："谢谢你，给我们带来这个消息，具体有说什么时候吗？"

萧雨晨："在 9 月，你上网搜一下，看能搜到不？我同学说好像还没有公开发布消息。"

唐尧："好的，那我们不留你了，新春快乐！"

"新春快乐！"

萧雨晨一走，唐尧和刘宏，互相对视，沉默无言。

他们像是千淘万漉一直空空如也一无所获的淘金者突然发现了金矿，他们不敢确定这突如其来的惊喜是不是真的，所以对视沉默，然后才再次爆发，两人抱在了一起，互相拍了拍肩膀。刘宏正抱得起劲时，却被唐尧一把推开了。

"咱俩怎么给抱上了？"

"靠，咱俩抱怎么了？你就只抱梅韵，抱尹菲啊！"

唐尧给了刘宏一拳："就知道给我伤口撒盐，除了这还能说点什么，赶紧上网搜索——"

刘宏斜眼一瞪："好嘞！"

罗大佑要来内地开演唱会的消息，很快就被证实。

但真正媒体的报道，是在五个多月之后。

2000 年 7 月 5 日，《北京青年报》发了一个整版的报道，是对罗大佑的一次专题采访。

唐尧拿到那张报纸时，几乎热泪盈眶。

当时距离他去苏州和上海找尹菲已经过去了近半年时间。尹菲寻找无果，他便只有把她埋在心里。他伤尹菲那么深，应该给她一段时间，让她思考消化，或许有一天，尹菲会奇迹出现。他和尹菲因为罗大佑的歌曲而认识，没有尹菲的日子里，他便在罗大佑的歌声中重温他们在一起的每个瞬间。他们的几年相处，几乎都是在罗大佑的歌声中度过的，罗大佑的每一首歌曲，都有他们共处的情境。所以这几个月以来，他活在罗大佑的歌曲之中，伴随歌声一起的，是尹菲的幻影。当他得知罗大佑要来内地开演唱会时，他确信，对罗大佑的那种期待和美好，是他和尹菲共有的憧憬和期盼。

那张《北京青年报》是李飞给他送来的。

唐尧当时从上海一回来，就找到李飞，想打听尹菲有没有和台里联系过。当时的李飞正处在极度的痛苦之中，在他看来，尹菲的彻底消失，与他有着极大的关系。他要是不去峨眉山，要是没有和尹菲跨越界限，尹菲或许会告诉他自己去了哪里。尹菲去峨眉山是躲唐尧，而尹菲无迹可循，则可能是因为他李飞，或是他关上了尹菲回到西安的最后一道门。李飞听了唐尧寻找尹菲的整个过程，知道尹菲不是找就能找回来的。唐尧都找不回来，他李飞更是没有任何资格和理由让尹菲回心转意。于是他认同了唐尧的观点，给尹菲一段时间，让她消化沉淀。作为他个人能够和尹菲在峨眉山有那一夜情缘，他已经感觉幸福到了顶点，他对尹菲不敢再有任何奢望，但是他却不能自已地总是期望能为唐尧寻找尹菲做点什么，甚至只是为唐尧做点什么，也让他能感觉得到尹菲的存在。作为娱乐节目摄像的他，对娱乐信息自然了解得最多、最快。所以当看到《北京青年报》的报道后，第一时间赶到爱人同志酒吧，把报纸送给了唐尧。

唐尧拿到报纸，如获至宝。对于罗大佑的报道，多年来一直凤毛麟角。猛然看到这么一大版，还是当时全国发行量极大、引领文化风尚的《北京青年报》，那种激动和兴奋，让他无法平静。

采访开始前记者的编前语，就让他血脉偾张：

在 20 世纪 80 年代的大学校园，迷恋罗大佑是一种"病"。而后伴随着那一代大学生的成长和被淹没于人海，十几年间，这种病于默默无声中传染蔓延。常常看到素昧平生的人们，就因为"罗大佑"这个名字在匆促人潮中知己相识。

而罗大佑始终活在歌里，离我们很遥远。

这或许就是 6 月 28 日上午在贵宾楼与罗大佑对面而坐时，暗中恍若隔世之感的由来。那一刻，窗外是京城今年最炎热的夏日，而"罗大佑就要来开演唱会"的消息，正被人们满怀期待地传说。

这个记者显然也是罗大佑的铁粉，寥寥几笔，就把罗大佑对

唐尧那代人的影响写得如此透彻。再往下的采访，罗大佑谈到了
为此次演唱会，已经商谈了三年，谈到对于此次和内地歌迷的见
面互动，关于他多年来的创作历程……唐尧第一次不是通过歌曲，
而是通过罗大佑的讲述来感知罗大佑，那些文字让他如沐春风，
既有说不出的惬意，又有一种感动。在那篇报道的旁边，是一组
铁粉对罗大佑和他的歌曲的感慨。从西安走出去的摇滚歌手张楚
的一段话，很见罗大佑的影响力：

《将进酒》《鹿港小镇》《现象七十二变》，曾让自己满是
热情结实的身体非常充足也充满希望。那音乐里的文字拥有完全
不同的灵感，连他的名字罗大佑也非常不同，给那个时候简单粗
糙的生命带去过丰富的想象力。

另有一个叫作木木的歌迷，同样是在说出唐尧的心声：

罗大佑就是罗大佑，我们可以借他缅怀一个时代的荣光。他
的冷静、他的悲哀、他的磅礴、他的偏激、他的尖刻、他的洞察
人性、他的深情不悔、他的中国人情结，伴随着一代又一代的热
血青年成长，整个中国台湾，甚至整个中国人世界都从他的音乐
中汲取营养和力量。

当然讲得最到位最能说到罗大佑的追随者心坎上的，是《闪
亮的日子》网站的版主小符：

我们很幸运，这一生有罗大佑为我们歌唱。

这句话，唐尧早就知道，"爱人同志"大厅最显著位置罗大
佑的巨幅照片的下面，就打着这句话。

看到这篇报道之后，唐尧就很关注《北京青年报》，果不其然，
很快就有了第二篇报道《乐评人眼中的罗大佑》，是对著名乐评

人金兆钧的一次专访。金兆钧以专业的视角，谈罗大佑和他的歌曲，给予了极高评价，唐尧印象最深的是他感叹——天才，与生俱来！

随着时间的推进，罗大佑相关的消息也越来越多，唐尧完全沉浸在一种久旱逢甘霖的喜悦之中，看着大家对罗大佑的种种感受和憧憬，他终于难以自已。打开电脑，思如泉涌，将自己对罗大佑和他歌曲的认知一气呵成写成文字。

倾听罗大佑

罗大佑之对于我，以及与我同龄的许多朋友，已远远超出了音乐的范畴。在我们的心中，他绝不只是一个音乐人，一个歌手。他简直就是一位妙笔生花的诗人，是一位撼动我们灵魂的先哲。当我确切得知大佑将要来到内地开演唱会的消息之后，我真的是辗转反侧，兴奋不已。我好像是要与别了太久的故人相见，好像是要与想了太久的情人相约，那种来自心灵深处的冲动，让久违了的青春的感觉，漫及我的全身，颤动我的灵魂。他的一首首歌曲，一如他的即将到来，一次又一次地，像一阵凉爽惬意的清风，不断地向我袭来。

罗大佑的歌曲触及我们生活的各个方面，内容之广博，几达无所不包的程度，莫说是一位歌者，就是一位专业的诗人，恐怕也望之莫及。

《恋曲 1980》《恋曲 1990》《恋曲 2000》，仅此三首人所共知的恋曲，就足以让他笑傲歌坛，无愧于"20 世纪华语歌坛10 大情歌圣手之首"（1999 年《希望》杂志评选）的称号。"你曾经对我说，你永远爱着我。爱情这东西我明白，但永远是什么？"

《恋曲1980》中非常普通的一句反问，足以让每一位真爱过的朋友反思一生；"乌溜溜的黑眼珠和你的笑脸，怎么也难忘记你容颜的转变"，脍炙人口的《恋曲1990》更是激荡过每一位听过这首歌的朋友的心灵；"等遍了千年终于见你到达，等到青春也终于见了白发"，《恋曲2000》的空明练达不只是20世纪末的人们对感情依恋的写照，一句"等遍了千年终于见你到达"是歌迷们期待罗大佑激动之情最给力的表达，而《爱的箴言》《爱人同志》《滚滚红尘》《痴痴地等》《穿过你的黑发的我的手》等更是首首经典，对爱情的凄美忧伤无不写得入木三分。

"假如你先生来自鹿港小镇，请问你是否看见我的爹娘？我家就住在妈祖庙的后面，卖着香火的那家小杂货店"，如此简约的歌词，却包含着无比丰富的意蕴，《鹿港小镇》不只写了游子对故乡的热恋，更反映了人们对传统文化的保有与现代文明发展之间二律背反的无奈；而《家Ⅰ》中对家的表述，相信每一位朋友都会产生共鸣，"我的家庭，我诞生的地方，有我童年时期最美的时光。那是后来我逃出的地方，也是现在我眼泪归去的方向"，不要旋律，仅此歌词，就足以让我们热泪盈眶；连《摇篮曲》在罗大佑的笔下都与众不同，"让我们的孩子躺在母亲的怀里，让母亲的希望寄托在孩子的梦里。当三月阳光轻轻抚照着大地，春风也带来青草成长的消息"，清新而又韵味十足，对生命的呵护与期待之情溢于言表，加上如水的旋律，是绝对的《摇篮曲》中的经典；而《家Ⅱ》《小妹》《原乡》《乡愁四韵》以及三首名为《母亲》的歌曲等，把对家的感觉几乎全部囊括并且感人至深。

熟悉罗大佑的朋友都知道他是以一头长发、一身黑衣、一副墨镜的叛逆者形象崛起歌坛，他的此类歌曲，无不渗透着他对种种社会现象的思考和他对生命的人文关怀。"很早以前我们的祖先就曾这么说，但是现在你要听听我们的青年他们在唱什么？"（《之乎者也》）、"嘴里说的永远都是一套，做的事天地良心自己知道。假如你真的认为自己不可一世，为何不回家好好照照镜子？"（《现象七十二变》）、"我们不要一个被科学游戏污染的天空，我们不要被你们发明变成电脑儿童"（《未来的主人翁》）、"亚细亚的孤儿在风中哭泣，没有人和你玩平等的游戏……多少人的眼泪在无言中抹去，亲爱的母亲这是什么道理？"（《亚细亚的孤儿》），罗大佑在20世纪80年代初期初出歌坛时发出的这些声音，在我们今天听来依然是振聋发聩，我们无法不为其敏锐的洞察力和卓越的才情所折服。

而对中华民族的热爱是他创作的另一主题，《东方之珠》《黄色脸孔》等都有着浓烈的赤子情怀。曾经有人说三个音乐人在寻找中国人的声音：中国台湾的罗大佑，中国香港的黄霑和内地的崔健。黄霑以作词为主，对于老崔我也是非常喜欢，但如果说寻找中国人的声音，则罗大佑是最适合不过。因为篇幅关系，我们不能在此把罗大佑的歌曲一一聆听，但他的歌曲的确是涉猎极广，从不同的角度反映着中国人的生活与生命。

我在生活中总是在向周围的朋友推荐着罗大佑，我非常喜欢朋友和我一起沉醉在大佑歌声中的那种状态。在此我更想对朋友说的是，我们即将拥有一个值得我们回味和纪念的日子，让我们一起期盼罗大佑的到来，也让我用《闪亮的日子》网站的版主小符的一句话作结这篇文章——我们很幸运，这一生有罗大佑为我们歌唱！

　　唐尧写完这篇文章，已是凌晨 4 点，他感觉酣畅淋漓。长期以来尹菲无踪给他带来的那种郁结似乎瞬间消散，他在深深感谢罗大佑的同时，似乎也感到了尹菲的即将归来。而就在这时，他听到了"啪啪啪"的敲门声。

　　他喊了一声："汤米李，去开门看是谁！"

　　睡在大厅那边的唐米李已经睡死没有应声，唐尧正准备再喊时突然心中一动：该不会是尹菲归来？

　　他迅速走出房间，穿过大厅，走到大门口，打开了"爱人同志"的大门。

第十八章　追梦人

唐尧打开大门，果然见一个女孩站在门口。

不过不是尹菲，是一个从未谋面的陌生女孩，面容清秀，风尘仆仆。

看到唐尧她脱口而出："终于找到了！"

唐尧疑惑地问道："姑娘你找谁？"

"我找'爱人同志'！"

唐尧感动于她的可爱，笑着说道："这里是'爱人同志'，你这么晚过来有什么事？"

"你们不是寻找罗大佑的粉丝，一起去上海看演唱会吗？我来报名。"

"哦，欢迎，只是这么晚——"

"我是从宝鸡坐朋友的顺风车赶过来的，来了就想先找到'爱人同志'看看！没想到你这么早就关门啦，西安的夜生活不是三四点才结束吗？我都做好了不住酒店在'爱人同志'通宵达旦的准备。"

唐尧犹豫："哦，这个……'爱人同志'最晚一两点就散了，毕竟我们这里不是酒吧夜总会那样的夜场。你坐朋友的顺风车，你朋友呢？"

"我朋友是从兰州开车到郑州，路过宝鸡都 12 点多了，他们已经一路向东走了。"

唐尧："哦，那你怎么办？"

"本来以为来这里能和大家一起聊罗大佑，谁知道你都打烊了，我——"

"附近有家酒店——"

"再有两个小时天就亮，现在住酒店，也太不划算了！"这个姑娘率真直接大大咧咧，让唐尧倒接不上话了。

唐尧正犹豫怎么应答时，姑娘说道："我就在你这大厅沙发上坐着眯一会儿怎么样，你要是不困，刚好我们一起聊聊罗大佑？"

说着话姑娘就侧身进门，唐尧赶紧打开大厅的大灯。

姑娘看到大厅里各种罗大佑的布置，兴奋得叫了起来，完全忘了是深更半夜。

唐尧看着这个活泼可爱自来熟的姑娘说："姑娘——"

姑娘往罗大佑巨幅照片下一坐，对唐尧说道："别老姑娘姑娘地叫，我有名字，叫陈青——"

唐尧一听，心下一惊："哪两个字？"

陈青："耳东陈，青年的青"。

唐尧："哦，青年的青，不是清澈的清？"

陈青："不是，你看我这样子和清澈有什么关系？从小同学都把我当哥们儿，上树、打架无所不能，一般别人问我哪个青，我都说是鼻青脸肿的青——"

虽然这个陈青和刘宏的陈清性格上相去甚远，但名字相同的发音，让他还是不由自主地想起了刘宏。他便打开手机给刘宏发了个短信："醒了回电话。"

"你从哪里知道我们组团去上海的活动？"

"我一个哥们儿告诉我的，他来西安看到你们的宣传，我一听就管不住自己了，宝鸡离西安三百多里，但信息滞后了三百多年，要不是哥们儿告诉我，我还不知道罗大佑要来内地了。"

唐尧越发好奇："你怎么喜欢的罗大佑？"正说话间电话铃响起。

"哦，刘宏，醒来了？那你一会儿过来，组团去上海的有人来报名了。"唐尧话音刚落，就听电话对面刘宏懒洋洋地说道：

"就是一个报名的粉丝，干吗天没亮就让我过去？"

"你不是说要给你找个帮手，完成粉丝组团的事吗？我看这个女孩成！"

"啊，女孩啊！你大半夜金屋藏你的娇，干吗不让我睡个好觉？"

"别废话，这个女孩应该和你脾气相投，是你的菜。"

"哦，讨厌！天还没亮就给人家上菜——朕这就移驾。"

不到半个小时，刘宏来到了"爱人同志"。

刘宏看到唐尧对面的姑娘模样俊俏，便来了精神，听说她叫陈青时，笑容瞬间凝滞，心里不由得一酸，眼神便也黯淡下来。

唐尧一拍刘宏说："别怪我把你这么早叫醒，想想你都多久没看到初升的太阳，我今天就是要让你看到新的朝阳。"

唐尧的一语双关只有刘宏听得懂。陈青见到刘宏多少有些拘束，听唐尧介绍说刘宏是他的同学，最铁的哥们儿，陈青快语中的，说道：

"哦，你是大名鼎鼎的唐尧，他是你的铁哥们儿，你俩就相当于是赌神和小刀！"

刘宏脱口反驳："谁是小刀？我是龙五！"

见刘宏陡然开口，从刚才的沉寂中走出，唐尧心下高兴便说道："刘宏，这个陈青姑娘可不是一般的佑派，我刚和她几个回合的交谈，觉得她就是老天派来帮你成事的！征集粉丝组团包机这个事，全权委托你俩了，我就不操这个心了。"

刘宏："哎，你不能甩手不管哦！就为这个事我深圳的班都不上了……"

唐尧："你在深圳那叫上班？那才叫甩手掌柜！再说，与罗大佑相关的任何事情，可都不是我一个人的事，也是你的事哦！"

刘宏："得，说不过你，我们忙正事了。"

唐尧一转身道："你们忙吧，我得睡会儿去了，一夜未合眼啊！"

唐尧一觉睡到中午12点。刘宏喊他吃饭不见反应，便过去把他拽了起来。

刘宏叫的外卖，陈青坐在刘宏旁边，汤米李坐对面，唐尧起来后坐在汤米李的旁边。

刘宏边吃边对唐尧说道："哎，老唐，这陈青就是天上掉下来的天仙！"

陈青一瞪眼："你说我是天线——宝宝啊？"

刘宏一拍陈青："喊，别打岔！"

唐尧："见着天仙了，心里打歪主意了吧？"

刘宏："小人之心哦，老唐你就小人之心！我告诉你，你知道你睡觉的时候，我们都干了什么？"

唐尧故作惊讶地说："大白天的，你们能干什么？我睡着了，汤米李可醒着呢！"

刘宏："靠，你这流氓本色，净往歪处想！这个陈大美女，陈大天仙，就今天一早上，把旅行社民航搞定，上海演唱会的售票搞定，你说怎么奖励人家吧？"

唐尧："真的啊？这岂止是天仙，简直就是神仙，上神啊！是不是汤米李？"

汤米李点头道："陈青姑娘确实人脉广，朋友多，一个顶我和刘总两个！"

刘宏打断汤米李："还要加上你们唐总，顶我们仨啊！"

陈青："哎，过了啊，我哪有那么厉害？事情能这么顺利，主要因为不管是民航还是旅行社，关键岗位上的人物都是罗大佑的歌迷，一听我们的想法都欢呼雀跃，积极支持。我们都是托老罗的福！"

唐尧："好，现在离罗大佑演唱会就一个月时间，既然两端都已搞定，现在最急迫的就是我们必须尽快确定组团人数，不过我们才发出通知两天，就来了陈青这样的骨干加大仙，我们最近再加大力度，汤米李你把我们客人的信息登记表齐齐过一遍，筛选出合适的和陈青一起尽快一一落实对接。陈青你就正式成为我们的一员，不过说清楚，我们可没工资，但是演唱会的门票和往返机票就给你免了，不过必须组团到三十人我们才不亏，五十人我们才小有盈余，如果有一百六十人左右我们就完全可以包一架波音 737！Do you understand？"

陈青兴奋地起立敬礼："Yes sir！"

随着罗大佑演唱会的临近，与此相关的消息也越来越多。不只唐尧他们想到了组团包机，据主办方透漏，北京已经有一千多人将奔赴上海看演唱会，其中一部分已经准备自发包机前往。最让唐尧和刘宏他们感到兴奋的，是白岩松、崔永元一干人物，也要赶往上海。他们和唐尧年龄相仿，都是在罗大佑歌声中度过青春的人，对于罗大佑的到来，他们和唐尧有着同样的激动和向往。当下，全国媒体的热点都是罗大佑上海演唱会，这是史无前例的一次全国性的欢乐盛宴，到处都有罗大佑的氛围，唐尧和刘宏沉浸在一种无处不在的幸福中。经过一段时间的组织策划，西安的歌迷已经有八十多个。他们摘出《恋曲 2000》的歌词，打出了"等遍了千年终于见你到达"的口号，把大家对罗大佑的期盼淋漓尽致地表达出来。

而让唐尧更加欣喜的是，在这十多天的紧张筹备中，刘宏和陈青的感情快速升级，正如他的判断，他们俩一拍即合，真是黄金搭档。看着刘宏终于走出了失去陈清的阴霾，唐尧心里莫名的兴奋和轻松。刘宏是唐尧最铁最知心的哥们儿，他的抑郁一直是唐尧心中的一个结。因为罗大佑演唱会而引来了陈青，让刘宏恢复了当初的状态，这让唐尧隐隐感到，罗大佑的到来，将为他们打开一个全新的世界。他想此时此刻，远在上海的尹菲，一定也在因为罗大佑的到来而激动和兴奋。虽然尹菲至今依然没有任何消息，但是唐尧深深感觉到，罗大佑演唱会是他们心灵沟通的中介，她在上海期待罗大佑的同时，一定也在想着自己此时在西安的期待。唐尧相信，罗大佑上海演唱会，在让他与神往多年的先哲面对面的同时，也必将让他找回尹菲，找回他走失的爱人同志。

就在唐尧一心准备上海之行的时候，接到了来自上海的一个电话，一接电话，他大吃一惊。因为电话那头一开口就说道："你好，我是尹菲。"

想着能因罗大佑的到来而见到尹菲，但能这么快地接到尹菲的电话，唐尧依然感到震惊，他惊异于那不可捉摸的冥冥之中的天意。

"尹菲，终于听到了你的声音——"

"啊，你在等我？你知道我要给你打电话？"

唐尧听着尹菲的声音有些陌生，应该是电话传输的原因。

"是啊，我知道罗大佑的到来，会让我重新看到你，我一直在等你回来——"

唐尧话未说完，电话那端传来哈哈的笑声。

"哈，你搞错人了，我是尹菲，但不是你要找要等的尹菲。"

唐尧猛然明白，这是年前在上海千寻万寻后来终于出现并一起 K 歌的那个尹菲。想到此，他心下黯然，刚刚陡然而起的激情瞬间消解无形："哦，你好。有什么事吗？"

"有事啊！怎么，一听不是你要找的尹菲，劲儿泄了？有气无力的。"

"哦，没有，你们要做广告啊？"

"做广告？做广告我会找你这个骗子？姐记得你上次说你最喜欢的是罗大佑，姐想告诉你的是，罗大佑9月8日在上海开演唱会！"

"哦，谢谢。我知道，我已经组织了西安八十多人去上海！"

"豪气啊，八十多人，到时候来了和姐联系哦！"

"哦，好，谢谢！"

"把我的号码存住哦，别再电话一通想错了人！"

唐尧"嗯"的一声，挂了电话，半天才从失落之中缓过劲儿来。这个所谓的尹菲和自己何干？无端打来一个电话，平添一份心烦。要不要存这个电话？唐尧想了一下，还是存进了通信录，存的名字是"尹菲菲"。

廓清繁冗，唐尧继续投入对罗大佑上海演唱会的期待和憧憬之中。

最近"爱人同志"每天放的歌曲，不再像以前精选一些大家传唱较广的，而是从罗大佑第一张专辑《之乎者也》开始，挨个循环播放。他要让逐渐到来的人们对罗大佑有一个系统的认知，而在这个过程中，他自己也对罗大佑又一次完整地温习。听着听着，他心血来潮，童心陡起，他像上初中时那样，用歌曲名字编成一段故事。于是有了下边的一段文字：

《追梦人》

我来自《鹿港小镇》，是一个《超级市民》，坠入《滚滚红尘》整日醉生梦死。《我所不能了解的事》太多太多，各种《游戏规则》和那《现象七十二变》，让我觉得自己犹如《盲聋》。只是偶然想起《童年》，想起《母亲》，还有她为我哼唱的《摇篮曲》，我才有了《家》的感觉。《风儿你在轻轻地吹》，还是《一样的月光》，曾经的《未来的主人翁》，《是否》就要像《稻草人》一样，和《蒲公英》一起终老此生?

自从那次看见《你的样子》，我知道我找到了我《最真的梦》。我不再满足于《沉默的表示》，我知道《暗恋》的代价太傻。于是我离家《出走》，开始了追《梦》的《旅程》。我坐上《火车》，先北上到达《首都》，却只见到了我的《亲亲表哥》；再南下抵沪，在黄埔江边，只看到了自己的《倒影》；最后又到被称为《东方之珠》的香港。我见到了《亚细亚的孤儿》，也见到了《大地的孩子》、牛背上的《牧童》和漂泊异国落脚香港的《小妹》，却独不见你的身影。

唉，《就这么样吧》! 一切都是我的《错误》，都怪我那次犹豫不决缩回了本该《穿过你的黑发的我的手》。《东风》和着《天雨》，吹打在我的《黄色脸孔》上，我只有怀着对你深深的《思念》回到西安，开始《痴痴地等》!

2000 年 9 月，《传说》终于要变成现实，《神话》终于要被破译，我终于见你唱着《恋曲 1980》《恋曲 1990》，还有那让人等了千年的《恋曲 2000》向我们走来。罗大佑——你是我们永远的《爱人同志》，那《告别的年代》、那《闪亮的日子》和那流逝的《光阴的故事》，就是我们《爱的箴言》!《之乎者也》已随风而逝，《如今才是唯一》——9 月 8 日，就让我们走进《上海之夜》，踏着《青春舞曲》一起高歌：《明天会更好》!

第十九章　爱的箴言

2000 年 9 月 8 日。

上海八万人体育场。

虽然才是下午 5 点半，离演唱会开始还有两个小时，体育场外却已人满为患。因为有许多外地的歌迷，一到上海，他们便直接赶到体育场。

那是一个让人一看便会落泪的场景：一群满怀憧憬、心情激动、奔走相告的歌迷，不是十八九岁的追星一族，都是三四十岁的中年男女。发福的身体掩饰不住他们内心的兴奋，沧桑的脸上洋溢着飞扬的青春。他们有着青春的激情，同时又有着成熟和淡定。他们大多都是单位骨干，但因为罗大佑，他们一改往日的矜持老成。他们飞抵上海，与其说是追星，不如说是追梦，他们心中流淌了青春，燃烧了岁月的歌声，今天就要直接面对，他们实在掩饰不住内心的激情。

唐尧置身人群，自然感触更深。他叮嘱着刘宏和陈青，把大家组织好，不要走失。刘宏说有我和陈青在，你就当甩手掌柜吧。唐尧看着正在给大家发酒店钥匙的陈青，问刘宏："酒店条件怎么样？"

刘宏："很不错，亏得陈青下手早，提前二十天就预订，周围的酒店，最近一天一个价，一周前的价格已经是我们的近一倍，现在更是多少钱都没有房了。"

唐尧："你俩真是黄金搭档，事半功倍！很为你们高兴！"

刘宏憨笑："我也觉得是陈清又回来了，生活又开始了！你别皱眉头，我相信，尹菲今天肯定也在现场。罗大佑的到来，云开雾散，一切疙瘩都该解开了！"

唐尧："她肯定会来看演出，但是能不能见到，见到会不会原谅我，心里真没底。"

刘宏："先别想那么多，还是老罗那句话，'该去的会去，该来的会来，命运不可更改'。"

唐尧一笑换了话题："今儿天气不错，今晚必定全场嗨翻。"

刘宏："必须的，千年的期盼，老天爷也会成全我们的。"

晚上 7 点 30 分。体育场内座无虚席。

人们进场之后已经等了近一个小时，都憋足了劲等着罗大佑的出场。但是时间到了，台上依然没有任何动静。于是人群中开始有些躁动。再到后来，唐尧旁边的一群人中，有人竟然喊出了"退票"，唐尧一听就急了。他从陈青手中拿过自动喇叭，对那些人喊道："兄弟们少安毋躁，我们都等了几十年，等了千年，还在乎多等一会儿吗？"

自动喇叭的声音在八万人的体育场，就像炮声隆隆的战场上蚊子的叫声，其分贝约等于零。好在喊退票的人就在唐尧旁边不远处，听了唐尧的呐喊，他们也站起来拿起一个喇叭向唐尧喊道：

"罗大佑我们等得起，我们只是讨厌主办方的不力！"

唐尧继续喊道："那就让我们为了罗大佑，有点耐心！"

对方愤怒道："你站着说话不腰疼，我们千里迢迢赶来，饿着肚子到现在，还等到什么时候？"

本来只是粉丝之间的对话，按这个节奏下去，唐尧感觉一会儿可能会打起来，就在他正想着如何应对化解时，就听"嘭"的一声巨响，大家随着响声都看向了舞台，随着响声而起的，是一束强光射向舞台左角，而光束下，罗大佑坐在一架钢琴旁。光一起时，罗大佑的手同时敲击键盘，随之流出的，是《爱的箴言》的旋律：

我将真心付给了你

将悲伤留给我自己

我将青春付给了你

将岁月留给我自己

…………

罗大佑刚一张口，台下一片呼声，呐喊声口哨声四起，如山洪暴发，如高楼坍塌。

那是等待了一个多小时的释放，那是等待了十多年的张狂，那是等了千年的血脉偾张。

《爱的箴言》是罗大佑 1981 年的作品，最初是邓丽君演唱，1983 年收入他的专辑《未来的主人翁》。这首歌旋律如水，歌词如玉，把爱情的纯真、美好、痛苦和悲伤，写得彻入骨髓，沁人心扉：

我将生命付给了你

将孤独留给我自己

我将春天付给了你

将冬天留给我自己

…………

我将你的背影留给我自己

却将自己

给了你

在罗大佑演唱的过程中，几万人的呐喊声此起彼伏。唐尧跟着罗大佑一起哼唱，他的意识模糊一片，无法辨别是真实的存在，还是虚幻的梦境。那种熟悉的声音已经在心中激荡了十多年，而眼前的景象，却是从来都没敢奢望能够在眼前出现。突然面对时，激动疯狂之外，最难以捉摸的就是对真实感的质疑。

《爱的箴言》之后，罗大佑连续又演唱了《诞生》和《暗恋》。《暗恋》一结束，他终于开口和大家交流。

"大家好不好啊？"

罗大佑的一声问候，引来全场的山呼回应。口哨声尖叫声响彻全场，直冲云霄。

罗大佑为内地歌迷的热情所感染，同样激情万丈，他拿起一瓶矿泉水喝了一口，稍作平息，然后说道："大家好，今天这个演唱会，把我给吓死啦！第一场就在上海这么大的体育场演出，这么多的人，把我给吓——死——啦！"

罗大佑的夸张煽情，再次引得大家呐喊声一片。然后罗大佑专门问候了北京来的朋友。

刘宏一听即刻喊道："还有西安的，我们也是包飞机来的——"

刘宏的声音只有他旁边的唐尧能听得到，唐尧看着刘宏的样子哈哈一乐，很为刘宏的热情和天真感动。

"接下来这首歌曲，是一首爱情歌曲，大家可能已经忘记——"

罗大佑话音未落，台下就有女生喊"没有忘记——"

真的没有忘记！谁都不会忘记！

能走进这个体育场，能融入这八万人之中，每一个人都和唐尧、刘宏一样，他们对罗大佑所有的歌曲都耳熟能详，没有哪一首歌曲会是陌生的模样。

当前奏刚一响起，人群便又爆发起来。唐尧高声喊道："《恋曲1980》。"

当罗大佑开口唱时，台下八万观众齐声跟唱：

你曾经对我说

你永远爱着我

爱情这东西我明白

但永远是什么

姑娘你别哭泣

我俩还在一起

今天的欢乐将是

明天永恒的回忆

啦啦啦……

随着大家的跟唱，舞台上的大屏幕，不再只是对罗大佑和台上的乐手们的镜头捕捉，灯光和摄像机都投向了集体大合唱的观众。先是八万人场面的大全景：

什么都可以抛弃

什么也不能忘记

现在你说的话

都只是你的勇气

大屏幕在一段观众大全景之后，切换成一组观众的近景。一张张陶醉和狂热的脸便清晰地出现在八万人的眼前。

而就在唱到"春风秋雨多少海誓山盟随风远去"时，屏幕上特写了一张满是泪水的脸。

唐尧看到那张脸，瞬间泪崩。

他旁边的刘宏大声喊道："尹菲！唐尧快看——尹菲！"

是尹菲！不用刘宏呐喊，唐尧第一眼就看到了，那正是他寻找等待了一年多的尹菲！他赶紧转头向观众群——八万人的体育场，人海茫茫，哪里有什么尹菲，只有随着罗大佑咆哮的海洋。

唐尧知道尹菲会来，也期望着感知她的存在，没有想到会是以这样的方式。他不相信尹菲会这样转瞬即逝，他期望能够和尹菲在罗大佑的圣哲光束初照之下，破镜重圆。

只是现在他还没有办法见到，他只有发自心扉地和罗大佑一起高歌：

亲爱的莫再说

你我永远不分离

啦啦啦……

亲爱的莫再说

你我永远不分离

啦啦啦……

整个演唱会，唐尧都处在一种催眠状态，狂呼呐喊，用心体验和罗大佑同在一个空间的美好。同时期待着尹菲的奇迹出现。

《童年》《光阴的故事》《你的样子》《鹿港小镇》《将进酒》《野百合也有春天》《穿过你的黑发的我的手》《思念》，罗大佑一气演唱的这些歌曲，让台下的八万人重温了一遍自己的青春。一帮为人父母级别的中年人，如痴如醉泪雨潜然。

《思念》之后，嘉宾陆续出场，先是苏芮的《酒干倘卖无》，接着是李宗盛的《凡人歌》《寂寞难耐》。然后是周华健和李宗盛与罗大佑一起，三把木吉他，演唱了一组老歌。

嘉宾出现的这一段唐尧并不喜欢。对于李宗盛、周华健、苏芮，也是他大学时期的青春记忆，但在他的心里，与罗大佑不可相提并论。只有当几个嘉宾下台之后，罗大佑开始演唱《未来的主人翁》时，他才又一次进入状态。

他和万人同喊："我们不要被你们发明变成电脑儿童！"

这些罗大佑在 20 世纪 80 年代初期的呐喊，依然直戳现在我们置身的世界中孩子们的现状。

而当罗大佑唱《痴痴地等》时，唐尧满脑浮现的便是尹菲的形象。他一年多来痴痴地等待尹菲的出现，而尹菲现在就在现场，自己却无法走到她的面前，这是怎么样的一种煎熬？影视剧的结局，总会有意想不到的奇迹出现，唐尧也一直等待着奇迹，没有想到奇迹只是那瞬间的一闪，尹菲便又再也不见。演唱会已快到尾声，演唱会一旦结束，八万人走出体育场，便一哄而散，那时要再找尹菲，就不是在八万人中寻找，而是在大上海的千万人中寻找，那更是难如登天。

不能就这么放弃！

唐尧期待奇迹，奇迹不来时，他要创造奇迹！

恍恍惚惚中，他冲出人群，越过维持秩序的警察，一个箭步冲向舞台，来到了罗大佑的身边。

正在演唱的罗大佑正完全投入，根本没有意识到有人冲上舞台。当他发现时，这个人已经和他一起唱着《痴痴地等》，站在了他的身边。罗大佑没有拒绝这个粉丝的到来，而是把话筒拿在他们俩中间和唐尧一起合唱：

痴痴地等　你让我痴痴地等

未曾让我见你最后一面　未曾实现你的诺言

痴痴地等　就这么痴痴地等

就让我俩过去的海誓山盟付诸睡梦中

我曾经幻想我俩的相遇是段不朽的传奇

没想到这仅是我俩生命中的短暂的插曲

也许在遥远的未来不知在何处我们会再相遇

可能你不会再记得我　而我还依然怀念着你

见罗大佑旁边多了一个不速之客，八万人对突发的变化更是欢呼雷动，每个人都恨不得站在罗大佑旁边的就是自己。而让大家更意想不到的是，歌曲唱完之后，那个铁粉竟然有一段道白：

"和罗大佑老师一起演唱，即使现在死掉，也没有遗憾！"

台下一片呼声。

"只是我死之前，还有一个心愿。我知道，你就在八万人中

间！尹菲，我一直在痴痴地等，等你回来！我知道罗大佑老师的
演唱会上会有奇迹出现，我等待着我们的破镜重圆，我请求你走
到舞台上来！"

炸了！

整个现场都炸了，罗大佑和舞台上所有的乐手们也都炸了！

罗大佑上海演唱会，不但让八万人重回青春，回味爱情，竟
然还上演了一场现场版的爱情故事，这比电影的高潮还不可
思议！

罗大佑老师显然也被唐尧感动，他和唐尧一起对着台下喊道：
"尹菲，上来！尹菲，上来！"

台下的八万人一起开始喊叫："尹菲，上去！尹菲，上去！"

八万人的喊声和罗大佑、唐尧的喊声相互唱和，成为有演唱
会以来空前绝后的奇观。

于是在光束的追逐下，终于，看到了一个长发飘飘的女孩，
走上了舞台。而当摄像机把她的特写投影到大屏幕上时，八万观
众看到了一张漂亮端庄但满是泪水的脸……

唐尧没有想到奇迹真的会出现，他更没想到的是，这所谓的
奇迹，只是他催眠状态下脑海里的幻影呈现。

当刘宏如痴如醉地跟着罗大佑高唱一不小心胳膊碰到唐尧
时，唐尧才从幻象中醒来，他的脸上满是泪水，他心里满是失落
和埋怨。但他没有任何办法，他只是继续和罗大佑一起唱：

痴痴地等　你让我痴痴地等

未曾让我见你最后一面　未曾实现你的诺言

痴痴地等　就这么痴痴地等

就让我俩过去的海誓山盟付诸于睡梦中

……

在《明天会更好》的八万人集体大合唱中，罗大佑演唱会大陆巡回第一站结束。

一场等待了千年的盛事，在人们的欢呼声中圆满收场。

唐尧和刘宏、陈青与西安来的八十多个歌迷，随着人流，慢慢走出体育场。

人们走得很慢，因为人多，更因为他们不愿太快离开，离开这个充满着青春和爱的地方，这个回响了一夜罗大佑歌声的所在。

唐尧边走，边向四周观望，他依然渴望奇迹的出现。

现实生活不能等待奇迹

这是个非常简单的道理

唐尧在心中吟唱着罗大佑《现象》中的这句歌词，其实他现在更喜欢的是歌词的最后一句：

或许你将会真的发现一些奇迹

只要你抛开一些面子问题

为了奇迹的出现，他可以抛弃一切，更何况面子。

只是奇迹的出现概率太低。

罗大佑唱《痴痴地等》时唐尧脑海中浮现的奇迹，只能是幻想，因为演唱会现场八万人拥挤在一起，他根本就没有冲出人群的可能，更何况还有里三层外三层的治安警察。

唐尧走上舞台，八万人把尹菲唤上舞台，这个奇迹只能是幻想；随着人流退场过程中偶遇尹菲的奇迹，也只能幻想幻想。想到此处，唐尧失落至极，无奈至极。

在人流的推动下，唐尧和刘宏他们走出了体育场。

人依然很多，但没有一个是尹菲。

唐尧拿出手机，又一次拨打了尹菲的手机号码，显示依然是关机。

自从尹菲离开后，手机一直处于关机状态，这也给了唐尧些许希望。因为她没有停机，还保留着这个号码，说明她就还没完全放下。唐尧每天拨打一次尹菲的手机，每次都是关机，每天继续打。然后每天打这个打不通的电话成了他的习惯，也成了他与尹菲连接的唯一纽带。

今天到了上海之后，演唱会之前，他又拨打多次，依然关机，但毕竟那时演唱会还没开始，他还心存希望。现在曲终人散，尹菲的手机还是关机，他的心便如秋雨之后的天气，阴凉阴凉的。

唐尧想他可能真的要失去尹菲。

刘宏感觉到了唐尧的失落、不安和无奈。他想安慰他，却不知道怎么开口。只能说"酒店在前边马上就到了"之类的废话。

唐尧只跟着刘宏往前走，一句话也不说。走着走着，周围的人便越来越稀疏，最后，就只剩下他们80多人走在通往酒店的路上。

突然，唐尧的手机响起。唐尧赶紧掏出手机，迅速打开。一定是尹菲打过来了——

手机屏幕显示的来电是"尹菲菲"。

唐尧一摁，挂掉。

罗大佑演唱会已经结束，没有见到尹菲，这样一个假尹菲的电话，接她何用？

刘宏问："谁啊？不接啊？"

唐尧："没必要。"

刚说完，电话又响起，显示还是"尹菲非"。

唐尧拿着手机看了一会儿，最终还是接通。

"唐先生，不接电话啊？"

"哦，在——"

唐尧敷衍的话还没说出口，对方就说道：

"让你来上海联系我也不联系，本来想和你这个罗大佑铁粉一起看演唱会呢！"

唐尧："哦，我们有一帮子人呢，实在抱歉。"

"没事，我们在体育场附近的 KTV，要延续罗大佑演唱会的余音，邀请你来！"

"谢谢，我就不去了。"

"你是不敢来了吧？放心，只唱歌，不喝酒，更不会让你失身！"

对方说着便笑得无法自已。

刘宏在一旁大概听出了意思，对唐尧道："继续唱罗大佑？去就去呗，我陪你一起去！反正回去也睡不着，我们再回味一下，正好。"

陈青："我也去！"

刘宏命令式地说："你就别去了，你还带着这一队人马呢？"

陈青："为什么每次都是我，这次你来招呼大家，我和唐大哥去！"

刘宏："这怎么行？我去是保护老唐的？怕他招架不住失身！"

陈青："你就不怕你失身？我去就说是唐大哥的女朋友，他自然就没有失身的可能！"

唐尧："你俩别闹了，就让刘宏跟着去吧，你放心，我们都不会失身的！"

刘宏："还是老唐了解我！"

陈青哼了一声不情愿地带着大家走向酒店。

唐尧和刘宏叫了辆出租，走了十多分钟，便来到一个豪华K歌城。刚一下车，电话就响起："唐帅哥，到了吗？"

唐尧淡然道："到门口了。"

"202包间，快点上来哦！"

唐尧和刘宏走进大厅，服务员热情接待，引领上楼。

来到202包间，服务员轻轻敲门，然后推开门把唐尧和刘宏让了进去。

唐尧一进门，见偌大包间，有一个女孩，正背对门口，似乎是在补妆。

刘宏给唐尧嘀咕道："刚电话里催得那么着急，来了怎么给个脊背？"

唐尧瞪了刘宏一眼，刘宏即刻收声。

女孩依然背对着他们，似乎不知道他们的到来，也并不像是在补妆，只是静静地面对着墙壁上的一幅莫奈的油画。

　　唐尧："你好！"

　　女孩依然没有反应。

　　刘宏急了："哎——不是你叫我们来的吗？什么意思啊？不欢迎我们走了啊！"

　　唐尧胳膊肘碰了一下刘宏，示意他安静，然后对女孩说道:"你别介意——"

　　唐尧话还没有说完，女孩转过身来。

　　刘宏一看女孩，"啊"地大叫一声。

　　唐尧则呆呆地愣成了雕塑。

　　是尹菲。

　　是唐尧盼了找了一年多的尹菲！

　　唐尧瞬间脑子一片空白，身躯完全僵硬，只有泪水夺眶而出，如黄河决堤，顺着脸颊，轰然流淌。

　　尹菲看着唐尧，也已泪雨潸然。

　　对视，无声。

　　那一刻，静默的对视，是最宏大的交响乐章，是心有灵犀的交流碰撞。

　　唐尧脑子里迅速闪回去年在上海那个"尹菲"的蹊跷出现和投怀送抱的反常举动，以及最后接到一个电话便对唐尧突然收手的匆匆离去。更有此次来上海之前莫名接到她的电话，以及刚才电话里她的紧急催促。

　　唐尧明白了，他那次已经找到了尹菲，只是尹菲还不愿意见自己，但又期望了解自己的现状，于是将计就计，让两个好姐妹与自己见面，进行试探。唐尧也明白了，正如自己所料，罗大佑演唱会的举办，是尹菲和自己重归于好的力量牵引和最佳时机。他后悔第一次"尹菲非"打来电话时，没有多聊几句，那样的话，他或许可以早早和尹菲见面，可以一起看罗大佑演唱会。不过现在这样的结果更让他感到惊喜，也更让他感受到了破镜重圆的来之不易。

　　唐尧从恍惚中醒来，慢慢地走向尹菲。
　　尹菲静静地站着，迎接着唐尧的到来。
　　唐尧轻轻将尹菲拥入怀中，然后越抱越紧。
　　两人脸庞挨在一起，泪水在他们脸颊交汇、融合。
　　…………

　　刘宏悄悄地走到点歌的电脑旁，见正在播放却被暂停的歌曲，是罗大佑的《爱的箴言》。
　　他一触播放键，旋律如水流出：
　　爱是没有人能了解的东西
　　爱是永恒的旋律
　　爱是欢笑泪珠飘落的过程
　　爱曾经是我也是你
　　……

爱的箴言，你的弦

MEMORIES OF YOUTH

谨以此书献给热爱罗大佑的朋友
以及在罗大佑的歌声中流逝的我们的青春